rowohlt
BERLIN

VOLKER HEISE

AUSSER KONTROLLE

ROMAN

Rowohlt · Berlin

1. Auflage Dezember 2017

Satz aus der DTL Albertina PostScript, InDesign
Gesamtherstellung CPI books GmbH, Leck, Germany
ISBN 978 3 7371 0023 6

Man kann vernichtet werden,
aber man darf nicht aufgeben.
Ernest Hemingway

Der Himmel war blau,
die Peitsche schwarz.
Isaak Babel

1

ANFLUG

Fliegen ist gut. Nicht in einem Tunnel stecken, ohne Aussicht und ohne Gewissheit, ob am Ende des Tunnels Licht sein wird. Nein. Fliegen ist gut.

Vom Westen her in die Stadt einschweben, über Baumärkte und Discounter gleiten. Autohäuser unter sich liegen lassen, Möbelmärkte und Tankstellen mit zwei Dutzend Zapfsäulen. Das Radio lauter stellen, die Nachrichten hören: Kursstürze an der Börse, Bankhäuser taumeln am Abgrund.

Es sind sechzehn Grad, hin und wieder Wolkenfelder. Ein fahler Himmel wölbt sich über der Stadt, deren Dächer schon zu sehen sind. Arbeitsbeginn ist um achtzehn Uhr, die Schicht dauert bis sechs Uhr morgens, von Freitag auf Samstag, eine Nacht im Oktober.

Der alte Kontrollpunkt zieht vorbei. Da war früher Stacheldraht, da standen Kontrolltürme, es gab Laufbänder für die Reisepässe. Die Augen der Grenzpolizisten schielten unter Dienstmützen hervor. Ihre Stimmen waren hart und knarzten wie alte Türen: Machen Sie die Ohren frei, sagen Sie nicht Dreilinden, sagen Sie Drewitz. Dann der Stempel. Dann die Avus. Vorbei an der Spanischen Allee, leicht bergan, auf die Innenstadt zu.

Es ist gut zu fliegen. Nicht mit einem Flugzeug, sondern

mit einem Ballon. Ein Hubschrauber würde auch gehen, aber der Ballon ist besser. Lautlos und unsichtbar. Kein Geräusch, kein Verdacht. So war es immer.

Links und rechts der Avus liegt der Grunewald, hauptsächlich Kiefern und Birken, seltener Eichen. Kurz vor der Abfahrt Hüttenweg liegt ein Lkw mit Motorschaden. Hinter ihm stauen sich Autos, in denen Pendler ihren Häusern entgegenkriechen, irgendwo am Stadtrand oder weiter draußen, noch hinter Potsdam. Busse schleichen über die Spuren, bringen Schüler nach Hause, die auf Klassenfahrt waren. Sie haben eine Woche in der Stadt hinter sich: Museen, Theater, alte Mauern und Bunker. Die Geschichte des Landes, ein ferner Schrecken, konserviert in Archiven und Museen. Nachts wurden sie an den Türen der Clubs abgewiesen von unerbittlichen Türstehern.

Der Ballon treibt weiter nach Nordost, schaukelt leicht, eine ruhige Fahrt bisher. Linker Hand, neben dem Autobahndreieck, taucht der Funkturm auf in einer Luft aus flirrendem Staub und verbranntem Benzin. Daneben liegt das Kongresszentrum wie ein gestrandeter Wal, glitzernd und unbeweglich.

Vom Messedamm geht die Kantstraße ab, eine Kreuzung aus sechs und acht Spuren. Der Busbahnhof links, die Brücke über die Autobahn rechts, unter dem Ballon die Häuser von Charlottenburg, eins nach dem anderen: Hof an Hof, Viereck an Viereck. Gebäude aus der Gründerzeit, bald hundertfünfzig Jahre alt, mit Vordertüren aus dunklem Holz, flankiert von Figuren aus Stein: mal ein Neptun, mal eine Meerjungfrau, mal ein Atlas, der die Welt trägt, selbstbewusst und herzlos.

Hinter den Türen breite, mit rotem Teppich ausgelegte

Aufgänge in die Beletage. Große Wohnungen, die sich um die dunklen Höfe legen. Verschwiegene Hintertreppen für das Dienstpersonal, das in niedrigen Verschlägen über den Toiletten und Vorratskammern schlief, vor hundert Jahren.

Brandwand an Brandwand reihen sich Gebäude aus den Fünfzigern, errichtet aus den Trümmern des letzten Krieges, hochgezogen in Lücken, die die Bombenangriffe hinterlassen haben. Die Balkone sind wackelig, die Decken niedrig, in den Treppenhäusern liegt Linoleum. Der Geruch von Geschichte steigt auf, der Gestank von Kämpfen, von Niederlagen und von Gespenstern, die nach Kohlsuppe rufen. Auf den Kommoden der letzten Kriegerwitwen stehen Fotos von Männern in Uniform: Heinrich hat in der Luftwaffe gedient, er hat nichts Böses getan, ist verschollen über Russland, seine verwitterten, namenlosen Knochen unter der Erde von Sibirien; ist in die Nordsee gefallen, in einem Sarg aus Stahl und Treibstoff.

Vom Bahnhof Zoologischer Garten ziehen sich die Gleise der Fernbahn durch den Tiergarten. Unter den Trassen suchen Obdachlose einen Platz für die Nacht, um sich einzuwickeln in steife Decken und ausgefranste, löchrige Schlafsäcke. Sie tragen große Plastiktüten mit sich herum, prall gefüllt mit zerlesenen Büchern, Taschenlampen, Erinnerungsfotos, Pullovern, Socken, Tabak. Die letzte Flasche Schnaps immer nah am Körper. An ruhigen Tagen können sie nachts das gepresste Rufen der Lamas hinter den Mauern des Zoos hören und die Nashörner, die nicht brüllen oder fauchen, sondern laut quietschen, als würde ihre Stimme vom eigenen Gewicht erdrückt.

Wo die Gleise den Landwehrkanal überqueren, liegen die Unterschleuse und ein Biergarten. Männer in gestreiften Sakkos sitzen auf Bänken, Frauen haben sich leichte Strickjacken übergeworfen. Vom Grill steigt schwarzer Qualm auf, es gibt Merguez mit Brot, dazu Tsatsiki. Noch scheint die Sonne, wer aber im Schatten sitzt, spürt die kalte Luft. Schlägt den Kragen des Sommermantels hoch, bestellt sich einen Kaffee und verdünnt ihn mit Schnaps. Ein Pfefferminzbonbon in den Mund, damit niemand den Alkohol riecht.

Hinter dem Kanal beginnt der Park. Die Bäume verlieren schon ihre Blätter. Bald sind sie kahl, dann kehrt die Kälte zurück, der Urzustand der Stadt, von dem sie sich nur gelegentlich erholt. Der Sommer ist nicht mehr als ein Versprechen, das sich nie erfüllt. Eine Täuschung, um die grauen Tage, Wochen und Monate durchzustehen, die zwischen November und April liegen.

Im Winter wurde in der Stadt einst mit Kohleöfen geheizt. Die Luft war schmutzig, in den Straßen hing ein Nebel aus mal grauer, mal gelber Watte. In den Bussen roch es nach feuchten Wollmänteln und Mottenkugeln. Vom Osten her krochen die grauen Schwaden der Zweitakter und die verfeuerte Braunkohle aus der Lausitz über den Todesstreifen. Wenn der schwarz gewordene Schnee schmolz, tauchten Schichten aus zerfransten Böllern, Pappdeckeln, Kaugummis und Hundescheiße auf den Bürgersteigen auf.

S-Bahnhof Tiergarten. Alle drei Minuten fährt ein Zug ein und rattert weiter über die Viadukte. Im Bahnhof Bellevue steigt Jan Herzog zu, um zum Alexanderplatz zu fahren. Dort ragt die Kugel des Fernsehturms weit über die Stadt hinaus, als würde sie in der Luft hängen.

Auf dem Platz haben Männer in roter Uniform einen tragbaren Grill vor den Bauch geschnallt und verkaufen Bratwurst im Brötchen. Frauen mit dunklen schwarzen Haaren unter locker sitzenden Kopftüchern verteilen Flugblätter: Die Volksmudschaheddin klagen an, Folter unter dem Regime der Mullahs. Ein Junge auf einem Skateboard rattert eine Rampe herunter, die für Rollstuhlfahrer gebaut wurde. Alte, zahnlose Punks trinken Bier. Mütter schieben ihre Kinderwagen eilig über den zugigen Platz. Böen wirbeln Papierfetzen auf: zerrissene Servietten, Pappkartons für Würstchen und belegte Brote, Gutscheine für Fitnessstudios, ein Asia-Imbiss liefert Tag und Nacht.

Die S7 fährt in den Bahnhof ein, in das Halbrund aus Stahl und Glas. Jan steigt aus, sieht sich um. Auf dem Bahnsteig steht ein Kiosk, der Kaffee, Schrippen und Schinkencroissants verkauft. Von der Decke hängen große Transparente, Werbung für Flachbildfernseher aus Korea. Er nimmt den Ausgang Rathausstraße, in Fahrtrichtung. Im Erdgeschoss geht er am Currywurst-Express vorbei, an McDonald's, dann durch eine Glastür. Auf der Straße sitzt ein Mann mit langen Haaren und spielt auf Plastikeimern Schlagzeug.

Jan hält sich leicht links, nimmt den Weg zwischen Hochbahn und Sparkasse zur Grunerstraße hin. Auf vier Spuren wälzt sich der Verkehr, die abendliche Rushhour hat begonnen. Autos biegen ab nach Kreuzberg oder kriechen dicht an dicht durch die Unterführung zur Leipziger Straße, von dort weiter zum Potsdamer Platz. Die Scheiben sind heruntergekurbelt, die Radios aufgedreht, aus den Fenstern dröhnt Musik. Zwischen den Autos schlängeln sich Fahrradkuriere, Bettler klopfen an die Scheiben, Krähen machen sich über eine Tüte weggeworfener Pommes her.

Auf der anderen Straßenseite steht ein Einkaufszentrum. Das Gebäude ist hellrot gestrichen, fast pink. Links und rechts vom Eingang stehen Papierkörbe und Aschenbecher. Aus einem davon qualmt es. Über dem Eingang hängt ein Dach aus vergoldeten Betonplatten.

Jan geht durch die Tür. Er ist einundzwanzig Jahre alt, unverheiratet, keine Kinder, aber voller Hoffnung. Er glaubt, er bräuchte nur zum Juwelier zu gehen, Ringe zu kaufen, seine Freundin auszuführen und die Scherben, aus denen sein bisheriges Leben besteht, würden sich zu einer Ordnung fügen. Aber sein Name ist auf der Liste, kein Zweifel möglich, und der Ballon schwebt über ihm.

Fliegen ist gut.

Hinter den Türen des Einkaufszentrums herrscht ein anderes Klima. Frisch und kühl ist es im Sommer, warm und einladend im Winter. Die Luft ist gereinigt vom Gestank der Stadt, von Zufällen und ungebetenen Besuchern. Aus Oberlichtern fällt Sonne in die Passagen und auf die Eingänge von Levi's und Tom Tailor, Adidas und Body Shop. Outdoorausrüstung auf zwei Etagen: Stiefel für Bergwanderungen in Südamerika und Schlafsäcke, die sich bei minus dreißig Grad im Himalaja bewährt haben. Gaskocher, um sich Tee zuzubereiten, falls es im Basislager stürmt. Jan war einmal paddeln auf der Havel, weit im Norden von Brandenburg, allein, und hat sich einen Sonnenbrand geholt.

Er fährt mit der Rolltreppe in den obersten Stock, unter das Dach. Dort angekommen, sieht er sich nach dem Juwelier um. Im Internet hat er seine Anzeige gelesen: Ringe für die große Liebe, schön und günstig. An einer Brüstung blickt er hinunter auf den überdachten Innenhof, vier Etagen in die Tiefe, Geschäft an Geschäft. In den Auslagen das angeschwemmte

Strandgut aus Schuhen, Jacken, Plüschtieren, Töpfen, Hosen, Lippenstiften, Pfannen, Koffern. Unzählbar, unerschöpflich, ein steter Quell aus asiatischen Sweatshops.

Der riesige Raum klingt wie ein leerer Dom. Geräusche brechen sich an den gekachelten Wänden und hallen nach unter der Kuppel aus Glas. Stühle schaben über Fliesen, bei Nordsee stapeln sie Geschirr, eine Mutter redet auf ihr schreiendes Kind ein, das sich auf den Boden geworfen hat. Junge Mädchen kichern in ihr Handy. An einem Tisch sitzen düstere Männer, trinken Kaffee und flüstern sich Nachrichten aus einem fernen Bürgerkrieg zu. Die Musik aus den Geschäften, das Rattern der Rolltreppen. Ein erdrückender Lärm, der jeden Kunden in Verwirrung stürzt und dem nur entkommen kann, wer flieht oder den magischen Akt des Kaufes vollzieht: Geld gegen Ware, Zeit gegen Geld.

Den Juwelier findet Jan am Ende der oberen Etage, neben dem Notausgang, noch hinter einem Friseur, der Männern für neun Euro die Haare schneidet: kein Termin nötig, Waschen kostet extra. In den Auslagen des Juweliers sieht er Uhren von Junghans und Omega, daneben Ringe, Ohrstecker, kleine Brillanten und Edelsteine. Preise ab fünfzig Euro, eine Uhr aus der Schweiz übersteigt die Möglichkeiten seiner Kreditkarte.

Das Schaufenster spiegelt sein blasses Gesicht. Das aschblonde Haar kurzgeschnitten, über der linken Augenbraue eine kleine Narbe. Er ist als Kind im Wohnzimmer gestolpert und mit dem Kopf gegen eine Tischkante geknallt. Die Wunde hat geblutet, Bilder sind geblieben: das weiße T-Shirt nass und rot, die Schreie der Mutter, die ihn auf dem Arm zum Arzt trug. Er kann nicht älter als drei oder vier Jahre gewesen sein. Der Arzt hat die Wunde genäht, sie verheilte schlecht.

Seine Nase ist etwas schief, von Geburt an, was seinem

Gesicht eine kaum merkbare Asymmetrie verleiht, von der er früher dachte, sie könne ihn interessant machen. Das linke Ohr steht etwas ab, der Mund ist breit. Seine erste und einzige Freundin vor Nadine hat ihn Froschmund genannt und meinte, er könne gut küssen. Sie hieß Lisa, war lang und dürr, und sobald er mit seiner Hand – zittrig, ungeduldig, kalt – unter ihre Bluse fuhr, schlug sie ihm auf die Finger.

In der Regel fällt Jan nicht auf, wenn er in einen Raum kommt. Niemand dreht sich zu ihm um. Weder die Jungs noch die Mädchen, nicht einmal die Kaufhausdetektive. Der Juwelier schaut kurz hoch, als er das Geschäft betritt.

Aus versteckten Lautsprechern schwebt Musik durch den Raum, so leise, dass sie gerade noch zu hören ist, aber nicht stört. Verfremdete Evergreens, verbunden zu einem leicht dahinströmenden Fluss von Tönen. Erinnerungen an Lieder, die Jan schon einmal gehört hat und mit Erlebnissen verbindet: Ein Sommer am Kiessee, das Wasser war braun vom Rost des versunkenen Baggers. Die Fahrt nach Hause mit dem Fahrrad, im Regen, Kopfhörer in den Ohren: «Walk On By» oder «I Say A Little Prayer» von Burt Bacharach. Altes Zeug, das außer ihm niemand mochte. Seine Mitschüler hörten Rammstein oder dachten, sie wären Gangster im Süden von Los Angeles und würden mit Gangster-Liedern auf den Lippen sterben, statt mit dem Mofa zum Konfirmandenunterricht zu fahren. Der Regen fiel in großen Placken vom Himmel, sein Gesicht war nass. Trotzdem sang er laut mit, während das Wasser seine Beine hinunterrann und bei jedem Tritt mit den Pedalen die Schuhe knatschten.

Jan muss warten, der Juwelier bedient eine Kundin, die auf der Suche nach einem Ohrring für ihre Tochter ist, zum achtzehnten Geburtstag. Eigentlich, sagt die Frau, habe sich die Tochter ein Piercing gewünscht, aber da mache sie als Mutter nicht mit. Das sei heute so, entgegnet der Juwelier, es gebe auch Piercings für untenrum, zwischen den Beinen, das müsse wehtun, Sie wissen schon. Er zwinkert der Frau zu und zieht eine Schublade auf, um sein Angebot auszubreiten. Hinter ihm hängt ein großes Foto vom Stammsitz in der Potsdamer Straße, schwarzweiß und leicht vergilbt, aus den zwanziger Jahren. Frauen mit weiten, ausladenden Röcken, Männer mit Strohhüten, der Chauffeur hält seine Schiebermütze in der Hand. Der Besitzer und seine Frau blicken stolz in die Kamera, gegründet wurde das Geschäft 1887. Eine Zeit, in der Jans Vorfahren Kartoffeln aus der Erde rissen und die Schalen für die Kinder kochten.

Aufgewachsen ist Jan in Heuhausen, einer kleinen Stadt in Norddeutschland, in der niedersächsischen Tiefebene. Das Land ist flach, die Orte sind wie zufällig darübergestreut und mit Namen belegt, deren Sinn sich in der Geschichte verliert: Warpe, Schwarme, Syke, Hassel, Eystrup, Heuhausen. Über das Land ziehen die Wolken tief hinweg, sie kommen aus einem weit gestreckten Horizont. Es regnet oft, hat er Nadine erzählt, als sie nach seiner Heimat fragte, meistens ist es feiner Nieselregen, der sich in Nadelstiche verwandelt, wenn ihn der Wind schräg über den Boden ins Gesicht treibt. Es gibt eine Kirche aus Waschbeton, sie gleicht einer Startrampe für Raketen, von der aus die Apollo-Mission ihren Anfang hätte nehmen können. Eine Brücke führt über die Weser, eine Autobahn ist nicht in der Nähe, auch keine Bundesstraße und kein Bahnhof. Dreimal am Tag fährt ein Bus nach Bremen.

Neben der Brücke steht ein Discounter, da kommen sie alle hin, die ganze Umgebung. Stellen ihre Autos ab, nehmen sich einen Einkaufswagen, laden ihn voll, nicht nur mit Lebensmitteln, auch mit einfarbigen Unterhosen und Sweatshirts mit den Aufdrucken amerikanischer Universitäten oder Sportclubs, die es gibt oder nicht gibt: Washington Buffalos, Red Sox Idaho, Montana Warriors. Backmischungen liegen in langen Regalen für Brot und Kuchen. Konserven sind übereinandergestapelt, Fleisch wird in Kühltheken präsentiert, eingepackt in Zellophan. Fachverkäuferinnen in weiß-blauen Kitteln schneiden Schinken in hauchdünne Scheiben. Der Schlachthof liegt weiter draußen auf dem Land, eine große Fabrik, die zweitausend Rinder pro Woche verarbeitet. Angeliefert werden die Tiere mit dem Lastwagen. Wenn sich die Ladeklappe öffnet, trotten sie auf die Rampe, die von Gittern begrenzt wird und nur einen Weg zulässt, in den Schlachthof hinein. Es riecht nach Fett und Blut. Als Jan noch ein kleines Kind war, schenkte der Metzger ihm Wiener Würstchen, nachdem seine Mutter Schweinebauch und Kassler eingekauft hatte.

Das Reihenhaus, in dem Jan aufwuchs, liegt am Rand von Heuhausen, in einer Siedlung mit lauter anderen Reihenhäusern. Seine Eltern haben es gebaut und zahlen den Kredit immer noch ab. Im Garten ziehen sie Gemüse, vor den Fenstern stehen Blumen, auf der Fensterbank Orchideen. Samstags grillen die Eltern, grillen die Nachbarn, vom späten Frühjahr bis in den frühen Herbst hinein. Dicke Rauchschwaden hängen dann über der Siedlung, der Geruch von Schaschlik weht über die Gartenzäune, es wird eingelegter Schweinebauch auf den Grill gelegt und Rostbratwurst. Das Glück summt in der Mitte Europas, am Anfang des 21. Jahrhunderts, fern von Krieg und Not, während die Zukunft über die Fernseher in die Wohnzimmer sickert: Börsenwerte werden verkündet wie Sportergebnisse, Notierungen überspringen Hürden oder verlieren an Boden, die Schiedsrichter aus den Ratingagenturen verteilen Noten für die aktuelle Performance. Die Skyline von Manhattan ist kurz zu sehen, in einem Hochhaus huschen Angestellte hinter den Scheiben vorbei und tragen Kartons mit ihren Habseligkeiten zum Taxi. Eine Stunde hatten sie Zeit, ihre Schreibtische in der Bank und ihre Zukunft zu räumen. Raten für Häuser werden nicht bezahlt, Aufträge bei den Werften storniert, Schiffe hängen in Häfen fest, und Kapital verflüchtigt sich, als wäre es austretendes Gas.

Der Juwelier legt Acryltunnel für die Ohrläppchen auf den Tresen, Ringe aus Edelstahl für die Augenbrauen, Stäbe aus vergoldetem Stahl mit kleinen Kugeln an den Enden für die Lippen. Die Kundin beugt sich darüber, sie versteht ihr Kind nicht und fragt sich, was dieses Zeug in der Haut und im Fleisch ihrer Tochter soll. Sie kann auch die Musik nicht mehr hören, das laute Stampfen aus dem Kinderzimmer, wo sie früher «In der Weihnachtsbäckerei» gesungen haben. Das war gestern, das ist nur ein paar Stunden her. Jetzt trägt das Mädchen diese kurzen Röcke, die Strümpfe haben Löcher, die Augen sind umrandet mit schwarzem Kajal.

Sein Zimmer in Heuhausen hat Jan vor vier Jahren verlassen. Das durchgesessene Sofa, das er von seinem großen Bruder geerbt hat, müsste immer noch in der Ecke stehen. Der Bruder ist zur Bundeswehr gegangen und später nach Afghanistan, wo er in einen Krieg verwickelt wurde, über den er nur einsilbig berichtete: Wüste. Taliban. Drohnen. Fahrten in gepanzerten Wagen, die die Namen von Raubkatzen tragen. Minen. Einmal die Woche rief er über ein Satellitentelefon an, meistens am Freitag, die Stimme unterlegt von einem Rauschen, das sich zwischen Erde und Umlaufbahn aufgebaut hatte, und gab Nachricht: Das Essen sei gut, der Sand sei überall. Meistens bleibe er im Lager. Gestern habe es Erbsensuppe gegeben. Es sei langweilig, und er habe sich ein Tattoo mit arabischen Schriftzeichen stechen lassen.

War das Gespräch vorbei, weinte die Mutter. Jan saß vor der Suppe, die kalt wurde. Der Vater stand auf der Terrasse und rauchte. Jan räumte das Geschirr ab, sagte gute Nacht und verschwand in seinem Zimmer.

Von seinem Fenster aus konnte er auf Felder sehen, auf denen Weizen oder Mais wuchs. Zwischen den Feldern standen Strommasten, die die Überlandleitungen trugen. Das elektrische Surren hörte Jan in stillen Sommernächten bei geöffnetem Fenster. Es war der eintönige Gesang seiner Tage, die endlos gedehnte Zeit, die nur aus Routinen bestand. Zähne putzen, mit dem Bus zur Schule fahren, Unterricht, Mittagessen. Auf dem Pausenhof stehen und belangloses Zeug reden. Darauf warten, dass ihn jemand anruft, was selten geschah. Wenn seine Mutter zum Elternsprechtag in die Schule kam, mussten die Lehrer einen Augenblick lang überlegen: «Jan Herzog? Jan Herzog? Einen Moment bitte. Ich hab mir was aufgeschrieben.»

Sein Zustand sei das Warten gewesen, erzählte er Nadine. Er habe immer nur gewartet und gleichzeitig immer nur losstürmen wollen. Wenn er ein Bild von sich malen sollte in dieser Zeit – der Zeit vor Nadine, der Zeit vor dem Leben, der Zeit vor der Realität –, dann würde er einen Mann malen, der sich durch zähen Schlick kämpft. Ein Schlick, der sich an ihn heftet, den er nicht loswird, obwohl er in sich eine Kraft verspürt, die ihn antreibt. Als würde ich mich selbst, sagte er ihr, immer tiefer in den Schlick treiben.

Wenn Jan es nicht mehr aushielt, wenn Wut, Trägheit und Ignoranz sich bekämpften, zog er seine Turnschuhe an und lief los. Er lief über die Felder, in den nahen Wald, am alten Kanal entlang, an dessen Ufern Schilf wuchs und die Bisamratten hausten. Jeder Schritt war ein Ausbruch des Zorns, ein Fluch, ein Flehen um Erlösung. Er lief, bis er keine Kraft mehr hatte und sich ins Gras fallen ließ, um in den Himmel zu starren. Flugzeuge zogen vorbei und hinterließen weiße Streifen auf blauem Grund.

Wenn das Laufen nicht half, verbrachte er Tage und Wochen am Computer, in seinem verdunkelten Zimmer. Er war ein Krieger im Mittelalter, ein Kämpfer gegen das Böse, ein Sternenfahrer in der Zukunft. Er hoffte, eines Tages befreit zu werden, von Außerirdischen vielleicht oder von einer der Frauen, die er über einen Link auf dem Computer seines Bruders fand. Brandi Olsen und Bree Love, nackte Frauen aus den Tiefen der Netzwerke. Sie hakten ihre Mieder auf, rollten ihren Slip über die Hüften, zerrieben Spucke auf ihren Brustwarzen und flüsterten, sie seien böse Mädchen, feucht zwischen den Beinen, und sehnten sich nach seinem harten Schwanz, den Jan in seinem Bett oder über die Kloschüssel gebeugt bearbeitete, bis die Möglichkeit werdenden Lebens im Taschentuch versickerte oder gleich in der Kanalisation. Aber davon erzählte er Nadine ebenso wenig wie von jenem Tag Ende August.

Was hat der Junge zu ihm gesagt? Hat er ihn gestoßen? Beleidigt? Hat er sich lustig über ihn gemacht? Jan muss ihn geschlagen haben. Getreten. Es ist so viele Jahre her. Er sieht rot eingefärbte Bilder. Er hört Schreie. Er sitzt vor einem Polizisten, der ihn befragt. Er sagt nichts. Die betretenen Gesichter seiner Eltern, die ihn abholen. Ihr Schweigen auf der Heimfahrt. Das Gerede der Nachbarn. Die Schuld und mit der Schuld die Rückkehr des Schlicks, von dem er sich befreit hatte, als er die Kontrolle verlor und nichts anderes war als Kraft und Wucht und Wut.

In der Schule wurde er danach gemieden. Die anderen Schüler ließen ihn in Ruhe. Aus Respekt oder Furcht. Wochen später legte ihm sein Vater wortlos einen Brief auf den Esstisch. Es war die Rechnung des Zahnarzts: ein gebrochener Kiefer, Prothesen für zwei ausgeschlagene Zähne, mehrere tausend Euro. Bevor Jan etwas sagen konnte, hatte sich sein Vater schon umgedreht und war aus dem Zimmer gegangen.

Der Juwelier holt einen kleinen silbernen Anstecker hervor: «Das hier könnte Ihrer Tochter gefallen», sagt er zu der Kundin. «Er gehört hierhin, in den Nasenflügel, da fällt er nicht so auf. Diskret und schick. Ein Kompromiss. Kostet nur achtzig Euro.»

Die Kundin zögert.

Der Juwelier sagt: «Inklusive Bohrloch.»

Zum zweiten Mal glaubte Jan dem Schlick entkommen zu sein, als er nach dem Abitur in die große Stadt zog. Er dachte, wenn er nur den Ort und die Umstände wechselte, werde sein Leben von allein farbig und aufregend. Er könnte all das, was ihn beschwerte – die Anforderungen an seine Zukunft, die Geschichte seiner Familie, den gefährlichen Hang zur Einsamkeit –, hinter sich lassen und ein anderer, geselliger, von Freunden umgebener Mensch werden. Einfach nur durch eine andere Luft, durch andere Straßen, durch andere Häuser. Er würde mit anderen Augen gesehen werden und Frauen treffen, die sich nachts, in der U-Bahn, in ihn verlieben, einfach so. Niemand würde sich ihm in den Weg stellen, weil der Jan seiner Kindheit und Jugend Geschichte wäre. Niemand könne ihn gefangen halten in seiner alten Haut, in der Person, die er nicht mehr sein wollte. Im Schlick.

Er hatte keine Vorstellung, wie riesig die Stadt ist. Wie breit sich die Straßen entlang der Häuser ziehen, wie wenig ihre Bewohner voneinander wissen, wie grau sie im Winter ist und wie verloren ein Mensch in ihr sein kann. In Moabit fand er eine Wohnung im Hinterhaus, zweiter Stock, in der Nähe des S-Bahnhofs Bellevue. Von seinem Fenster aus blickte er auf eine vier Meter entfernte Brandwand, von der der Putz abfiel. Ein Muster war entstanden, das er nur schwer entziffern konnte. Mal schien es ein riesiger, Wasser spuckender Wal zu sein. Dann wieder Wolken am Himmel oder fliehende Pferde. Es konnten entsetzte Gesichter sein oder das ganze Universum mit seinen Sonnen und Sternen und den Schwarzen Löchern, die das Leben verschlingen.

Weil er nicht genau wusste, was er studieren sollte, schrieb er sich in Betriebswirtschaft ein; ein Fach, von dem er gehört hatte, dass sich damit etwas anfangen ließe im späteren Leben. Seine Eltern hatten ihm bei einem ihrer wenigen Gespräche kurz vor seinem Aufbruch dazu geraten. Eigentlich war es weniger ein Gespräch, es waren ein paar hingeworfene Sätze, gefüllt mit Meinungen und dem Hinweis, dass sie ihm nicht alles finanzieren würden und nicht für immer.

Die Universität verwirrte ihn. Nicht das Fach, es schien ihm sogar läppisch, sondern seine Kommilitonen. Es fing schon mit der Kleidung an. Jacken, Hosen, Schuhe, sogar Halstücher und Taschen schienen nicht nur sorgfältig ausgewählt zu sein, sondern auch unverständliche Signale über die gesellschaftliche Position ihrer Träger an die Umwelt zu senden, über ihre Zugehörigkeit zu einem bestimmten Milieu oder zu einem Milieu in dem Milieu. Alle kannten die richtigen Worte und Gesten, um miteinander ins Gespräch zu kommen und Netzwerke zu bilden, die ihren Karrieren auf die Sprünge verhelfen würden. Ihre Zukunft war ein helles, wärmendes Versprechen. Jan dagegen trug gedankenlos, was er immer schon getragen hatte: ausgewaschene Jeans, ausgewaschene Sweatshirts und einen dunkelblauen Parka. Seine Kleider waren sauber, aber abgetragen und verhießen eine Zukunft, in der für ihn höchstens eine subalterne Position im mittleren Management eines schwäbischen Automobilzulieferers vorgesehen war. Jan wusste nicht, in welcher Sprache er mit den anderen sprechen sollte. Sie blieben fremde Menschen, Außerirdische des Glücks.

Oft saß er allein in der Cafeteria der Technischen Universität und blickte auf die Hardenbergstraße. In einer Minute fuhren mehr Menschen an ihm vorbei als an der Bushaltestelle in Heuhausen in einem Jahr. Er kaute langsam an einem Schinken-Käse-Baguette und sah dem Regen dabei zu, wie er in breiten Schlieren die Fenster herunterlief. Das Studium langweilte ihn, nach dem ersten Semester ging er nicht mehr hin, und sein Alltag verlor an Struktur. Er kroch gegen 12 Uhr mittags aus dem Bett, saß mit ein paar Tassen Kaffee am Tisch in seiner Wohnung und wartete darauf, dass es Abend wurde. Seine Mutter rief einmal die Woche an, es klang nach Pflichterfüllung. Er wimmelte sie schnell ab, und sie schien froh darüber. Was sollte er ihr auch erzählen? Der Schlick hatte in der Stadt nur auf ihn gewartet, hatte höchstens seinen Namen geändert, war zu einem Morast geworden oder zu einem Brei aus flüssigem Gummi.

Wenn es dunkel wurde und er es in seiner Wohnung nicht mehr aushielt, zog er sich wie in Heuhausen wieder die Turnschuhe an und streifte durch die Stadt. Stundenlang trabte er durch Parks, an Kanälen entlang, am Ufer der Spree, in den Tiergarten, durch die Neubauten am Potsdamer Platz und von dort nach Schöneberg. Er sah Menschen hinter Fenstern und versuchte, sich ihr Leben vorzustellen in ihren großen Wohnungen mit den sauber polierten Parkettböden, mit den Sesseln aus Leder, mit den Bücherregalen. Er versuchte sich einzureden, ein einsamer Wolf zu sein, dessen Chance eines Tages kommen werde.

Nach zwei Jahren überwiesen seine Eltern kein Geld mehr. Er fuhr Weihnachten nicht nach Hause. In einem Callcenter heuerte er für zwanzig Stunden die Woche an, im Versandhandel. Mit dem Lohn kam er knapp über die Runden.

«Ich war vor dir da», erzählte er Nadine, «lange vor dir.» Und nach einer Pause: «Du hast mich zuerst auch nicht gesehen.» Sie schlang ihre Arme um ihn und strich über seinen Nacken, ein fast mütterlicher Trost.

Weil ihn die Anrufe meistens kaltließen, wurde Jan in der Reklamation eingesetzt, wo er aufgeregte Kunden, deren Stimmen sich überschlugen, stoisch bediente. Er ließ sich anbrüllen, ertrug weinende Hausfrauen und schreiende Rentner, spulte bei jedem Anrufer sein Programm ab, als wäre er eine Wand, an der alle Sorgen, alle Leiden, alle Tränen der Marktwirtschaft abprallen und zu Federn werden, die auf die Erde hinabschweben. Manchmal, wenn die Anrufer Dampf abgelassen hatten und er ihnen leidtat, wenn sie dachten, sie müssten nun etwas für ihn tun, wo sie ihn doch so angeschrien hatten, konnte er ihnen Versicherungen andrehen.

«Sie können ja auch nichts dafür», sagten sie, seufzend eine Zahnzusatzversicherung abschließend, «es ist alles marode, überall wird man beschissen, zur Wahl gehe ich schon lange nicht mehr. Wir können verrecken, und keiner merkt es.»

Die Versicherungen brachten Provisionen, und von den

Provisionen konnte er sich einen Urlaub leisten. Er flog nach Mallorca, last minute, im letzten Herbst, vor Nadine.

Vom Balkon seines Hotels im vierzehnten Stock blickte er durch eine Lücke zwischen zwei anderen Hochhäusern aufs Meer. Er hatte Vollpension gebucht, das Frühstücksbuffet ging nahtlos in das Mittagsbuffet über und von da aus in das Abendbuffet, mit einer leichten Variation der Zutaten. Der Strand war schmal, die Promenade gesäumt von Spielhallen und Restaurants mit laminierten, schmutzabweisenden Speisekarten in fünf Sprachen. Am dritten Abend ging er zu einem Sangria-Wetttrinken. Falsche Spanier mit russischem Pass spielten Flamenco. Ein Discjockey legte deutsche Schlager auf. Neben ihm saß eine mollige Rheinländerin und presste ihren Schenkel an seinen Schenkel. Ihr Mann schwang vor ihren Augen kleine Fahnen und führte die Polonaise an, Richtung Strand und Richtung Kampftrinken.

Die Nacht verbrachten sie auf seinem Zimmer. Dort zog sie ihn aus, nahm seinen Schwanz in ihre Hand und in ihren Mund und stieß ihn aufs Bett, wo sie sich auf ihn setzte und den Rhythmus bestimmte. Sie war die erste Frau in seinem Leben, die er mit seinen Händen berührte; deren Fleisch er in seinen Fingern hatte; deren Blut er unter ihrer Haut spürte. Die er roch und schmeckte und deren Schweiß sich mit seinem Schweiß mischte: unterdrücktes Stöhnen, Luft holen, die feuchten Laken, der modrige Geruch von Samen, die an seiner und ihrer Haut klebten.

Am nächsten Morgen blieb er mit einem Kater liegen, und sie reiste ab. Ihr Name war Rita. Sie sagte zum Abschied: «Ruf mich an, wenn du mal in Köln bist. Ehrlich, mein ich ernst. Nimm ein Hotel mit großen Betten. Muss ja passen für uns beide. War schön mit dir.» Sie lachte und war verschwunden, eine Telefonnummer hinterließ sie nicht. Nur ihr Geruch blieb im Raum hängen, bis die Betten am nächsten Morgen vom Zimmerservice frisch bezogen wurden, und die Sehnsucht nach Haut, nach Wärme, nach einem Körper und einer Stimme, die Worte für ihn fand.

Unter seinem Balkon spielten die falschen Spanier vor neuen Gästen, und er war wieder allein mit hundertzwanzig Fernsehprogrammen, hinter den Monitoren die Plattformen und Abgründe der elektronischen Netze mit ihren Andeutungen, ihren vagen Versprechungen, ihren bösartigen Kommentaren und vagabundierenden Informationen. Zwei Tage später ging sein Flug zurück.

Zuletzt, nachts, in seiner kleinen Wohnung, erzählte er Nadine weiter, habe er Angst gehabt, in der zähen Masse des Schlicks unterzugehen, und sich nicht mehr gerührt. Eine Kapitulation in der Hoffnung, wenigstens nicht erdrückt zu werden. Er ging weiter zur Arbeit, die Miete wurde vom Konto abgebucht, er hörte immer noch die Lieder von Burt Bacharach, aber ohne Zuversicht. Bis Nadine vor ihm stand.

«Es wird Ihrer Tochter gefallen», sagt der Juwelier zur Kundin und reicht ihr eine kleine blaue Schatulle, «und wenn nicht, können Sie es immer noch umtauschen.» Dann wendet er sich an Jan und fragt, was er für ihn tun könne. Jan sucht Verlobungsringe.

Mit Nadine hat er sich um 20 Uhr verabredet, im «Paris», einem Restaurant, das zu teuer für ihn ist. Vorher muss er noch nach Hause, muss sich duschen und rasieren. Er will gut riechen und vor Nadine im Restaurant sein. Sobald sie das Lokal betritt, will er aufstehen und ihr zuwinken. Er will ihr aus der Jacke helfen und ihr ins Ohr flüstern, wie gut sie aussieht, richtig gut, und wie er sich freut, sie zu sehen. Wie groß seine Sehnsucht nach ihr war und wie groß sie immer sein wird. Die Ringe will er in seiner Hosentasche haben, in einer kleinen Schatulle. Er muss nur den richtigen Moment finden, um sie hervorzuholen. Sie werden an einem Tisch beim Fenster sitzen. Die Kerzen werden brennen. Ein Rosenverkäufer wird kommen. Vielleicht kann er ihr noch vor dem Dessert sagen, dass er sie liebt und sie nicht gehen soll, zu dem anderen Mann, in das Dorf, sondern bei ihm bleiben, in der Stadt. Sie wird ja sagen, weil sie ja sagen muss.

Der Verkäufer fragt: «Wie teuer darf es denn werden?»

Es ist ihr letzter Tag im Callcenter. Es ist ihr letzter Tag in der Stadt und ihr letzter Abend mit Jan. Nadine hat die Fahrkarte in der Tasche, nach Rostock, einfache Fahrt, Abfahrt 11 Uhr 53, von Hauptbahnhof zu Hauptbahnhof in weniger als drei Stunden.

Keine halbe Stunde, dann ist Feierabend. Sie wird ihren Kolleginnen kurz auf Wiedersehen sagen, der Teamleiterin die Hand schütteln und sich auf den Weg machen. Es bleibt genug Zeit, um einkaufen zu gehen, auf dem Tauentzien oder auf dem Ku'damm, da wird sie alles finden. Im KaDeWe hat sie ein Kleid gesehen, es war herabgesetzt und sei immer noch zu haben, hieß es am Telefon. Neue Unterwäsche braucht sie auch.

Das Callcenter liegt in einem Fabrikgebäude an der Spree, nicht weit vom Schlesischen Tor. Eine Etage, die sich durch das ganze Gebäude zieht: zwei Hinterhöfe, Tordurchfahrten, Lastenaufzüge rumpeln hoch und runter. Die großen, hohen Räume mit bodentiefen Fenstern gehen zur Spree hinaus und sind gespickt mit Schreibtischen in Viererformation. Es gibt abgetrennte Bereiche hinter Glasscheiben für Team-Meetings, Einzelgespräche, Fortbildungen zu den neuen Programmen der Versicherungsgruppe und zur Optimierung der Verkaufsgespräche.

Auf jedem Schreibtisch steht ein Computer, daran angeschlossen ein Telefon mit Headset. Fast nur Frauen arbeiten hier und ein paar schmale und geschmeidige Jungs, die nach der Arbeit ins Fitnesscenter gehen und ihre Ausbildungen abgebrochen haben, um endlich Geld zu verdienen. An den Wänden stehen Schränke mit Schließfächern, eines gehört Nadine. Jeden Morgen wirft sie ihre kleine Handtasche mit dem Lippenstift, der U-Bahn-Karte, den Schlüsseln für ihre und seine Wohnung hinein, mit den Tampons und der Pille, um nicht schwanger zu werden vom falschen Mann im falschen Moment. Dann legt sie sich das Headset an, loggt sich ein und ist für acht Stunden eine Relaisstation der Warenwelt, fünf Tage die Woche, samstags und sonntags gibt es Zuschläge. Der letzte Anrufer hat eine Heizdecke bestellt mit Kuschel-Wellness-Garantie, sechs Temperaturstufen und Überhitzungsschutz, Farbe dunkelgrau. In zehn Minuten ist Schluss.

Sie blickt auf den Monitor, der von der Decke hängt und auf dessen Oberfläche die Charts aufleuchten, die den Umsatz der Mitarbeiter anzeigen: Name, angenommene Telefonanrufe, getätigte Abschlüsse, Höhe der Abschlüsse in Euro, gerechnet über einen Tag, eine Woche, einen Monat. Sie hat nie zu den ersten zehn Prozent gehört, die die Provisionen kassieren, aber auch nie zu den untersten zehn Prozent, die zu einem Gespräch unter vier Augen geladen werden, um ihnen den Abschied nahezulegen. Sie lag meistens im Mittelfeld, guter Durchschnitt. Ihre Teamleiterin meinte, es würde ihr leidtun, sie jetzt gehen zu sehen, wo sie sich doch gerade eingewöhnt habe und so gut mache und ihre Umsätze immer besser würden.

Nadine nimmt einen Schluck aus ihrer Wasserflasche, klickt mit der Maus auf «Anrufer annehmen», sagt: «Guten Tag, was kann ich für Sie tun?»

Eine noch junge Frauenstimme, die sich für einen Grill interessiert, der rauchfrei sein sollte, mit einem integrierten Gebläse und für Innenräume geeignet. Ihr Mann würde gerne grillen, aber sie hätten weder Garten noch Balkon, und immer nur in den Sommerferien, auf dem Campingplatz, das sei ja gut und schön, aber auch schnell vorbei. Was Nadine ihr denn raten würde? Ob sie den Grill schon einmal getestet habe? Nadine lacht und sagt, nein, habe sie nicht. Aber seinen Mann zu überraschen sei keine schlechte Idee.

Um Nadine wabert ein Geräuschteppich aus dem Surren der Computer, dem Klicken der Mäuse, die Räder der ergonomischen Stühle rollen auf dem Holzboden. Stimmen links und rechts von ihr quietschen, brummen oder plappern vor sich hin wie kleine Bäche. Aufträge gehen ein, Fragen werden gestellt, Reklamationen angemahnt. Die an- und abschwellende Beschwörung eines fiktiven Marktplatzes, dessen Waren in großen, schnell hochgezogenen Hallen in der Nähe von Autobahnanschlüssen lagern und darauf warten, von einer Bestellung erlöst zu werden: kaufen und verkaufen, Listenpreis und Sonderangebot. Kann ich noch etwas für Sie tun, wie lautet Ihre Kundennummer. Ich stelle Sie durch zu unserem Berater. Die Garantiezeit ist leider abgelaufen, die Lieferzeit beträgt drei Tage, vielen Dank für Ihren Einkauf. Nadine klickt auf «Bestellung angenommen», zerrt das Headset vom

Kopf und legt es zur Seite. Steht auf, drückt den Rücken durch. Es ist vorbei. Nur noch ein Abend. Nur noch eine Nacht.

Vor zwei Monaten ist sie zwanzig Jahre alt geworden. Bis auf die letzten sechs Monate hat sie ihr ganzes Leben in Gühren verbracht, vierzig Kilometer von der polnischen Grenze entfernt, in Vorpommern. Immer noch trägt sie die weit geschnittenen Pullover, die ihre Mutter für sie gekauft hat und die mit Perlen bestickt sind, angeordnet zu schillernden Katzen oder Vögeln. Darunter ein grünes Ibiza-T-Shirt mit Palmen drauf. Ihre langen Beine stecken in billigen Jeans, gekauft bei KiK in der Innenstadt von Rostock, als sie das letzte lange Wochenende mit Tim verbracht hat und sie shoppen gefahren sind.

«Ist doch viel schöner als die große Stadt», sagte Tim. Sie sah die Ostsee, das Meer und hörte das Geschrei der Möwen. Bei Nordsee aßen sie panierten Seelachs mit Remouladensoße und frittierten Kartoffelecken. Als Tim zur Toilette ging, schrieb sie eine SMS an Jan, um ihm zu sagen, dass sie ihn vermissen und sich freuen würde, ihn wiederzusehen. Ob er sie am Bahnhof abholen könne?

Tim brachte sie nach Hause und blieb über Nacht. Sie schliefen in ihrem Mädchenzimmer, an dessen Wänden Pferdeposter hingen und Lebkuchenherzen vom Jahrmarkt. Bevor die Sonne aufging, wachte sie auf. Fledermäuse flogen am Fenster vorbei, ein Nachbar machte sich auf den Weg zur Arbeit nach Hamburg. Tim flüsterte im Schlaf unverständliche Worte. Neben dem Bett lag das gebrauchte Kondom.

An ihren Vater erinnert sie sich nur in Bruchstücken. Er war Metzger in einem Schlachthof, Schichtleiter sogar, in der DDR. Als sie fünf Jahre alt war, hat er sich mit einem Bolzenschussgerät das Leben genommen, nachdem der Schlachthof zugemacht hatte und er nicht mehr gebraucht wurde: der verdiente Genosse, der Planübererfüller, der Mann, der am Wochenende zur Hausschlachtung geholt wurde für eine Flasche Schnaps oder Kaffee aus dem Westen oder Ersatzteile für den Trabant. Die Mutter hat nie viel über ihn erzählt, und wenn, dann machte sie dabei eine wegwerfende Handbewegung, als wolle sie lästige Fliegen verscheuchen: «Er war zu weich, er hat sich nicht durchgesetzt, später kam die Wende, dann kam der Durst.» Und: «Wenn du nicht wärst, wäre ich längst im Westen. Hätte mir Arbeit gesucht, in Hamburg oder München. Vielleicht auch Stuttgart. Da, wo die Leute Geld haben.» Die Mutter – Strähnen im schwarzen Haar, das Gesicht meistens bleich, groß gewachsen und hager, feine, schlanke Hände, diskrete Affären nach dem Tod des Mannes, die sie vor ihrer Tochter verbarg – zog an ihrer Zigarette, schnippte die Asche in den Aschenbecher und sah durch den Rauch hindurch auf eine Landschaft, die sich dem Horizont entgegenkrümmte und dann verlor.

Die Kolleginnen winken kurz, als sich Nadine verabschiedet. In der Mittagspause haben sie Sekt getrunken und versprochen, in Kontakt zu bleiben, auf Facebook, auf jeden Fall. Dann haben sie ihr ein Kuvert geschenkt und gesagt, sie solle es erst später aufmachen, eine kleine Überraschung, damit sie die Zeit bei ihnen nicht vergisst. Es war fast traurig.

Nadine gibt ihren Passierschein mit der Magnetkarte beim Pförtner ab und tritt auf die Straße hinaus, wo sich das übliche Bild zeigt: Männer mit abgerissenen Plastiktüten in der Hand schlurfen über den Bürgersteig. Türkische Mädchen mit Kopftuch wackeln in enganliegenden Stretch-Jeans vor ihr her. Ein junges, frisch aus Westdeutschland eingetroffenes Paar wartet auf den Makler, der ihnen eine Eigentumswohnung vermitteln will. Die Eltern zahlen und kommen bald auf Besuch, um die Investition zu begutachten und später die Enkelkinder. Rentner halten sich an Rollatoren fest, in deren Fächern sie die wenigen Einkäufe unterbringen, die sie noch brauchen: zwei Scheiben Bierschinken, ein halbes Weißbrot, Margarine, Gewürzgurken aus dem Spreewald. Hunde pinkeln an Bäume, Musik scheppert aus geöffneten Fenstern, Glocken von der nahen Kirche läuten die nächste Stunde ein.

Am Schlesischen Tor wartet Nadine auf die U1 Richtung Uhlandstraße, die sie zum Wittenbergplatz bringen soll. Noch auf dem Bahnsteig öffnet sie das Kuvert: ein Gutschein für Amazon über fünfzig Euro. Eine Postkarte, von allen Kolleginnen unterschrieben: Viel Glück, lade uns zur Hochzeit ein.

Im Waggon ist kaum noch Platz. Passagiere stehen dicht an dicht, prallen aufeinander, als der Zug plötzlich bremst. Nadines Handy fiept, eine Nachricht von Jan, drei Emoticons – Herz, Sektkelch, lachendes Gesicht – und eine Uhrzeit: 20 Uhr. Sie schickt ihm einen Kuss zurück. Am Halleschen Tor schiebt ein Mann in abgeschnittenen Jeans sein Mountainbike in den Waggon. Seine Waden sind tätowiert mit Teufelsfratzen und Totenköpfen, um die sich Schlangen winden. Die Passagiere weichen vor ihm und seinem Fahrrad zurück, fluchen, jemand tritt Nadine auf die Füße, dann schlagen die Türen zu.

Ein halbes Jahr nur. Länger wird ihr Ausflug nicht gedauert haben, wenn sie morgen den Zug nimmt. Vorher muss sie noch den Schlüssel für ihre Wohnung in Lichtenberg abgeben, für einen Raum, Küche und Bad im zehnten Stock eines Hochhauses. Die Aufzüge im Plattenbau funktionieren nicht immer, sie hört die Spülung der Toiletten aus den oberen Stockwerken, durch die Fenster zieht es. Von ihrem kleinen

Balkon kann sie hinuntersehen auf Gleise und auf eine gleichförmige Landschaft aus Kleingärten, in denen Blockhäuser aus dem Baumarkt stehen. Dahinter die Schlote eines Kraftwerks.

In den ersten Wochen kannte sie keine Seele in der Stadt. Nicht im Haus, nicht auf der Arbeit. Kaum einer sprach mit ihr, abgesehen von den Anrufern im Callcenter, die sich über Flecken auf Sofabezügen beschwerten oder über die falschen Farben ihrer Socken in Basic-Feinstrick. An den Wochenenden war die Kassiererin im Supermarkt der einzige Mensch, der ein Wort mit ihr wechselte, aber nur, weil sie wissen wollte, ob Nadine Treueherzen sammele oder Payback-Punkte.

Wenn sie nachts allein in der Wohnung war, wenn kein Geräusch mehr von den Nachbarn kam, wenn nur noch das Grundsurren der Großstadt durch das geöffnete Fenster hereinsickerte und ihr Zimmer füllte, dann hatte sie das Gefühl, in einem Raumschiff zu sitzen, das durch ein dunkles Universum kreuzt und den letzten Menschen Lichtjahre hinter sich gelassen hat. Sie rief ihre Mutter an, die ihr sagte: «Das hast du davon, die Stadt ist nichts für dich, ich habe es dir gleich gesagt. Komm zurück, du hast Konkurrenz, den Tim wollen viele.» Nadine konnte die Lunge ihrer Mutter rasseln hören durch die Leitung, schwarz wie Kohle. Sie rief Tim an. Er sagte: «Schön, deine Stimme zu hören. Soll ich am Wochenende kommen? Wir machen es uns gemütlich. Nur wir zwei. Du und ich. Ich träume jede Nacht von dir. Hast du schon einen Liebhaber in Berlin?»

Sie lachte verlegen. «Nein, habe ich nicht.»

Anfang Juli, am Ende eines Wochenendes, das sie allein in ihrer Wohnung verbracht hatte, kam eine Einsamkeit über sie, die sie bis dahin nicht gekannt hatte, schwarz und unerbittlich. Der Tag war heiß, und die Hitze staute sich in ihrem Zimmer, das nach Süden hinausging. Sie wachte schon verschwitzt auf, aus verwirrenden Träumen; duschte sich, frühstückte und wusste nicht, was sie mit sich anstellen sollte. Fummelte an sich herum, kochte Kaffee, war wieder verschwitzt, weil die Hitze immer stärker wurde. Sie stellte sich wieder unter die Dusche, saß nackt auf ihrem Bett, schaltete den Fernseher ein, schaltete den Fernseher aus und goss den kalt gewordenen Kaffee in den Ausguss. Legte sich auf das Bett. Starrte die Decke an, die keine Flecken hatte, keine Unebenheiten, die gestrichen war in einem matten, unpersönlichen Weiß.

Sie zog einen Trainingsanzug an und wieder aus, weil sie sich im Spiegel nicht gefiel. Schlüpfte in die alten Jeans, zog ein T-Shirt über, nahm den Fahrstuhl hinunter. Streifte durch die Straßen, ohne Ziel. Als sie erschöpft war, wollte sie nicht in die leere Wohnung zurück, wusste aber auch nicht, wohin sonst. Im Supermarkt kaufte sie sich zwei Tiefkühlpizzen, einen Salat aus Rucola, geschnippelten Möhren, Mais und Tomatenstücken, außerdem eine Flasche Grauburgunder, um besser einschlafen zu können. Auf dem Weg zurück folgte ihr ein Mann – schwarze Haare, alter Nadelstreifenanzug, Bartstoppeln –, der in gebrochenem Deutsch um Sex bettelte und ihr zuflüsterte, er würde ihr auch Geld geben: eine so schöne Frau, so schöne Beine, so schöner Körper, wunderbare Titten, hundert Euro würde er ihr geben für einmal ficken. Sie floh in den Hauseingang und schlug die Tür hinter sich zu. Der Mann klopfte und stieß mit dem Becken gegen das Glas.

Sie rannte die Treppen hoch in den zehnten Stock, schloss hastig ihre Wohnungstür auf und legte den Riegel vor. Außer

Atem stand sie wieder am Fenster und sah überall glückliche Menschen. In den Schrebergärten Familien, die um einen Grill herumsaßen. Lachen perlte zu ihr hinauf. Freunde fuhren mit dem Fahrrad entlang der S-Bahn-Gleise, im Anhänger Decken und Federballschläger und einen Kasten Bier. Kinder planschten im Wasser eines Brunnens und kreischten. Ein Mädchen saß auf dem Rücksitz eines Mopeds und umklammerte ihren Freund, das Kleid bis zu den Schenkeln hochgerutscht und vom Fahrtwind gebauscht.

Sie rief Tim an und sagte, sie werde zurückkommen, nach Gühren. Gleich am nächsten Tag werde sie kündigen, Ende Oktober sei sie zurück, dann könnten sie heiraten. Was er davon hielte: heiraten? Und Kinder? Habe er schon an Kinder gedacht? Sie wolle zwei Kinder haben, mindestens.

Tim hatte noch nicht an Kinder gedacht.

Am nächsten Morgen, einem Montag, saß sie wieder bei der Arbeit. Kollegen nickten ihr kurz zu. Sie legte ihre Handtasche in ihr Fach, schloss ab und loggte sich in den Computer ein. Schickte eine Mail an ihren Vorgesetzten mit der fristgerechten Kündigung. Ihr Leben war wieder da, wo sie es verlassen hatte, auf einem Gleis, das schnurgerade auf einen Horizont zulief, darauf ein Zug, in dessen Rattern sie drei Wörter ausmachte: Tim, Haus, Kinder. Tim, Haus, Kinder. Das Telefon klingelte, sie nahm ab, der erste Anrufer des Tages mit einer Reklamation, die sie durchstellte.

Der zweite Anrufer nuschelte seinen Namen in den Hörer, aber sie verstand ihn nicht und bat ihn, den Namen zu wiederholen. Wieder nuschelte er, wieder verstand sie kein Wort.

«Können Sie Ihren Namen bitte noch einmal wiederholen?», fragte sie ein weiteres Mal, und der Mann antwortete, es würde um einen Pullover gehen, V-Ausschnitt, Lambswool. Der brüchigen, von der Zeit ausgeleierten Stimme nach schien er ein alter Mann zu sein.

Nadine sagte, es tue ihr leid, aber sie habe seinen Namen wieder nicht verstanden. Sie brauche ihn aber. Oder die Kundennummer. Für die Bearbeitung. Name oder Kundennummer.

Der Mann schwieg. Sie hörte nur seinen Atem. Dann sagte er barsch, klar und deutlich: «Die hast du doch schon. Meine Kundennummer. Und meinen Namen auch. Zweimal schon. Wie oft soll ich den noch sagen?»

«Bitte», sagte Nadine, «ich weiß. Aber ich habe ihn wirklich nicht verstanden.»

«Nicht verstanden? Kannst du kein Deutsch? Woher kommst du? Anatolien?»

«Nein, ich komme nicht aus Anatolien.»

«Dumme Nuss ...»

«Ich brauche nur Ihren Namen ...»

«Kleine, dumme Nuss. Blöde Fotze. Kein Gramm Hirn im Kopf. Zu dumm zum Ficken. Anatolische Fotze.»

Nadine war schon von Familienvätern am Telefon beschimpft worden, die sich in ihren Hobbykeller zurückzogen, um ihre Wut, ihren Hass und ihre Niederlagen in einen Strom giftiger Worte zu verwandeln. Rentner, deren Leben von gehässiger Langeweile getränkt war, die sie in giftigen Dosen weitergeben wollten. Übersehene, von Akne geplagte Teenager, die die Welt noch mehr verabscheuten als ihr eigenes Spiegelbild und die davon träumten, ein Massaker an ihren Schulen zu begehen, wenn sie nur die Waffen hätten.

Sie solle die Anrufe nicht ernst nehmen, hatte ihre Teamleiterin gesagt, die seien nicht persönlich gemeint. Aber jede Beleidigung hinterließ Spuren. Sie grub sich unter die Haut und blieb dort liegen wie radioaktiver Abfall. Sie zersetzte die dünne Schicht von Selbstbewusstsein. Nadine fragte noch einmal nach seinem Namen.

Er sagte: «Du dummes Stück Scheiße.»

Sie riss sich das Headset vom Kopf und lief heulend zur Toilette. Schlug die Tür hinter sich zu und setzte sich auf die Klobrille. Weinte weiter, bis eine Kollegin an der Tür rüttelte und fragte, ob alles in Ordnung sei. Ja, ja, antwortete sie, alles sei gut. Sie zog den Rotz hoch, trocknete die Tränen und sagte sich, dass es ihre eigene Schuld sei. Wie hatte sie nur glauben können, dass ihr mehr Möglichkeiten offenstünden als die, die ihr mitgegeben worden waren bei der Geburt in einem Krankenhaus, das noch nach der sauren Schärfe sozialistischer Desinfektionsmittel gerochen hatte?

Tim, Haus, Kinder.

Auf dem Rückweg zu ihrem Schreibtisch kam sie am Kaffeeautomaten vorbei. Dort traf sie – die Schultern eingezogen, den Kopf gesenkt, damit niemand ihre roten Augen sah – zum ersten Mal auf Jan, der sich einen Kaffee ziehen wollte, weiß und mit Zucker.

Am U-Bahnhof Wittenbergplatz steigt sie aus. Überquert den Platz, nimmt den Haupteingang zum KaDeWe. Im Erdgeschoss öffnet sich die Welt der Parfums, der Cremes, der Tinkturen; der Verjüngung, der straffen Haut und ihrer Erhaltung; der Sorge um Falten, Körpergeruch, Schweißflecken. Eine Wolke auf der Basis von Alkohol und destilliertem Wasser, versetzt mit Essenzen aus Geranium, Hyazinthen, Jasmin oder Lavendel.

Die Mode für die Dame liegt im zweiten Stock. Die Verkäuferinnen tragen schwarze Hosen und schwarze Hemden oder T-Shirts. Der Boden ist gefliest, die Umkleidekabinen stehen auf weißen Teppichen und haben weiße Vorhänge. Eine Verkäuferin fragt, ob Nadine etwas Bestimmtes suche, ob sie einen Wunsch habe oder auch nur eine Frage. Nadine antwortet, sie habe vor einer Woche ein Kleid gesehen. Es sei gewickelt gewesen und bedruckt mit Karos, in Blau und in Rot, das habe ihr sehr gut gefallen. Das Kleid sei noch da gewesen, gestern jedenfalls, sie habe angerufen, und es sei auch – Nadine zögert kurz, sie sucht nach dem richtigen Wort, ihr fällt es nicht ein – billiger als sonst.

«Herabgesetzt», sagt die Verkäuferin.

«Genau», lacht Nadine, «das habe ich gemeint.»

Sie werde das Kleid holen, sagt die Verkäuferin und schiebt Nadine Richtung Umkleidekabine.

Die Spiegel sind bodentief. Nadine zieht sich aus. Ihr Slip hat fünf Euro gekostet, bei H&M. Ihren Körper konnte sie nie leiden. Die langen Beine. Die schmale Taille über den runden Hüften. Der feste Busen, von dem Jan sagte, er würde so gut in seine Hände passen. Die dunkle Haut, fast ohne Mitesser, keine Pickel. Ihre ganze Schönheit, die sie sonst in den ausgebeulten Jeans versteckt hält, in den unförmigen Pullovern und T-Shirts. Meistens lässt sie die Haare ins Gesicht fallen, um ihre Augen zu verdecken.

Die Männer haben sie immer bedrängt.

Der Lehrer in der siebten Klasse, der ihr beim Aufsatz über die Schulter schaute, um ihr in die Bluse zu sehen. Die Jungs im Freibad, die sie unter Wasser zogen, um sich an ihr zu reiben, und die später Löcher in die Umkleidekabinen pulten, um sie nackt zu sehen, die Hände in den nassen Badehosen. Der Nachbar, der ihr zuflüsterte, sie solle zu ihm in die Garage kommen, er habe Geschenke. Ihr Cousin auf Besuch, der eines Nachts neben ihr lag mit einer verklebten Unterhose und weinte und sie bat, es niemandem zu erzählen. Ein Fotograf aus der Stadt im Eiscafé, der ihr sagte, in Hamburg könne sie viel Geld machen mit ihrer Figur und ihrem Gesicht.

Irgendwann, dachte sie, würden die Blicke und Berührungen aufhören, einfach so. Aber sie blieben, und Nadine ahnte, dass sie ihnen eines Tages nachgeben und zu einem anderen Menschen werden würde. Vielleicht würde sie sich dann nicht mehr fremd in ihrer eigenen Haut fühlen. Vielleicht wäre ihr Gesicht dann auch ihr Gesicht und ihr Körper ihr Körper.

Vielleicht. Irgendwann.

Kurz nach ihrem achtzehnten Geburtstag ging sie mit Freundinnen auf eine Beach-Party im Gührener Strandbad. Es gab drei Dancefloors: Techno, Heavy Metal und Schlager. Die Jungs betranken sich, die Mädchen warteten darauf, dass das richtige Lied gespielt wird. DJ Dieter legte im Schlagerzelt Schmuselieder auf und hauchte ins Mikrophon: «Zeit für Kuschelrock.»

Über zwei Tische hinweg starrte sie ein Mann an, vielleicht zehn Jahre älter als sie. Hin und wieder hatte sie ihn gesehen, bei einem Osterfeuer oder einem Dorffest. Am Herrentag zogen die Jungs über Landstraßen, saßen auf den Anhängern von Treckern, wo sie Bierkasten um Bierkasten leerten. Er steuerte meistens den Trecker und rührte keinen Alkohol an. Seine Eltern waren aus dem Westen gekommen, hatten das alte Eigentum zurückgeholt und vermehrten es. Tausend Hektar Land, auf denen Getreide und Kartoffeln angebaut werden, außerdem Mais und Raps für die eigene Biogasanlage. Im Stall stehen dreitausend Schweine, ausschließlich Mastvieh, vom Ferkel zur Schlachtreife in achtzehn Wochen.

Nadine wusste, er heißt Tim, aber sie erwiderte seine Blicke nicht. Schließlich stand er auf, Zeit für Kuschelrock, und kam an ihren Tisch: dunkelblond, groß, ungelenk, ein Cowboyhemd über der Jeans, ein verlegenes Lächeln und freundliche, blassblaue Augen. Höflich fragte er, ob sie mit ihm tanzen wolle. Sie nickte gegen ihre Gewohnheit und zu ihrer eigenen Überraschung. Er nahm ihre Hand, legte seine Hand auf ihren Rücken, zog sie an sich. Sie legte den Kopf an seine Schulter, genauso wie die anderen Mädchen bei den anderen Jungs.

Nach drei Tänzen fragte er, ob er sie nach Hause bringen könne, und sie zuckte mit den Achseln und sagte, das wäre toll. Auf der Fahrt erzählte Tim, wie oft er sie schon beobachtet, aber sich nie getraut habe, sie anzusprechen. Sie erwiderte nichts, sah nur aus dem Fenster. Er legte seine Hand auf ihre. Sie war warm und trocken, eine gute Hand, mit Schwielen von der Arbeit. An einem See setzte Tim den Blinker und fuhr auf den Parkplatz neben einer Badestelle, versteckt hinter Hecken. Er betätigte die Handbremse seines Mercedes und entjungferte Nadine ungeschickt, aber nicht lieblos auf der Rückbank seines E 220.

Die Verkäuferin schiebt den Vorhang leicht zur Seite, eine kleine Lücke für das Kleid, und fragt: «Sie meinten dieses hier?»

«Ja. Richtig.»

«Wir haben nur noch eine Größe. Ich hoffe, es passt.»

Nadine zieht den Reißverschluss auf, steigt hinein. Es zwackt unter den Achseln, ihre Brüste passen nicht in den Ausschnitt. Als sie den Vorhang zur Seite zieht, sagt die Verkäuferin: «Geht nicht.»

«Schade», antwortet Nadine und lässt den Kopf hängen.

Die Verkäuferin mustert sie und sagt: «Ich habe etwas Besseres für Sie.»

«Nein. Danke. Ich …»

«Doch, doch. Das andere Kleid wird Ihnen passen. Es ist wie für Sie gemacht. Glauben Sie mir.»

Die Verkäuferin verschwindet. Sie ist eine elegante Dame Ende vierzig, eine Königin des Kaufhauses, im schwarzen Haar ein paar graue Strähnen. Nadine zieht sich in die Umkleidekabine zurück. Zur Not hat sie noch das schwarze Kleid, das sie bei Peek & Cloppenburg gekauft hat, für die Silberhochzeit von Tims Eltern. Aber an Tim darf sie jetzt nicht denken. Nicht an ihre Zukunft und nicht an den Morgen nach der Nacht am See, als sie aus der Dusche kam und sich das Haar frottierte und immer noch im gleichen Körper steckte wie zuvor.

Nach der Goldschmiedelehre fand sie keine Arbeit. Tim wollte heiraten, und ihre Mutter sagte, es sei die Chance ihres Lebens. Aber ihr schien es unheimlich. Sie hatte noch nicht viel gesehen von der Welt, nur die Ostsee und die Bundesstraße nach Rostock. Einmal war sie mit Tim in Hamburg, auf dem Fischmarkt. Sie bewarb sich beim Callcenter und versprach, nach einem Jahr zurückzukommen.

Die Verkäuferin fragt: «Was halten Sie davon?», und schiebt ein schwarzes Kleid am Vorhang vorbei. Es ist aus einem hauchdünnen Stoff, Nadine zieht es vorsichtig an. Es hat schmale Träger über den Schultern, lässt den Rücken bis zur Taille frei, liegt eng am Körper und fühlt sich so leicht an, als würde es um sie schweben. Wenn sie sitzt, werden ihre Oberschenkel zu sehen sein. Sie zieht den Vorhang zur Seite, die Verkäuferin klatscht in die Hände.

«Ich glaube», sagt Nadine, «das ist nichts für mich.»

«Aber doch! Das Kleid hat auf Sie gewartet.»

«Ist es aus Seide?»

«Ja. Echte Seide.»

«Die ist bestimmt nicht billig.»

«Wir haben es im Angebot. Für 750 Euro. Ich gebe Ihnen ein paar Strümpfe dazu. Und Unterwäsche. Sie brauchen die richtige Unterwäsche. Kein BH. Das Kleid müssen Sie ohne BH tragen. Aber den richtigen Slip. Warten Sie. Lassen Sie das Kleid an. Sie sehen großartig aus.»

Nadine schaut der Verkäuferin nach, die die Rolltreppe zur nächsten Etage nimmt. Das Kleid ist eigentlich zu teuer. Sie hat auch nicht die richtigen Schuhe dafür. Aber wenn sie gegenüber bei Deichmann billige Pumps bekommt, wird es schon gehen. Sie will schön sein, begehren und begehrt werden, wie am ersten Tag, als sie an Jan vorbeischleichen wollte. Ihre Augen waren rot geweint nach dem Anruf. Er fragte, ob alles in Ordnung sei. Sie hatte ihn bis dahin kaum wahrgenommen, er war für sie nur eine weitere Gestalt ein paar Schreibtische neben ihr gewesen, aber ihr gefielen seine Stimme und seine Augen. Er gab ihr ein Papiertaschentuch und sagte, sie solle es nicht so ernst nehmen: «So einen Tag erwischt jeder von uns. Ist mir auch schon passiert. Manchmal denke ich abends: So viel Mist gibt es gar nicht, wie ich mir anhören muss, den ganzen Tag.»

«Ja.»

«Soll ich dir einen Kaffee ziehen?»

«Nein, danke.»

«Ich kann dir auch einen Tee ziehen. Den gibt es auch, drei verschiedene Sorten. Es gibt Zitronentee, schwarzen Tee, Kräutertee. Kaffee gibt es in Weiß oder Schwarz, mit oder ohne Zucker. Kostet alles sechzig Cent. Alles. Auch die Gemüsebrühe. Willst du Gemüsebrühe? Ich lade dich ein. Zu Gemüsebrühe. Ehrlich.»

Nadine schüttelte den Kopf.

«Du hast recht. Gemüsebrühe würde ich auch nicht trinken. Das überlebt man praktisch nicht. Habe ich einmal versucht. Ist reinste Säure. Mein Magen hat tagelang gezwackt. Ich dachte: Jetzt ist es so weit, ich habe Krebs, ich muss sterben.»

Nadine lachte.

Er sagte: «Ist manchmal Scheiße, der Job, oder?»

Am Abend gingen sie in ein indisches Restaurant. Sie aßen Reis und Lamm und davor frittierten Blumenkohl. Danach liefen sie zu seiner Wohnung, Hand in Hand. Nadine schaltete ihr Handy aus. Mit Jan im Bett zu sein, war anders. Blicke und leichte Berührungen. Ein Finger, der über ihre Brust fuhr. Die Knöpfe an seinem Hemd. Seine Hand, die sich unter ihren Rock schob. Seine Augen und sein Mund. Nicht darüber nachdenken, was zu tun war; wohin sie fassen oder greifen, wie sie sich berühren oder bewegen soll, einfach machen. Vögeln und ficken, schreien und stöhnen. Die Beine um ihn klammern, ihn in sich hineinlassen, auf ihm liegen und weiter vögeln, bis sie keine Luft mehr bekam und neben ihm lag im Bett. Die Sonne sickerte durch die Vorhänge, der Wecker rasselte, beide mussten zur Arbeit und sahen sich an und lachten und vögelten weiter, statt sich zu duschen.

Abends, in ihrer Wohnung, als sie allein war, schaltete sie das Handy wieder ein. Fünf Nachrichten von Tim. Sie rief ihn an. Er nahm beim ersten Klingeln ab.

«Wo bist du gewesen?», fuhr er sie an.

«Ich war im Kino. Mit einer Kollegin. Ich habe bei ihr geschlafen. Der Akku vom Handy war leer.»

«Ich dachte, du bist immer allein.»

«Frauke ist auch neu. Sie arbeitet erst seit einer Woche bei uns. Kommt auch aus Vorpommern. Sie wohnt weit draußen. In Spandau.»

«In Spandau?»

«Ja. Auf der anderen Seite der Havel.»

Er wechselte plötzlich das Thema, als wollte er es nicht genauer wissen.

«Ich habe mir gestern ein Haus angesehen.»

«Was hast du?»

«Ein Haus besichtigt. In einem Park, an der Autobahn, da stehen Musterhäuser, ich habe mir eines angesehen, mit großem Wohnzimmer und Küche unten, drei Schlafzimmern oben. Meine Eltern helfen uns, die geben Geld dazu, das alte Haus hat ja nicht genug Platz für uns alle, du willst doch Kinder. Im Badezimmer können wir Fußbodenheizung verlegen, das ist praktisch. Dann sind deine Füße immer warm, vor allem, wenn du aus der Dusche kommst. Aber du kannst auch überall Fußbodenheizung haben, im ganzen Haus, wenn du willst.»

Nadine klemmte sich den Telefonhörer zwischen Schulter und Ohr und sah auf die Stadt hinunter. Sie stellte sich vor, hinter einem der hell erleuchteten Fenster in der Ferne würde Jan auf sie warten. Sie roch noch nach der letzten Nacht.

«Ist so eine Fußbodenheizung nicht teuer?»

«Ist egal. Die Küche können wir bei IKEA kaufen. Dann sparen wir Geld.»

Er redete weiter: über das Getreide, das bald eingebracht werden müsse, spätestens Ende der Woche. Mastschweine gingen zum Schlachthof. Neue Ferkel seien schon bestellt, die Wiesen schon gemäht. Für die Hochzeit habe er eine Gästeliste angefangen, über hundert Leute, nur von ihm. Er schicke ihr die Liste zum Vervollständigen.

«Ich habe gekündigt», fiel sie ihm ins Wort. «Ich muss raus aus der Stadt. Es ist immer laut hier, nie hat man Ruhe. Richtige Ruhe. Wie bei uns auf dem Land. Immer ist was los, selbst nachts, auch in Spandau.»

Sie sah plötzlich Jan vor sich und musste kichern: sein Kopf zwischen ihren Beinen, seine Zunge.

«Was ist?»

«Ach nichts. Ich musste nur über einen Witz lachen. Ein Kollege hat heute einen Witz erzählt.»

Sie werden zu ihm gehen, nach dem Restaurant, für die letzte Nacht, da ist sich Jan sicher. Er saugt den Staub vom Teppich, wischt den Küchenboden, wäscht das dreckige Geschirr ab, bezieht sogar die Betten neu. Stellt eine Flasche Crémant von Lidl in den Kühlschrank und Aufbackbrötchen für das Frühstück. Er kennt ihren Hunger, morgens, nach dem Sex.

In ihrer Wohnung war er nur ein Mal. Er wollte Nadine abholen, zum Kino, und schlüpfte hinter einer anderen Mieterin durch die Haustür. Fuhr mit dem Fahrstuhl in den zehnten Stock, wo er an ihrer Wohnungstür klingelte. Sie war überrascht, ihn im Flur stehen zu sehen, und hätte ihm fast die Tür vor der Nase zugeschlagen. Zögernd bat sie ihn herein.

Sie entschuldigte sich, dass es nicht aufgeräumt sei. Er solle auf den Balkon gehen, dort habe er einen schönen Blick. Schon war sie im Badezimmer verschwunden. Ihre Wohnung war klein, ein schmales Bett an der Wand, ein kleiner Tisch, auf dem Linoleumboden ein Teppich. Ein Sessel, den sie vom Sperrmüll haben musste oder von eBay, über dessen Lehne ein T-Shirt hing, ein schwarzer BH und Strümpfe. An der Wand hing die Reproduktion eines Gemäldes: Wasserrosen in einem See, auf dessen Oberfläche sich herabhängende

Bäume und ihre Zweige spiegeln und unter dessen Oberfläche die Schuppen der Goldfische schimmern. Auf dem Nachttisch stand ein Foto.

Jan musste nicht lange nachdenken, um zu erkennen, wer der Mann auf dem Trecker ist, der in die Kamera lacht. Aber der Zorn traf ihn unvorbereitet. Er wollte das Foto zerreißen oder anzünden, den Rahmen auf den Boden werfen und auf ihm herumtrampeln, als könnte er den fernen Konkurrenten, von dem er bisher nur den Namen kannte, wie ein Voodoo-Priester aus der Welt schaffen. Hätte er außerdem Kröten in heißes Wasser werfen, Krähen den Hals abhacken und ihr Blut trinken müssen – er hätte es getan. Stattdessen ging er auf den Balkon, atmete tief durch und versuchte, sich zu beruhigen. Nadine rief ihm zu, dass sie gehen könnten, sie sei fertig. Im Aufzug, auf dem Weg nach unten, bemerkte sie seine Wut – die weißen Knöchel, den malmenden Kiefer – und fiel ihm plötzlich um den Hals, als wolle sie sich festhalten.

Über ihr zukünftiges Leben an der Seite eines Bauern sprach sie selten, und wenn sie darüber sprach, dann klang es so, als wäre es eine phantastische Idee, über die sie nur lachen könne, eher ein Roman als Realität. Jan fiel gern in ihr Lachen ein, ließ sich anstecken, so unvorstellbar erschien es auch ihm, so weit weg. Aber die Tage vergingen, sie durcheilten den Sommer, die Zukunft raste auf sie zu und mit der Zukunft auch der Oktober, ihr letzter Monat in der Stadt. Nadine ließ nicht davon ab, zurück nach Vorpommern zu gehen, wo ein Leben auf sie wartete, aus dem sie nicht entkommen konnte oder nicht entkommen wollte.

Ende September, der Sommer war ein letztes Mal zurückgekehrt, gingen sie in den Tiergarten, um zu picknicken. Sie lagen in der Sonne, auf einer Decke, aneinandergeschmiegt. Er roch ihre Haut, spürte ihren Herzschlag, sie strahlte eine Wärme ab, die ihn umhüllte. Er schlief halb, als sie sich plötzlich umdrehte und seinen Kopf in ihre Hände nahm. «Wie soll ich ohne dich leben?», blaffte sie ihn an, als wäre er schuld an dem Dilemma, in dem sie steckten.

Die kleine blaue Schatulle liegt auf dem Tisch in der Küche. Er klappt sie auf, haucht die Ringe an, putzt sie mit seinem Hemd. Es sind schlichte Ringe, aus Silber. Sie seien solide und wertbeständig, hat der Juwelier gesagt, ein Versprechen auf ein langes gemeinsames Leben, auf Treue und Verlässlichkeit. In die Innenseiten der Ringe hatte er ihre Namen eingravieren lassen: Nadine und Jan, für immer.

Der Anker ist geworfen, der Ballon schwebt neben dem Fernsehturm, eine Kugel aus Luft neben einer Kugel aus Stahl und Beton. Die Listen liegen aus, neue Namen sind noch hinzugekommen, aber einen Annahmestopp gibt es nicht. Es ist nicht das erste Mal über der Stadt, es wird auch nicht das letzte Mal sein. Es gab Zeiten, da reichte der Ballon nicht, da mussten ganze Zeppeline her, die nur in Notfällen eingesetzt werden. Es war die Zeit der brennenden Häuser, der Bunker und Luftschutzkeller. Durch die Straßen zog der Feuersturm und verbrannte die Stadt und ihre Bewohner. Ruinen, wohin das Auge blickte.

Doch nun stehen wieder Häuser. Werden Brachen geschlossen, die letzten Trümmerfelder abgeräumt, ist die längste Narbe des Krieges kaum noch zu sehen, die Mauer und ihr Verlauf. Ragt der Fernsehturm in die Luft, als hätte nie etwas anderes an diesem Ort gestanden. Besucher warten in der Schlange, der Eintritt kostet dreizehn Euro. Mit dem Aufzug geht es in die Höhe, schon sind zweihundert Meter überwunden, das hat keine Minute gedauert. Die Plätze im Restaurant hier oben sind besetzt, an den Fenstern ist kein Stuhl mehr frei. Der Boden dreht sich, in dreißig Minuten geht es einmal rundherum. Am Fuße des Turms erstreckt sich ein Meer aus Stein, Asphalt, Ziegeln, Beton, Eisen und Stahl, das sich in die Landschaft ausdehnt und an den Rändern ausfranst, immer flacher wird. Jenseits der Stadt keine Berge, nur Wälder und Wiesen und Seen und Straßen, an denen sich Dorf an Dorf reiht. Direkt unter der Kugel des Turms hocken Wanderfalken und stürzen sich auf vorbeiziehende Tauben.

Am Brunnen der Völkerfreundschaft warten Junkies, die dürren Körper und Gesichter in Kapuzenpullovern versteckt. Ihre Rucksäcke sind alt, ihre Turnschuhe von der Caritas. Sie trinken Bier gegen das Zittern und um die Zeit zu überbrücken, bis der Dealer wieder eine SMS schickt und sie ausschwärmen für kleine Kugeln Heroin. Polizisten fahren in einem Opel Corsa langsam an ihnen vorbei. Die Fenster sind heruntergekurbelt, die Sonnenbrillen verspiegelt. Solange die Junkies ruhig bleiben und keinen Krach machen, solange sie sich die Spritze nicht unter den Augen der Touristen setzen, so lange werden sie in Frieden gelassen. Gedrückt wird hinter Hecken, auf dem obersten Absatz der Treppen, auf den Speichern von Abbruchhäusern und Investitionsruinen. Wenn einer der Junkies Geld hat, wirft er einen Euro in die Bezahltoilette von Wall und hat fünfzehn Minuten Ruhe.

Polizeiobermeister Axel Hentschel verlässt die Spielwarenabteilung von Kaufhof. Von seinen Kollegen wird er einfach «Hentschel» gerufen, als sei es kein ordinärer Name, sondern eine Marke. Unter einem Arm trägt er ein Geschenk für seinen Sohn, der morgen Geburtstag feiert und sich eine Sheriff-Ausrüstung gewünscht hat oder das Piratenschiff von Playmobil. Davor liegt eine Nachtschicht, zwölf Stunden im Streifenwagen mit dem Kollegen Jankowski, wenn der denn überhaupt zum Dienst erscheint.

Unter der Weltuhr sitzt ein Straßenmusiker und singt «What The World Needs Now Is Love». Das Lied würde Jan gefallen, es ist auch von Burt Bacharach, aber Jan ist immer noch dabei, das Nest für seine Geliebte auszukleiden. Er ahnt, dass er mit seiner kleinen Wohnung in Moabit, mit seiner höchst ungewissen Zukunft, nur schwer gegen all die Schweine und das Ackerland in Vorpommern ankommen kann. Aber er hat Ideen, er hat Pläne. Er hat die Ringe, in die er «für immer» eingravieren ließ, was natürlich eine Anmaßung ist, über die hier oben nur gelacht wird.

Nadine sitzt in der U-Bahn, die Einkaufstüten neben sich auf dem Sitz. Sie hat ein schlechtes Gewissen, weil sie so viel Geld ausgegeben hat. In Gühren wird sie das Kleid nicht tragen können, die Leute würden reden: Was für ein unanständiges Mädchen sie geworden sei, es gehöre sich doch nicht, so halbnackt herumzulaufen. Sie könnte das Kleid bei Jan lassen, als Andenken. Der Stoff, der ihren Geruch noch lange tragen wird.

Die U-Bahn rumpelt über die Warschauer Brücke zur Endhaltestelle. Die Türen werden aufgedrückt, Passagiere strömen heraus. Nadine folgt dem Hauptstrom zur S-Bahn. Vor ihr läuft eine Frau, die Jeans und Cowboystiefel trägt. Die weiße Bluse steckt in ihrer Hose. Ihr Gang ist breit und männlich. Die Handtasche hält sie so fest umschlossen wie eine Bohrmaschine. Wahrscheinlich wäre sie die richtige Frau für

Tim: zupackend und zielstrebig, nicht so wankelmütig wie Nadine, so unentschlossen, so aus der Bahn geworfen.

Sie steigt in die S7 nach Ahrensfelde, über Ostkreuz und Lichtenberg, wo das ehemalige Gelände der VEB Elektrokohle in mildes Licht getaucht ist. Über dreitausend Mitarbeiter stellten Graphit und Siliziumkarbid her, der Export ging in die Sowjetunion. Nach der Wende wurde der Schornstein gesprengt. Die Gebäude sind verlassen, Gras wächst zwischen den Gehplatten. Kleine Birken haben sich eingenistet in den Regenrinnen der Schuppen, die noch stehen. In verlassenen Laboren hängen dichte, von Spinnen gewebte Netze von den Decken.

In der Brunnenstraße, fast schon im Wedding, steht Tobias Naujoks in seiner Küche und hackt wütend auf Markknochen ein. Er ist Inhaber des Restaurants Paris und Chefkoch in einer Person. Seine Bank hat ihm einen Brief geschrieben und um ein persönliches Gespräch gebeten. Im Radio auf der Fensterbank werden die Aktienkurse verkündet: Die Hypo Real Estate liegt bei minus 62 Prozent, die Allianz bei minus 38 Prozent. Schockwellen rasen durch die Adern des Welthandels, der Fluss des Geldes stockt, Spuren von Rentenfonds sind ausgelöscht. Gebirge aus Krediten, die nur durch überzogene Girokonten gesichert sind. Das Konsumklima droht zu verdampfen, eine regenlose Zeit kündigt sich an. Dauernde Hitze, Trockenheit, ausgedorrte Stauseen, in denen hochattraktive Immobilienfonds in der Sonne verglühen, nur mehr Quallen am Strand in der Mittagshitze.

2

NEUN GÄNGE

Zehn Kilo Markknochen hat er bestellt, aber es sind nur acht Plastikeimer geliefert worden, in jedem ein Kilo. Den Lieferschein hat er nicht unterschrieben. Wenn sie ihn verarschen wollen, müssen sie früher aufstehen.

In der Küche nennen sie Tobias Naujoks den Chef. Er ist kein Patriarch wie die Alten, die über ihre Brigaden herrschten wie Sonnenkönige und nur noch zum Abschmecken in ihr Reich hinabstiegen, sondern ein zäher Arbeiter. Er war sich nie zu schade, auch bei der Dreckarbeit anzupacken. Das Hackbeil lässt er auf den Markknochen herabfallen, er zersplittert. Dann wirft er das Mark in den Topf, in dem es auf kleiner Hitze langsam zergeht. Jeden Tag kocht er auf Vorrat. Gestern hat er Kalbsnierenfett ausgelassen, zum Frittieren, für eine Woche.

Die Küche ist eng. Der große Herd und die Konvektomaten stehen auf der einen Seite, die Arbeitstische mit den Schubladen und den Regalen auf der anderen. Ein schmaler Gang liegt dazwischen, nicht viel breiter als ein Meter. Bei Hochbetrieb stößt er immer irgendwo an, holt sich einen blauen Fleck, stößt und schiebt und wird gestoßen. Zwei Jungköche arbeiten bei ihm, um die hohe Schule zu lernen. Außerdem ein Patissier, der auch das Brot macht, drei Sorten, sowie eine

Praktikantin, die zu viele Kochshows gesehen hat. Er, der Chef, bleibt am Herd und geht nur raus, wenn er Gäste begrüßen muss, die zu wichtig sind, um von ihm übersehen zu werden, und kurz vor Feierabend, seine Runde drehen bei den Stammgästen und Prominenten.

Über den Arbeitstisch gebeugt, lösen die jungen Köche mit der Pinzette vorsichtig die Schichten von gedämpften Zwiebeln, eine nach der anderen. Petersilie wird mit der Schere geschnitten, nur die obersten Blätter, und in den Konvektomaten geschoben. Die Praktikantin wischt die Regale ab, holt Dose für Dose herunter: Senfkörner, Muskatnüsse, Kümmel, Zimtstangen, Lorbeerblätter, Liebstöckel; getrocknet, gemahlen oder gerieben. Keine Arbeit, nach der sich eine junge Frau kurz vor dem Abitur sehnt, aber so hat er auch angefangen, mit fünfzehn Jahren, als er es in der Schule nicht mehr aushielt und die Schule nicht mehr mit ihm.

Ein hibbeliger Junge war er. Einer, der nicht stillsitzen konnte und immer etwas in der Hand haben musste. Entweder um damit zu spielen oder um es sich in den Mund zu stopfen. Er schluckte Lego-Steine, die Verschlüsse von Flaschen, sogar Münzen. Seine Eltern brachten ihn mehr als einmal ins Krankenhaus, wo sie ihn bald kannten. Das Jugendamt sah sich in ihrer Wohnung um und stellte peinliche Fragen. Die Mutter antwortete ausweichend. Sie sehnte sich nach ihrem Fernsehsessel und hielt die Helden der Vorabendserien für ihre besten Freunde. An guten Tagen schob sie Fertigpizza in den Ofen. Der Vater hatte manchmal einen Job, meistens nicht. Das Jugendamt kam nie wieder.

In der Schule war er zunächst der Klassenclown, dann eine traurige Niete, die im Unterricht nicht mehr mitkam. Er prügelte sich, um die Energie loszuwerden, die ihn morgens aus dem Bett springen ließ, bereit, es mit jedem aufzunehmen; und er prügelte sich, um sich den Spott vom Hals zu halten, der auf ihn niederprasselte. Ruhe fand er erst in der Küche, nachdem er zweimal sitzengeblieben war und das «Problem Naujoks» wegen einer wilden Schlägerei auf der Schulkonferenz beratschlagt worden war.

Ein Sonderpädagoge beschaffte ihm die Lehrstelle in einem Restaurant. Er ging unwillig hin, aber als er die Küche betrat, spürte er eine Veränderung, so plötzlich, als wäre sein Stoffwechsel ausgetauscht worden. Er band sich die Schürze um, setzte sich eine Mütze auf und wusste, dass er seine Arena gefunden hatte. Die Gewissheit ging von den Messern und Pfannen aus, von den Töpfen und Kellen, von den Hobeln und Reiben und Schabern. Von den Gerüchen in der Küche und von der Musik des Kochens: dem Zischen, Klappern und Brodeln. Wie die Geschmackszellen im Mund, zwischen Zunge und Gaumen, das ganze Universum in Adjektive fassen: süß, sauer, salzig, bitter, umami. Flüchtige Aromastoffe, die sich beim Essen im Speichel auflösen und über den Rachen aufsteigen in die Nase, wo sie von Riechzellen erfasst und in Informationen umgewandelt werden, die sich in der Großhirnrinde zu komplexen Mustern formen und im Kopf explodieren wie ein Feuerwerk.

Bevor er aber all das in Worte fassen konnte, stand er mit seinen fünfzehn Jahren als Lehrling hilflos und überwältigt in einer Küche, die von einem Diktator regiert wurde, der seinen Lehrlingen eine grüne Mütze aufsetzte, wenn sie etwas falsch gemacht hatten, die Idiotenmütze. Wer sie trug, musste zu jeder vollen Stunde in die Küche rufen: «Ich bin ein Arschloch.» Der Alte lachte oder wurde wütend, wenn es nicht laut geschrien, sondern nur leise geflüstert wurde. Naujoks zerschnitt sich seine Finger mit dem Schälmesser, lag abends mit dickverbundener Hand heulend im Bett, trug die Idiotenmütze fast jeden Tag und schwor Rache. Eines Tages, nach Lehrjahren in Frankreich und der Schweiz, in Restaurants, die auch die Tester des Michelin nur mit Ehrfurcht betreten, würde er zurückkehren und erreichen, was sich der Alte immer erträumt, aber nie errungen hatte: einen Stern.

Den Stern.

Einer der Köche schaltet den alten Kassettenrekorder ein. Bevor es ernst wird, hören sie seit Monaten DJ Ötzi, «Ein Stern, der deinen Namen trägt». Beide Köche singen mit, die Praktikantin lacht, Naujoks holt den nächsten Markknochen aus dem Eimer. Legt ihn auf den Hackblock, greift zum Beil. Wartet auf seinen Restaurantleiter, um die Tageskarte zu besprechen, die Reservierungen, Zahl und Art der Gäste. Es gibt immer nur ein Menü, die Zahl der Gänge kann ausgewählt werden, fünf, sieben oder neun. Jede Woche wechseln sie ein oder zwei Gänge aus. Der Wein ist nicht im Preis enthalten.

Fünfzig Gäste, mehr Platz hat das Restaurant nicht, es soll auch nicht größer werden, dann würde es sein familiäres Flair verlieren; das Gefühl, kein Kunde zu sein, sondern ein Eingeweihter. Der dunkle Holzboden ist blank gewienert. Fische schwimmen in sechs Aquarien, die in zwei Reihen übereinanderstehen und eine ganze Wand einnehmen. Die Insassen werden diskret beleuchtet: Antennenwelse, Zahnkarpfen, Black Mollys und die grün schimmernden Neonsalmler aus den Bachläufen Südamerikas. Naujoks ist ihr Herr und Meister, der Schöpfer eines Ökosystems, und er lässt niemanden sonst an die Fische heran. Vor der Arbeit, wenn er noch alleine ist, sieht er nach ihnen und spricht mit ihnen. An Ruhetagen kann er sie stundenlang beobachten, ohne dass ihm langweilig wird. Er tauscht die Filter aus, saugt Mulm ab, beschneidet die Pflanzen und holt Leichen aus dem Wasser. Der Tod ist der einzige Weg, sein Reich zu verlassen.

Das Telefon klingelt, die nächste Reservierung für den Abend. Acht Tische sind schon gebucht, es könnten mehr sein. Die Kellner haben sich umgezogen. Sie tragen schwarze Hosen, schwarze Hemden, schwarze Schürzen. Die Stühle werden zurechtgerückt, Tischdecken aufgelegt, Servietten gefaltet. Ein Kellner putzt die Weingläser blank, eine Kellnerin zieht die Vorhänge zur Seite und stellt Blumenkübel auf, rechts und links neben dem Eingang.

Das Paris liegt noch in Mitte, in der Brunnenstraße, aber es sind nur ein paar Schritte in den Wedding. Nach Norden hin erstrecken sich leerstehende Fabrikhallen aus rotem Backstein, die von Stahlträgern durchzogen werden. Sonnenstrahlen fallen durch Oberlichter, wo früher Lokomotiven gebaut wurden, unterbrochen von zwei Weltkriegen, die Kanonen brauchten. Hinter den alten Fabriken fangen die Mietskasernen an, in denen Naujoks groß geworden ist. Deutsche Mieter versoffen im Vorderhaus staatliche Transferleistungen, türkische Mieter klopften im Hinterhof die Teppiche aus, auf denen sie beteten.

Um das Paris herum werden aus verrotteten Altbauten mit Ofenheizung und Außentoilette frisch geputzte Eigentumswohnungen für eine neue Stadt mit neuen Menschen, die Volvo fahren oder klimaneutrale japanische Geländewagen. Sie gehen in Bio-Supermärkte und sitzen in Cafés, in denen sie kostenlosen Internetanschluss haben und Cappuccino mit aufgeschäumter Sojamilch trinken können statt Filterkaffee mit Sahne aus einer Portionsdose. Meistens arbeiten sie in den

Medien oder sind Architekten, oder sie tun so, als wären sie Architekten oder würden in den Medien arbeiten. Das Paris haben sie zu ihrem Restaurant auserkoren, und an dunklen Tagen fühlt sich Naujoks wie ein Verräter, der seine Heimat an Außerirdische verkauft, die auf undurchsichtige Weise zu Reichtum gekommen sind.

Er wartet noch auf Zander aus der Müritz, dreißig Kilo, für das Wochenende. Wenn Naujoks guter Stimmung ist, begrüßt er seine Stammgäste und flüstert die Philosophie seines Hauses mit leiser Stimme über die Tische: die Harmonie der Elemente, die überraschenden Komponenten, die bodenständige Küche mit den Raffinessen der großen französischen Schule, die Entdeckung des Geschmacks in den Niederungen des Alltags. Eine geerdete, aber nicht provinzielle Kunst. Der Zander wird in der Pfanne gebraten, vom Chef persönlich. Dazu wird ein Bett aus Petersilie serviert, in dem ein einziges Wachtelei ruht – schockgefroren, aufgetaut, das Eigelb bleibt eine feste Kugel.

Zeitschriften haben über ihn berichtet. Auf den Titelblättern posierte er breitbeinig vor dem Paris und hielt in jeder Hand ein Messer, mit den Spitzen nach oben. Die Überschriften lauteten «Der Küchenpirat» oder «Der Koch von der Straße». Ein Mann, der sich nach oben gearbeitet hat und dessen Karriere beweist, dass es jeder an die Spitze schaffen kann mit Leistung und Fleiß – oder zumindest in die Nähe von Menschen, die definieren, was oben und was unten ist.

Das Telefon klingelt wieder, der Restaurantleiter nimmt ab, hört kurz zu, sieht zur Küche hin und sagt: «Chef, für dich.» Naujoks stöhnt, legt das Handtuch zur Seite und weiß, wer am anderen Ende ist. Die Bank schickt Briefe, die Bank ruft an. Er würde nicht gehen, aber seine Mitarbeiter ahnen, wie es um ihn steht, und er will nicht als Feigling erscheinen und es noch schlimmer machen.

Auf dem Weg zum Telefon wünscht er sich einmal mehr, er hätte sich in der Zeit des Glücks und des Ruhms entspannt zurückgelehnt und sein Geld in eine Kette von Eigentumswohnungen und in Rentenpapiere mit schmalen, aber garantierten Zinsen angelegt. Aber sein Erfolg, der erste Stern, die überschwänglichen Kritiken, die schon Wochen im Voraus reservierten Plätze höhlten ihn aus und ließen die alte Hibbeligkeit zurückkehren. Wie ein Gladiator fühlte er sich, dem die Arena zu klein und dessen Gier neu entfacht worden ist. Der Alkohol, den er sich in immer größeren Mengen einverleibte, beruhigte ihn bald nicht mehr. Auch nicht die Tabletten und ebenso wenig die Mädchen, für die er bezahlte. Am Ende blieb der ultimativen Kick: aus Geld noch mehr Geld zu machen.

Ein Banker war Stammkunde und brachte ihn mit eloquenten Steuerberatern und Finanzierungskünstlern zusammen, die Kapital in illusorischen Größenordnungen bewegten. Sie sagten, er solle den Tiger reiten, wie alle den Tiger ritten, und er wäre blöd, wenn er sein Geld nicht nutzen würde. «Lass es für dich arbeiten», ermunterten sie ihn und schlugen ihm auf die Schulter, «lass es seinen Job machen, und du bist in zwei, drei Jahren alle Sorgen los.» Sie sagten ihm nichts von Krisen, die ihre Botschaften am Horizont verbreiteten, von porösen Immobilienfonds und Derivaten, in denen sein Kapital nun versickerte.

Wie sein Restaurant so laufe, will sein Bankberater wissen, sein Goldesel, seine Garantie und Sicherheit für den ganzen Haufen Schulden, den er aufgetürmt hat. Er versucht, nicht an die Häuser in Spanien zu denken, gleich am Mittelmeer, die als Rohbauten herumstehen, der Beton von der Sonne gebleicht, aus Rissen wachsen Essigbäume. Oder seine Beteiligung an Schiffen, deren Namen er in schlaflosen Nächten murmelt und die schon jetzt zu klein sind für den Markt der Zukunft. Die Wetten auf Währungen, die er gemacht, aber nicht verstanden hat, obwohl er die Bedingungen immer und immer wieder las – sie waren ihm vorgekommen wie heidnische Beschwörungsformeln, bar jeden Sinns. Er hört die Sätze von damals wieder: Da ist Musik drin, ohne Risiko kein Spaß, der frühe Vogel fängt den Wurm. Der ganze Scheiß, der geil und heilig war, bis die Blase platzte und die Helden von den Titelblättern der Managermagazine in der Dunkelheit verschwanden oder schon immer gewarnt haben wollen oder dem Euro die Schuld gaben oder den Chinesen.

Er braucht ja nur auf seine Kontoauszüge zu sehen, die ihm einmal in der Woche zugeschickt werden, und schon kriecht das Ende langsam auf ihn zu: die fetten roten Zahlen, bei deren Anblick er das Gefühl hat, mit der Hand in die Steckdose zu greifen, zack, und er liegt am Boden, zittert wie ein fetter Aal, der nach Luft japst und glaubt, er sei noch am Leben, obwohl ihm längst der Kopf abgeschlagen wurde. Er hat es als Kind gesehen, bei seinem Großvater, einem Rentner, der seinen Lebensabend mit dem Auslegen von Reusen an einem Fluss verbrachte, um magere Transferleistungen aufzubessern: kopflose Aale, die noch zittern.

«Das sind die Nerven», sagte der Großvater, «nur die Nerven.»

Aber das machte es noch schlimmer, noch rätselhafter, noch verfluchter, und als sein Großvater ihm ein Stück geräucherten Aal auf den Teller legte, da schien der Aal immer noch zu zittern und zu leben und ihn anzusehen und ihm zuzuflüstern: nur die Nerven.

Sein Großvater lachte und sagte: «Iss, Kind, du steckst dir doch sonst auch alles in den Mund.»

Naujoks lief zur Toilette und kotzte.

Ob man sich Sorgen machen müsse, fragt der Bankberater und meint, bei einem Kredit komme es auf Vertrauen und Qualität an, und die seien schnell verspielt. »Ich habe von den Artikeln gehört», fährt er fort, «also diese Kritiken, in der Zeitung. Das waren keine schönen Kritiken. Haben Sie die gelesen?»

«Ja.»

«Es heißt, Sie hätten Ihre beste Zeit hinter sich, und da macht man sich als Bank, also da macht man sich doch etwas Sorgen. Mit Ihrem Kredit, ich will es mal so sagen, da können Sie sich das nicht leisten, Ihre beste Zeit hinter sich zu haben. Auf keinen Fall.»

«Ich weiß.»

«Darüber müssen wir reden.»

«Ja.»

Naujoks legt auf. Das Personal sieht ihn an. Hinter seinem Rücken flüstern sie: Dem Chef fällt nichts mehr ein, er ist am Ende, neulich hat er ein Rezept von einem Konkurrenten nachgekocht, ein junger Koch, vielversprechend. Sein Weinhändler soll nur noch gegen Barzahlung liefern.

Der Souschef fragt: «Was ist mit dem Fisch? Kommt der Lieferant nicht mehr?»

«Halt die Schnauze», herrscht Naujoks ihn an, «halt einfach die Schnauze», und geht zurück zu den Markknochen und dem Hackbeil.

Warum ruft er an? Warum ruft er alle zwanzig Minuten an? Das Display leuchtet, sein Name taucht auf, sie will nicht mit Tim sprechen. Nicht heute Abend. Morgen ist sie doch bei ihm. Der große Koffer ist gepackt, die Reisetasche auch. Die Postkarten hat sie von der Wand genommen, das Poster mit den Seerosen, die Fotos aus dem Automaten von ihr und Jan. Auf einem Bild hat Jan seinen Kopf unter ihren Pullover geschoben, um die Haut zwischen ihren Brüsten zu küssen. Sie legt den Kopf in den Nacken und lacht. Das Foto versteckt Nadine mit den anderen Fotos auf dem Grund ihres Waschbeutels, unter Lippenstift, Nagelschere, Tampons, Puder, Zahnbürste, Seife und Augentropfen.

Die Wohnung hat sie möbliert gemietet. Das Bett, der Küchentisch mit den zwei Stühlen, die Töpfe und Pfannen, das Besteck und das Geschirr bleiben zurück. Den Sessel vom Flohmarkt hat sie einer Kollegin geschenkt. Die beiden Teppiche von IKEA sind im Müll gelandet. Die Wohnung sieht so unpersönlich, so unbewohnt aus wie am ersten Tag, als Nadine noch dachte, sie wäre ein Sprungbrett in die Zukunft. Die Maklerin war eine mollige Berlinerin, die Jurke statt Gurke sagte und allet Jute statt alles Gute und ihr Glück gewünscht hatte: «Komm mir nicht unter die Räder, Mädel. Wärst nicht die Erste.» Jetzt sieht es so aus, als sei Nadine nie da gewesen, hätte nie in der Wohnung gelebt.

Das Display leuchtet wieder. Tim ist hartnäckig. Soll er ihre Mailbox vollquatschen. Die Wahrheit will er doch nicht hören. Sie stellt sich unter die Dusche und lässt das warme Wasser an sich herablaufen, minutenlang, ohne sich zu bewegen. Wieder klingelt das Handy. Sie hat zwei Telefone mit unterschiedlichen Klingeltönen, um nicht durcheinanderzukommen: eins für Tim, eins für Jan.

Sie nimmt das Shampoo, seift sich ein, duscht sich ab. Schlingt ein Handtuch um ihre Hüften. Hinterlässt auf dem Weg aus dem Badezimmer Pfützen auf dem Linoleumboden. Sie denkt, sie hätte die Teppiche nicht wegwerfen sollen. Sie denkt, zum ersten Mal in voller Klarheit, nicht heimlich, in einer Ecke ihres Bewusstseins, in der sie nie Staub wischt, dass sie ihre Koffer auch wieder auspacken kann. Nicht in dieser Wohnung, sondern bei Jan. Sie muss nicht zurück nach Gühren. Sie kann auch bleiben.

Jan war so einsam wie sie, so verloren wie sie, und sie weiß, dass es auch die Verzweiflung war, die sie zusammengeschweißt hat. Zwei Körper, die sich aneinanderklammern, ohne Verbindung zur Umwelt, in einem schwerelosen Raum. Aber diese Verzweiflung macht ihr Verhältnis nur stärker, intensiver und bedingungsloser. Nur ein scharfer Schnitt kann sie trennen.

Das Handy vibriert, eine SMS von Tim: «Wo bist du?» Sie schreibt zurück: «Abschied feiern. Mit Kolleginnen. Die Batterie ist gleich alle. Bis morgen. Küsse.» Dann stellt sie das Handy aus.

Bis morgen. Küsse. Emoticon: Smiley.

Der Polizeiabschnitt 36 ist in einem Plattenbau untergebracht, der in einer Reihe von Altbauten steht. Der Plattenbau hat sechs Stockwerke und einen Keller. Es gibt eine Tordurchfahrt, im Hinterhof stehen die Einsatzwagen, vor dem Haus darf nicht geparkt werden, die Fassade ist grau. Zum Alexanderplatz sind es nur ein paar Kilometer, das Regierungsviertel liegt auf der anderen Seite der Spree und wird von einem anderen Abschnitt bewacht, dessen Gebäude aufwendig renoviert wurde. Ausländische Delegationen kommen dort immer wieder zur Besichtigung vorbei, für Fortbildungsseminare zum Thema «Die Polizei in der Demokratie».

Im Abschnitt 36 aber liegt ausgetretenes Linoleum auf den Böden, die Wände sind zuletzt kurz nach der Wiedervereinigung gestrichen worden. Für Besucher stehen massive Holzbänke auf den Fluren, die aus der Kaiserzeit stammen und die Bombenangriffe des Krieges genauso überlebt haben müssen wie die Volkspolizei der DDR. Die Schreibtische haben Beine aus Stahlrohr und Tischplatten aus Pressholz. Ihre Schubladen klemmen. Fahndungsfotos hängen neben dem Kalender der Polizeigewerkschaft. Die Zellen werden selten genutzt, liegen im Keller und sind gefliest. Einige Fliesen sind angestoßen, die Lücken mit Mörtel verschmiert.

Polizeiobermeister Axel Hentschel, zweiundvierzig Jahre alt, erste graue Strähnen im Haar, hätte es mit dem Polizeiabschnitt besser, aber auch schlechter treffen können, was wiederum die Höchststrafe ist: dieser Zwischenzustand, das Weder-noch.

Es ist sein vierter von fünf Tagen im regulären Schichtdienst. Am ersten Tag fing er um 6 Uhr an und hörte um 14 Uhr auf. Am zweiten Tag ging es von 6 bis 18 Uhr. Der dritte Tag brachte Erleichterung. Er konnte ausschlafen, einkaufen, die Schicht begann erst um 14 Uhr und dauerte nur acht Stunden. An diesem vierten Tag aber liegen wieder zwölf Stunden vor ihm, von 18 bis 6 Uhr. Meistens ist er erst um 10 Uhr am nächsten Tag zu Hause, weil noch Formulare auszufüllen, Anträge zu stellen oder Stellungnahmen abzugeben sind. Die Hälfte seiner Arbeitszeit geht für Bürokratie drauf. Was nicht im Bericht steht, ist für immer verloren.

Nach der Schicht wird er ein paar Stunden schlafen, meistens schlecht, weil sich die Geräusche von draußen nicht abschirmen lassen und das Licht durch die Vorhänge dringt, so dicht gewebt sie auch sind. Kollegen haben sich Jalousien einbauen lassen, aber er hasst Jalousien. Er fühlt sich hinter ihnen eingesperrt, vom Lauf der Sonne abgeschottet, von ihrer Wärme und Freundlichkeit.

Um 22 Uhr beginnt morgen der fünfte und letzte Tag der Schicht, wieder bis 6 Uhr, aber diesmal nur acht Stunden, zum Ausklang. Es ist ein Trott, in dem er sich wie ein Ackergaul fühlt, der Tag für Tag vor den Wagen gespannt wird. Aber auch ein Trott, von dem er glaubt, es würde ewig so weitergehen. Eine trügerische Sicherheit.

Unter dem Arm trägt er ein großes Paket, das Geschenk für seinen Sohn. Er quetscht es in seinen Spind. Roya hat ihn nicht eingeladen zur Geburtstagsfeier. Aber wenn er morgen früh den Papierkram liegenlässt und überraschend vor ihrer Tür steht und wenn er sie in einem Augenblick erwischt, in dem sie noch nicht ganz wach ist, in dem ihre Träume noch real scheinen, vielleicht bittet sie ihn dann herein in das Haus, das sie sich gebaut haben, damals. Vielleicht lädt sie ihn zu einem Kaffee ein, vielleicht können sie reden. Vielleicht schlägt sie ihm aber auch die Tür vor der Nase zu. Wahrscheinlich sogar. Noch sind sie nicht geschieden. Noch liegen zwölf Stunden Dienst vor ihm.

Er zieht seine Uniform an und geht in die Waffenkammer, wo er seine Pistole aus dem Safe holt, eine Sig Sauer P6. Er legt das Magazin ein, schiebt den Schlitten zurück, eine Patrone wird in den Lauf gedrückt, die Waffe ist schussbereit. Im Aufenthaltsraum trinkt er einen Kaffee, der schon länger auf der Heizplatte der Kaffeemaschine steht und so ölig geworden ist, dass sich blaugrüne Schlieren über die Oberfläche ziehen. Hentschel gießt Milch dazu und will sich an einen der Schreibtische setzen, als Kostic ihn rufen lässt, der Abschnittsleiter.

Sie sind alte Bekannte, waren zusammen auf der Polizeischule für den mittleren Dienst, und dann in der Hundertschaft und auf Streife. Kostic hat Karriere gemacht, Hentschel mochte das Leben im Einsatz. Er ging zum Sondereinsatzkommando und erfüllte sich seinen Traum vom Polizistenberuf: Wohnungen stürmen, auf den Dächern von Ministerien liegen mit einem Präzisionsgewehr in der Hand, um Politiker vor Anschlägen zu schützen. Verdeckt im Drogenmilieu ermitteln, sich als Dealer ausgeben, auf der Suche nach neuen Quellen für Kokain. Wochenlang in Shisha-Bars sitzen und dummes Zeug labern. Zwei Drogentransporte ließ er auffliegen, danach war er verbrannt und ging zum Personenschutz für Zeugen und ausländische Staatsgäste.

Für den Beruf hat er gelebt, hat seinen Körper fit gehalten in einem schmutzigen Fitnessstudio, wo sie nicht nur Laufbänder und Gewichte haben, sondern auch Karate lehren und Thai-Boxen. Es stank nach Schweiß und ungewaschenen Füßen, die in Turnschuhen gereift waren, ranzig und stechend zugleich. Nachts zog er mit seinen Kollegen durch die Bars und zeigte den Frauen seinen Waschbrettbauch. Er erzählte ihnen, dass kein Gramm Fett dran sei, sondern nur ganz feines und zartes Muskelfleisch, und dass sie, die Frauen, ruhig anfassen könnten, was sie auch taten mit ihren schlanken, warmen Fingern. Dann lernte er Roya kennen, dann kamen die Kollegen von der Personalabteilung – freundlich, nett, wohlmeinend –, um ein Gespräch über die Zukunft zu führen. Es sei genug, sagten sie ihm, mit Anfang vierzig habe er seine Schuldigkeit getan und könne es ruhiger angehen lassen, vor allem jetzt, wo er auch Familie habe. Da war er immer noch im mittleren Dienst, aber nicht mehr beim SEK.

Sie steckten ihn in den Abschnitt 36, er fuhr wieder Streife wie am Anfang seiner Karriere, als hätte er sich im Kreis bewegt und sei dabei nur älter geworden. Die Spannung war raus.

Schicht für Schicht geht es jeden Tag durch das gleiche Viertel. Harmlose Auffahrunfälle, Handgreiflichkeiten unter Familienangehörigen, Brandstiftung, Taschendiebstahl, Drogenbesitz, in der Regel ein paar Gramm Haschisch. Ereignislose Fahrten durch Straßen, die er nach vier Wochen in- und auswendig kannte.

«Jankowski ist krank», sagt Kostic, den er vor ein paar Tagen ins Ritz-Carlton hat gehen sehen. Nicht weit von der Stelle hatte er sich kurz zuvor mit Roya getroffen, am Potsdamer Platz, um seinen Sohn für das Wochenende zu übernehmen. Was für ein Zufall, hatte er sich gedacht: was für ein Zufall.

Kostic steht von seinem Sessel auf. Seine Uniform ist gebügelt, die Schuhe sind geputzt, der Dreitagebart gepflegt. Die Räder auf den Schulterklappen sehen aus, als hätte er sie morgens poliert, damit einer der höchsten Polizeidienstgrade, die die Stadt zu vergeben hat, auch bei Dunkelheit leuchtet. Er macht das Fenster auf und zündet sich eine Zigarette an, mit Menthol, die Marke hat er schon auf der Polizeischule geraucht. Dienstpläne zu schreiben ist nicht sein Job, das machen normalerweise die Dienstgruppenleiter, aber Kostic hat gern die Kontrolle: Jankowski ist krank.

«Ja», antwortet Hentschel, «dem ging es gestern schon nicht gut. Er wollte zum Arzt.»

«Passiert oft in letzter Zeit.»

«Was?»

«Krank sein. Bei Jankowski. Müssen wir uns Sorgen machen?»

«Keine Ahnung.»

«Du fährst doch mit ihm. Zwei dicke Kumpels, sagen die Kollegen.»

«Ich bin nicht sein Arzt.»

«Das ist richtig.»

Kostic drückt die Zigarette auf der Fensterbank aus, schnippt die Kippe in den Hof. Sieht ihr hinterher und sagt, ohne sich zu Hentschel umzudrehen: «Mir erzählt er, es läge am Rücken. Ich habe ihn angerufen. Er ist auch nicht mehr der Jüngste. Vielleicht liegt es an der Motivation.»

Hentschel schweigt. Letztes Jahr hat Jankowski vier Wochen gefehlt, auch um diese Zeit. Als er zurückkam, sah er braungebrannt und gesund aus, als hätte er die ganze Zeit im Freien verbracht. Wahrscheinlich bringt er gerade sein Obst in die Mosterei. Oder häckselt Gartenabfälle, was nicht die schlechteste Idee ist. Vielleicht, denkt Hentschel, sollte ich mir auch einen Garten zulegen. Gartenarbeit soll beruhigen. Dann denkt er: Was kostet eine Nacht im Ritz-Carlton?

«Was ist mit dir?», fragt Kostic.

«Mit mir?»

«Ja.»

«Was soll mit mir sein?»

«Stimmt deine Motivation noch?»

«Scheiße», lacht Hentschel, «hast du mich das wirklich gerade gefragt? Ob meine Motivation noch stimmt?»

«Du kannst immer noch Karriere machen. Es gibt Lehrgänge …»

«Hör auf», sagt Hentschel und nimmt seine Mütze, «ich scheiß auf die Karriere. Sonst noch was?»

«Nein.»

«Gut.»

«Ich geb dir Weber mit.»

«Willst du mich verarschen?»

«Ist ein junger Kerl. Braucht noch ein bisschen, bis er Polizist ist. Ein Vorbild würde ihm guttun. Ich hab an dich gedacht.»

«Hast du ihm schon mal die Hand gegeben? Da kannst du auch gleich eine Qualle anfassen. Oder einen Haufen nasses Papier.»

«Ich hab sonst niemanden», sagt Kostic, «einer muss ihm den Kopf waschen. »

Hentschel nickt. Was soll er darauf auch antworten? Kostic ist sein Vorgesetzter. Bevor er den Raum verlässt, dreht er sich noch einmal um und sieht Kostic hinter seinem Schreibtisch sitzen und auf den Monitor des Computers starren, wo er wahrscheinlich eine Excel-Tabelle studiert, Mittelbewirtschaftung für das nächste Jahr.

«Wie teuer», fragt Hentschel, «ist eigentlich eine Nacht in diesem Hotel, wie heißt es noch, am Potsdamer Platz? Das Ritz-Carlton?»

Kostic ist für einen Moment irritiert. Dann sagt er: «Keine Ahnung. Ich war noch nie dort. Warum?»

«Nur so eine Frage», entgegnet Hentschel und geht zur Tür hinaus.

Die Rasierklinge ist alt und stumpf geworden. Sie schabt auf seiner Haut und reißt kleine Wunden. Das Aftershave brennt im Gesicht, vor allem neben dem linken Ohr, wo er sich geschnitten hat. Er würde sich gerne einen Bart wachsen lassen, aber Nadine mag es nicht, wenn er beim Küssen kratzt. Ich gehe ja auch nicht mit Schmirgelpapier ins Bett, hat sie gesagt, oder mit einem Nagelbrett. Das war in ihrer ersten Woche, als er noch dachte, sie sei nur eine Episode in seinem Leben und würde schnell herausfinden, dass er viel zu unbedeutend für sie ist, viel zu langweilig. Kein Mann, der eine so schöne Frau verdient hat.

Er holt seinen einzigen Anzug aus dem Schrank, schwarz und mit schmalem Kragen. Als seine Großeltern vor acht Jahren beerdigt wurden, gemeinsam in einem Grab, hat er den Anzug gekauft. Zuerst ist die Großmutter gestorben, an Krebs, der nach und nach ihren ganzen Körper eingenommen hatte, Organ für Organ. Dann der Großvater, der sich am Tag ihres Todes in der Scheune erhängte, weil er nicht allein sein wollte. Jan hatte seine Großeltern gemocht, doch ihr Bild verblasst.

Die Hose des Anzugs ist zu kurz. Vielleicht ist sie in der Reinigung eingelaufen. Oder sie war schon immer zu kurz, und es ist ihm nicht aufgefallen, weil damals alles schnell gehen musste, denn der Sommer war heiß.

Die blauen Turnschuhe passen zwar nicht zum Anzug, sind aber Mode. Ein letzter Blick in den Spiegel. Etwas Gel ins Haar, er zupft sich Wellen und Spitzen, will so seriös wie verwegen aussehen. Das weiße Hemd hätte er noch bügeln können. In einen Rucksack stopft er seine Geldbörse, sein Handy, die Schlüssel zu seiner Wohnung und einen Pullover, falls es später kalt werden sollte.

Aus Angst, zu spät zu kommen, nimmt er ein Taxi. Der Himmel über der Stadt hat sich im Westen rot gefärbt. Autos schalten ihre Scheinwerfer an, die Konturen der Fußgänger verwischen. Der Schuster im Erdgeschoss schließt seinen Laden und lässt die Rollläden herunter. Eine Rentnerin kommt ihm entgegen, mit einem kleinen Plastikbeutel voller Hundescheiße in der Hand und einem Pudel an der Leine.

Der Taxifahrer ist ein gemütlicher Mann mit Bierbauch und Doppelkinn. Er hat nur noch wenige Haare, die in langen Strähnen über seinen Kopf gekämmt sind, um die wachsende Glatze zu verbergen. Er trägt eine Lederweste und ein Hemd mit Karomuster. In den Taschen der Weste steckt auf der einen Seite ein Benzinfeuerzeug, auf der anderen eine Schachtel Marlboro. Als Jan ihm sein Ziel nennt, pfeift er durch die Zähne. Er habe schon vom Paris gehört, sagt er, das sei ja ein edler Schuppen, hin und wieder hätte er dort Kunden abgesetzt, sei aber noch nie drin gewesen.

«Ich auch nicht», antwortet Jan.

«Die sollen satte Preise haben, nicht von schlechten Eltern, jede Menge Kohle, wenn du verstehst, was ich meine. Ich kann dich doch duzen? Oder bist du etepetete?»

«Bin ich nicht.»

«Ich will nur nicht, dass du später denkst: Warum hat er mich nicht gewarnt?»

«Keine Sorge.»

Der Taxifahrer trommelt mit den Fingern auf das Lenkrad. Er fährt einen alten Mercedes 240D, dessen Federung ausgeleiert ist. Bei Schlaglöchern knallt das Auto auf die Beläge und schleudert die Passagiere von den quietschenden Sitzen, deren Leder abgeschabt ist. Der Taxifahrer stößt auf. Mittags hat er Königsberger Klopse gegessen, in einem Lokal nicht weit vom Nollendorfplatz, wo auf der Speisekarte auch Eisbein und gebratene Leber mit Zwiebeln stehen.

Sie halten an einer Ampel. Zwei Frauen kommen auf das

Auto zu. Sie haben schlechte Zähne, tragen weite Röcke und Kopftücher. Eine hält einen Eimer mit schmutzigem Wasser in der Hand, die andere einen Lappen. «Scheibenputzer», sagt der Taxifahrer, «kack die Wand an. Kommen alle aus Rumänien. Die Frauen putzen hier, die Männer klauen.» Er lässt die Scheibe herunter und schreit, sie sollten sich verpissen, er putze sein Auto selbst. Als die Ampel auf Grün springt und sie weiterfahren, spuckt eine der Frauen auf den Gehweg und sieht Jan in die Augen, als wolle sie ihn verfluchen. Der Taxifahrer lacht und sagt: «Kroppzeug.»

Die Invalidenstraße ist gesperrt, sie müssen eine Umleitung nehmen. Der Verkehr fließt zäh, eine Baustelle liegt vor ihnen, der Taxifahrer schaltet das Radio an. Es läuft «Sympathy For The Devil» von den Rolling Stones. Er macht die Musik lauter und sagt: «Ich stehe auf Oldies.»

Nach der Baustelle ist der Weg frei. Jan atmet auf, er will vor Nadine im Restaurant sein. Er will an einem Tisch beim Fenster sitzen und ihr zuwinken, wenn sie hereinkommt. Er sieht schon die Kerzen flackern, hört ein leises Klimpern auf dem Klavier, spürt die Ringe in seiner Hosentasche. Er wird ihr sagen, dass sie ihn nicht verlassen kann, weil sie zu ihm gehört und es keinen Weg zurück gibt nach Gühren. Wenn es sein muss, wird er auf die Knie sinken und ihre Hand küssen oder ihre Füße. Er wird ihr den Ring auf den Finger schieben, zärtlich und selbstbewusst zugleich.

«Endstation», sagt der Taxifahrer und bremst.

Von außen hat das Paris nichts Besonderes an sich. Es liegt im Erdgeschoss eines Altbaus, Ende des 19. Jahrhunderts von einem Geschäftsmann errichtet, der dort Damen- und Herrenkonfektion verkaufte. Reste der alten Beschilderung sind herausgeputzt. Das Holz der Tür ist hundertdreißig Jahre alt. Vor dem Eingang liegt ein kurzer roter Teppich, daneben hüfthohe Blumenkübel, aus denen Kräuter ragen.

«10 Euro 80 macht das», sagt der Taxifahrer. Jan kramt seine Börse aus dem Rucksack, das Bargeld reicht gerade für die Fahrt. Zum Geldautomaten wird er es nicht mehr schaffen. Ob er im Paris mit Karte zahlen könne, fragt er den Taxifahrer.

«Logisch», antwortet der, «Karte geht immer. Nur nicht bei mir.»

Der Lieferant bringt den Zander. Dreißig Kilo Fisch liegen in zwei Styroporkisten, dazwischen Eis. Die Summe wolle er gleich, sagt der Lieferant, er bekomme noch Geld vom letzten Mal. Naujoks antwortet, er solle sich nicht so anstellen, sie hätten immer gute Geschäfte gemacht, und schickt ihn zum Restaurantleiter. «Ich will es in bar», sagt der Fischer.

Einer der Köche – klein, bullig, die Haare kurzgeschoren – kommt mit einem Sack Lauch in die Küche und wirft ihn auf den Tisch. Mit einem schnellen Schnitt öffnet er ihn, der Lauch fällt heraus. Er nimmt eine Stange, entfernt die äußere Haut, zurück bleibt das Herz.

Naujoks zieht sich Gummihandschuhe über. Er will nicht, dass seine Haut aufweicht und tagelang nach Fisch stinkt. Mit zwei, drei Schnitten trennt er die Filets von den Gräten. Er hat Jahre gebraucht, um die Technik zu beherrschen. In seiner Lehrzeit wurde er nicht einmal in die Nähe von Zander gelassen, durfte höchstens den Abfall in die Mülltonne werfen. Einmal hat er sich dabei an einer spitzen Flosse verletzt. Die Wunde an der Hand entzündete sich. Solange er mit einem Verband herumlief, trug er die Idiotenmütze, Tag für Tag.

Unter dem Tisch steht ein großer Eimer, in den er die Reste des Zanders wirft: das Skelett, den Schwanz, den Kopf mit den schillernden Augen. Er ruft die Praktikantin zu sich. Sie trägt einen kurzen Rock und schwarze Strümpfe. Er träumt von faltenloser Haut, von Jugend und Zukunft und lässt sie den Eimer mit den Fischresten zur Mülltonne tragen.

Als der erste Gast kommt, stellen sie die Musik ab. Naujoks legt das Messer zur Seite, geht zur Durchreiche und sieht einen jungen Mann, der unschlüssig und blass am Eingang steht. Er trägt einen Anzug von der Stange, der ihm zu klein ist, dazu einen billigen Rucksack. Naujoks hat ihn noch nie gesehen und versucht, ihn einzuschätzen. Auf Äußerlichkeiten gibt er nicht viel. Ein Stammgast läuft im Trainingsanzug herum und kommt in Adidas-Schlappen ins Restaurant, hat aber ein Vermögen mit Immobilien gemacht und besitzt die goldene Kreditkarte. Er hätte ihn fast rausgeschmissen, wäre da nicht ein harter Kern an Selbstbewusstsein unter der Oberfläche zu spüren gewesen, eine Aura aus Wille und Kraft und der Gewohnheit zu herrschen. Eine Aura, die das neue Gesicht beim Eingang nicht mitbringt. Sein Blick ist suchend, fast verlegen, und sein Lächeln scheint um Verzeihung für die Umstände zu bitten, die er macht oder noch machen wird. Definitiv hat er kein großes Geld, definitiv mangelt es ihm an Selbstbewusstsein. Eher ein junger Mensch, der sich verirrt hat und der am Ende des Abends wütend sein wird wegen der Rechnung. Er sollte ihm sagen, dass die Pizzeria zwei Häuser weiter zu finden ist, da gibt es Pasta für 7 Euro 50 und dickbelegte Pizzen, so groß wie Wagenräder und lecker, da könne auch Naujoks nicht meckern, sehr, sehr lecker sogar. Beim Wort «lecker» würde er nicht verächtlich grinsen oder wenigstens versuchen, nicht zu grinsen, obwohl «lecker» ein verbotenes und hässliches Wort ist. Es klingt nach einer holländischen Pommesbude, nach Ketchup und Mayonnaise, nach der breiigen Konsistenz von Erdnusssoße, die den Gaumen zukleistert.

Die Praktikantin kehrt zurück. Der Geruch von Fisch haftet an ihr, eine Erinnerung an Sex und bessere Tage. Er schiebt die Zanderfilets in den Kühlschrank, zieht seine Handschuhe aus, wirft sie in den leeren Eimer und sagt ihr, sie solle Sellerie schälen. Aus einer alten Blechtasse, die ihn seit seiner Zeit in Frankreich begleitet, trinkt er einen Schluck Leitungswasser. Die roten Zahlen tanzen in seinem Kopf herum. Der Steuerberater hat ihm geraten, in die Privatinsolvenz zu gehen und sein Restaurant in eine GmbH zu überführen. Er solle sich Gesellschafter suchen, die ihn schätzen und unter der Hand beteiligen. Aber hat er den langen Weg aus der Sozialbauwohnung zurückgelegt, um anzukommen, wo er aufgebrochen ist: als Bezieher von Almosen? Als Arschloch mit Idiotenmütze?

Er lehnt sich an einen der Kühlschränke und schließt die Augen, um die Geräusche zu hören, die ihn immer beruhigt haben: das Klappern und Zischen und Brodeln, ein Teppich aus Tönen, der gedämpft zu den Gästen hinüberwandert. Nicht zu laut, um sie nicht zu stören, aber laut genug, um ihnen eine Ahnung von der Arbeit zu geben und sie teilhaben zu lassen an der Verwandlung von Gemüse, Fisch, Fleisch, Kräutern und Gewürzen in höhere Zustände.

Als er die Augen wieder öffnet, sieht er die Praktikantin den Sellerie so schälen, dass es ihm körperliche Schmerzen bereitet. Er nimmt ihr den Schäler aus der Hand und zeigt ihr, wie es geht: die scharfe Klinge ansetzen und langsam ziehen. Nicht hacken, nicht kreuz und quer schälen. Es sieht leicht aus, sagt er ihr, aber er habe ein halbes Jahr lang Kartoffeln schälen müssen, bevor sie ihn etwas anderes haben machen lassen. Er gibt ihr den Schäler zurück, sie lächelt ihn an. Er mag sie: klein, schmal, festes Fleisch.

Hentschel grüßt Weber flüchtig, ohne ihm die Hand zu geben. Weber ruft: «Geil, Hentschel, das wird eine geile Nacht, ich freue mich, absolut», und verzieht sich in die Umkleide, um seine Uniform anzuziehen und die Knarre zu holen. Streife fahren sie in einer Dose, einem Opel Corsa, die letzte Krücke in Hentschels Augen, aber ihn fragt ja keiner. Er nimmt den Schlüssel vom Brett, geht die Ausstattung durch – Absperrbänder, Westen, Kreide, Kellen, Spurensicherungskoffer – und prüft das Funkgerät, das immer noch eine Macke hat. Er hat es schon vor zwei Wochen reklamiert, aber noch keine Antwort bekommen, repariert wurde es offenbar nicht.

Im Auto ist es eng, es riecht nach Döner. Entweder haben ihre Vorgänger im Wagen gegessen oder einen Imbissbudenbesitzer verhaftet, der monatelang nicht aus seinem Geschäft gekommen ist, aus dem Geruch von Zwiebeln, heißem Fett und Spezialsoße. Manchmal wäre Hentschel gerne Vegetarier. Das Autofenster dreht er herunter und lässt Weber fahren, weil er sich müde fühlt und die Nacht lang wird.

Weber knallt die Gänge rein und fängt an zu reden, kaum dass sie losgefahren sind. Er redet und redet. Hentschel versucht, nicht zuzuhören. Aber Weber redet, als sie in die Invalidenstraße einbiegen, links den Hamburger Bahnhof liegenlassen; redet, als sie über die Sandkrugbrücke fahren und am Bundeswehrkrankenhaus vorbei. Überall sind Baustellen, Gerüste, aufgerissene Wege für eine Straßenbahn, die zum Hauptbahnhof führen soll. Absperrungen, Umleitungen, Spurverengungen. Weber redet weiter.

Eines Abends bekam Hentschel Besuch. Es klingelte unten an der Haustür seiner neuen Wohnung, die im vierten Stock liegt, in einem Plattenbau am Rand der Stadt. Ein Zimmer, eine Küche, mehr kann er sich nicht leisten, seit er Unterhalt zahlen muss für Roya und das Kind. Die Wohnung war nicht aufgeräumt. Stapel von Pizzakartons standen im Flur neben der Tür, dreckige Tassen und Messer lagen in der Spüle. Der ganze Abfall, der sich nach fünf Tagen Schicht aufgetürmt hat, in denen er nichts anderes tat als arbeiten, schlafen und essen. Er sah Kostic die Treppen hochkommen, schwungvoll, immer zwei, drei Stufen auf einmal.

Hentschel dachte, es ginge um die vermasselte Beförderung. Er hatte sich bei der Fachhochschule beworben, war aber zwei Tage vor dem Test von einem Kollegen, den er vom SEK kannte, mit Alkohol hinterm Steuer erwischt worden. Kostic hatte versucht, ihn rauszuhauen, ohne Erfolg. Was in der Akte steht, bleibt in der Akte.

«Komm rein», sagte er zu Kostic, «fühl dich wie zu Hause.»

Kostic meinte, sie müssten reden. Ernsthaft reden und sich aussprechen. Aber dann redeten sie nicht, sondern saßen auf dem Balkon, tranken alkoholfreies Bier, bis alle Flaschen leer waren und Kostic aufstand mit den Worten: «Ich geh dann mal.» Drei Tage später sah er ihn vor dem Ritz-Carlton.

Weber labert immer noch. Hentschel sagt: «Halt die Fresse.»

Falsch. Ganz falsch. Er sieht sich um und denkt wieder: Du bist falsch. Es ist anders, als du gedacht hast. Nicht einmal richtig angezogen bist du. Schwarzer Anzug? Trägt hier keiner. Es gibt weder Kerzen auf dem Tisch noch Musik. Nur einen Fetzen billigen Schlager hat er gehört, der schnell ausgeschaltet wurde, als er das Restaurant betrat. Kein Klavier steht im Hintergrund. Nur sechs große Aquarien, in denen stumme Fische ihre Bahnen ziehen und ihn anglotzen.

Es wird ihr nicht gefallen. Sie wird sich nicht wohl fühlen. Er kann sie anrufen. Er kann ihr eine SMS schicken. Aber wo sollen sie dann hin? Vielleicht hat sie ihr Telefon auch ausgestellt. Liest ihre SMS nicht. Dann verpasst sie dich.

Ein Kellner fragt, ob er reserviert habe. Ja, antwortet er, gestern, für zwei Personen.

«Auf welchen Namen?»

«Herzog. Jan Herzog. Meine Freundin kommt noch.»

Der Kellner ist ein dünner Bursche, dem eine Locke ins Gesicht hängt. Er streicht sie zur Seite, nimmt eine der Speisekarten und sagt, Jan solle ihm folgen. Sie durchqueren den Raum bis nach ganz hinten, weit weg von den Fenstern. Auf der einen Seite stehen die Aquarien, auf der anderen Seite geht es zu den Toiletten. Er sieht sich um. Überall leere Tische und Stühle.

«Hier?», fragt er.

«Gefällt es Ihnen nicht?»

«Doch, doch. Was ist mit den Tischen am Fenster? Ich würde gerne am Fenster sitzen.»

«Reserviert. Schon seit Wochen. Es tut mir leid.»

«Und die Toiletten?»

«Was soll mit den Toiletten sein?»

«Da geht es doch zu den Toiletten?»

«Ja.»

«Stinken die?»

Der Kellner drückt die Speisekarte an sich. «Entschuldigung», sagt er, «wir sind ein Restaurant. Kein Rasthof.»

Jan nickt. Kein Rasthof. Er sieht auf seine Uhr, es ist noch früh, aber Nadine wird schon unterwegs sein und in der S-Bahn sitzen. Vielleicht hat sie ein Taxi genommen wie er. Vielleicht sitzt sie aber auch schon im Zug, nach Rostock, um sich den Abschied zu ersparen. Daran will er nicht denken.

«Kein Rasthof. Natürlich. Ich habe mir den Abend zwar anders vorgestellt, aber egal. Der Tisch geht in Ordnung.»

Der Kellner zögert kurz, dann legt er die Speisekarte auf den Tisch und dreht sich um, die nächsten Gäste begrüßen: Ein Ehepaar wartet darauf, an einen Tisch am Fenster geführt zu werden. Der Anzug des Mannes sitzt lässig, ist maßgeschneidert. Sie trägt ein Kostüm, so züchtig und hoch zugeknöpft, dass es aufreizend wirkt. Hinter ihnen eine Gruppe Geschäftsmänner, die Englisch reden und mit ihren lauten Stimmen den Raum füllen.

Der schwarze Anzug zwackt unter Jans Achseln, er ist ihm auch im Schritt zu eng. Es fühlt sich an, als wäre er zu seiner eigenen Konfirmation eingeladen und acht Jahre zu spät gekommen. Ein Übriggebliebener, der es verpasst hat, im richtigen Moment den richtigen Abzweig ins Leben zu nehmen. Der nichts anderes kann als warten. Der im Schlick gefangen ist.

Wo bleibt Nadine?

Keine besonderen Vorkommnisse bisher. Vom Ballon aus waren weder Rauchwolken eines Großbrands zu sehen, noch war das Donnern einer Explosion zu hören. Weder war es ein besonders heißer Sommertag, an dem Menschen mit dem Kopf voran in zu flaches Wasser sprangen, noch ein besonders kalter Wintertag, der die Gehwege und Straßen mit Eis überzog und Knochen brach oder Autos in Planken krachen ließ.

Es ist ein ganz normaler Freitag, es ist ein ganz normaler Oktober, vielleicht einen Tick zu warm für die Jahreszeit, verglichen mit früher. Um kurz vor 20 Uhr werden die Kunden in den Kaufhäusern gebeten, den Ausgang aufzusuchen. Geldtransporter holen die Einnahmen der Super- und Baumärkte ab und füttern Geldautomaten. Züge rollen pünktlich ins Umland, über das Ostkreuz Richtung Königs Wusterhausen, über Spandau Richtung Falkensee und Nauen. Männer mit Aktentaschen auf den Knien, ausgelaugt vom Dienst, sitzen in der zweiten Klasse neben Frauen in leichten Sommermänteln, deren Füße schmerzen vom langen Stehen im Geschäft.

Jenseits der Gleise aber, am Eichborndamm in Reinickendorf, überfallen drei Jugendliche ein Bordell. Die Besitzerin ist neunundsechzig Jahre alt, die Frauen auf den Zimmern nicht viel jünger. Sie könnten die Großmütter der Räuber sein in ihren durchsichtigen Negligés, in den feinen Strümpfen, den süßen Pantoffeln mit den Puscheln, den zugeschnürten Korsetts, die sie so selbstverständlich tragen wie die Zigaretten in ihren Mundwinkeln. Die jungen Männer, keiner älter als zwanzig Jahre, klauen Handys und Bargeld. Das Bordell heißt «Glück» und liegt im Erdgeschoss.

Weber war fünf Minuten lang still, dann hat er wieder angefangen zu reden. Der Junge kann nicht anders. Seine Lederjacke ist neu, und wenn er an ihr riecht, dann glaubt er, den

Schweiß eines Mannes zu riechen, der seine Angst im Griff hat. Dabei riecht er die Haut von Rindern, die ihrem Schlachter treuherzig entgegengetrottet sind, um einen Bolzenschuss zu empfangen, gefolgt von einem Schnitt durch den Hals. Der Kopf wird abgetrennt, der Bauch aufgeschlitzt, die Eingeweide fallen in einen Eimer, während rumänische Leiharbeiter mit großen Sägen in der Hand darauf warten, den Leib in zwei Hälften zu teilen und die Haut mit Ketten vom Körper zu ziehen. Es ist ein routiniertes Gemetzel, mit Arbeitszeiten und geregelten Pausen und den Sicherheitsstandards der deutschen Fleischindustrie.

Nadine wartet auf die Bahn Richtung Innenstadt. Sie steht auf dem Bahnsteig, in ihrem neuen Kleid, vom dem die Verkäuferin gesagt hat, sie würde sexy darin aussehen und es gebe nicht viele Frauen, die es tragen könnten: mit den freiliegenden Schultern, mit den zwei Bändern, die sich vor ihrer Brust kreuzen und den Busen nur knapp bedecken, mit dem Saum, der über den Knien endet. Schöne Beine habe sie, fügte die Verkäuferin noch hinzu, solche hätte sie auch gerne, und gab ihr die Strümpfe zum halben Preis.

Schuhe hat sie auch gekauft. Bei Deichmann, in großer Eile, mit Absätzen so hoch, wie sie sie noch nie getragen hat. Nur die alte Funktionsjacke – neongrün, wasserabweisend, atmungsaktiv – passt nicht dazu. Ihre S-Bahn hat Verspätung, sie liest die Ankündigungen auf einer Plakatwand, um sich abzulenken: Es singt der original Don-Kosaken-Chor im Kongresszentrum, der Tannhäuser wird mit internationaler Besetzung aufgeführt. Das Deutsche Rote Kreuz fordert zu Blutspenden auf. Die Urania freut sich über den Besuch ihrer Vorträge mit Lichtbildern: das geheimnisvolle Tibet, die Rätsel des menschlichen Körpers, allein mit dem Kanu auf dem Amazonas, wo die Piranhas schwimmen und das Fleisch ihrer Opfer bis auf die Knochen abnagen.

Jan blickt auf sein altes Nokia-Handy, auf den müden, grauen Knochen aus Finnland, das farblose Display, die schwarzen Nummern und Buchstaben. Er hofft auf Nachricht von Nadine und auf die Ringe, die ihre gemeinsame Zukunft ebnen sollen.

Der Kellner fragt, ob er einen Aperitif wünsche, aber Jan weiß ja nicht einmal, ob der Abend überhaupt einen Aperitif rechtfertigt, und sagt: «Vielleicht ein Wasser.»

«Still, mit Kohlensäure, Medium?»

«Einfach nur Wasser.»

Warum ein Kollege über Weber lachend gesagt hat, er sei zwar jung, aber ein Mann des Wortes, hat Hentschel nie so richtig verstanden. Vielleicht hat es ihn auch gar nicht interessiert. Ein Fehler, weiß er nun, denn Weber ist nicht zu stoppen, nicht einmal, wenn er ihm rüde in die Parade fährt und ihm sagt, er solle die Fresse halten. Weber redet nicht, die Wörter fließen nur so dahin, in einem unaufhaltsamen Strom, der vom Allgemeinen ins Besondere führt und von dort aus in die kleinsten Verzweigungen des Alltags, um dann in überraschenden Wendungen und Analogien zur politischen Großwetterlage zurückzukehren. Es ist ein monotoner Rhythmus, der sich um immer wiederkehrende Floskeln dreht: absolut, alter Schwede, darauf kannst du wetten.

Er muss Anfang zwanzig sein, das schwarze Haar hat die Struktur von Steinwolle, die zum Isolieren von Häusern eingesetzt wird. Über seinem bleichen, ja käsigen Gesicht thront das Haar und sieht aus, als wäre es ein Toupet, was es aber nicht ist. Seine Augen sind von einem verwaschenen Braun, die Stimme ist hoch und krächzend, wie ein Sopran, der in das Labyrinth des Stimmbruchs geraten ist und nicht wieder herausgefunden hat: ein helles, brechendes, rabenartiges Schnattern.

Hentschel drückt die Blase. Er hätte im Abschnitt auf Toilette gehen sollen. Früher musste er nicht so oft pissen, das ist das Alter, und wahrscheinlich sollte er vor der Arbeit nicht mehr so viel Kaffee trinken. Er versucht noch einmal, Weber zu stoppen, den immer reißender werdenden Strom der Worte, und sagt, fast schon flehend, er möge bitte, bitte die Fresse halten. Weber aber macht weiter, putzmunter, als hätte er nichts gehört.

«Klar, du bist der Chef, da halte ich die Fresse, kein Problem, darauf kannst du wetten. Habe ich Kostic auch gleich gesagt: Hentschel ist der Chef. Absolut. Du bist ja praktisch berühmt. Die Hentschel-Gang, haben sie auf der Polizeischule gesagt, alter Schwede, die kannten nix. Immer rein in die Fresse, bis es knallt. Da wäre ich gerne dabei gewesen, volle Action, mit SEK und allem, nicht so ein Kleinscheiß wie hier, sondern richtiges Verbrechen, absolut richtiges Verbrechen, alter Schwede, das wird eine geile Nacht.» Voller Vorfreude schlägt Weber aufs Lenkrad.

Hentschel schreit: «Halt an!»

Erstaunt und verwirrt tritt Weber auf die Bremse. Action, denkt er, denn für ihn ist Hentschel ein Held, der Bärenführer, den er noch braucht, um ein richtiger Polizist zu werden, ein Mann unter Männern. Einer, der zur Sache geht. Der ihm die richtige Einstimmung gibt auf seine Einsätze beim SEK und beim MEK, auf das brutale Leben im Dienst der Gerechtigkeit und auf die Abenteuer, von denen er träumt, seit er zum ersten Mal «Miami Vice» sah.

Der Corsa kommt mit einem Ruck zum Stehen. Hentschel fliegt nach vorne, knallt fast mit dem Kopf gegen die Armaturen. Weber will aus dem Wagen springen und loslegen, Jagd und Zugriff, aber Hentschel zerrt ihn zurück und spuckt ihm die Wörter einzeln ins Gesicht: «Halt. Endlich. Die. Fresse.»

Weber zuckt zurück. Der Motor brummt. Das Funkgerät knackt.

Hentschels Blase drückt noch immer. Er öffnet die Tür, stellt sich breitbeinig vor eine Mauer, die sich an der Straße entlangzieht, und pisst gegen die Steine. Über die Schulter blickt er zurück zum Auto und sagt, als wäre nichts passiert: «Kostet zwanzig Euro.»

Weber antwortet nicht. Er soll die Fresse halten. Warum brüllt Hentschel ihn an?

«Pissen in der Öffentlichkeit», fährt Hentschel fort und schüttelt die letzten Tropfen ab. «In Stuttgart zahlst du dreitausend, wenn du Pech hast, für einmal Pinkeln. Wir sind billiger. Zwanzig Euro und fertig. Wir wollen ja nicht die Touristen abschrecken. Die kommen zum Saufen her, dann sollen sie hier auch pissen dürfen. Neulich habe ich Jugendliche gesehen, aus Dänemark. Die haben in die U-Bahn gekotzt. Hat keinen gekümmert.»

Er zieht seinen Reißverschluss zu und geht zum Wagen zurück. Weber ist immer noch irritiert und starrt auf die Straße. Hentschel beugt sich zum Wagenfenster hinunter und fragt, ob ihm schon aufgefallen sei, dass es in der Stadt immer weniger Fabriken gibt, aber immer mehr Hotels.

«Nein», antwortet Weber.

«Ist aber so. Das wird eins zu eins ausgetauscht, Fabrik gegen Hotel. Gestern hast du noch Motoren zusammengebaut, heute wechselst du schon Bettlaken. Wenn du mal umschulen willst, Servicepersonal wird immer gebraucht.»

«Warum sollte ich umschulen?»

«Keine Ahnung. Fahren wir weiter?»

Sie nehmen den Weg entlang der Mauer. Sie gehört zu einem Bahndamm, über den keine Züge fahren, seit über siebzig Jahren nicht mehr. Von ihnen geblieben ist der Ruß, dazugekommen sind Hunde mit stumpfem Fell, die plötzlich aus der Dunkelheit auftauchen. Kaputte Laternen werfen flackerndes Licht auf den rissigen Asphalt, auf eine ausgeweidete Waschmaschine, auf Altkleidercontainer, neben denen ausgeleierte Pullover im Dreck liegen.

Am Ende der Gartenstraße fahren sie in den Kreisel und biegen ab, in die Ackerstraße, Richtung Torstraße. Dort halten sie sich links, auf den Alexanderplatz zu. An der Straße liegen Bars, Cafés, Restaurants und Geschäfte, von denen Hentschel nicht weiß, wozu sie gut sind oder was sie verkaufen. Tische und Stühle stehen auf dem Bürgersteig. Männer mit Vollbärten und großen Brillen essen Spaghetti. Frauen in weiten Röcken und mit noch größeren Brillen blättern in Magazinen, die zur Hälfte aus Werbung bestehen, der Rest ist Kunst.

Am Rosenthaler Platz sieht Hentschel einen Jungen in einem löchrigen Pullover weglaufen, das kleine Akkordeon in der Hand, wahrscheinlich ein Straßenmusiker irgendwo aus Osteuropa, Rumänien oder Bulgarien. Er wird Angst bekommen haben, als er das langsam die Straße hinunterfahrende Polizeiauto sah. Mit Sicherheit hat er keine Aufenthaltsgenehmigung. Das Geld, das er verdient, muss er abends bei den Männern abliefern, die ihn ins Land geschmuggelt haben. Mehr als drei Lieder wird er nicht können: «La Paloma» oder

«El Condor Pasa» oder ein französisches Chanson, ein Lied von Jacques Brel vielleicht, Roya hat eine Platte von ihm: «Geh nicht fort von mir, lass mich Schatten deines Schattens sein, geh nicht fort von mir.»

Als sie schwanger war, haben sie dazu getanzt, in ihrem Haus, in ihrem Wohnzimmer, ihre Arme um seinen Hals, seine Arme um ihren Körper, das Kind wuchs zwischen ihnen. Sie waren eine Einheit, und er kann immer noch nicht den Moment ausmachen, an dem sie zerbrach. Als das Kind zur Welt kam, morgens um 3 Uhr, in einem Krankenhaus? Als Mutter und Kind zwei Wochen im Krankenhaus bleiben mussten, weil das Baby Gelbsucht hatte und er nicht extra Urlaub nehmen wollte? Als Hentschel sie aus dem Krankenhaus abholte und die beiden verschmolzen waren, ohne Platz für ihn? Oder später? Da verbrachte er schon die Nächte vor dem Kamin, den sie sich für viel Geld im Wohnzimmer hatten einbauen lassen: Die Holzscheite verglühten, er trank Whiskey und hörte im ersten Stock das Kind wimmern. Er hörte die beruhigende Stimme von Roya. Morgens wurde er von ihr wachgerüttelt, sie trug das Kind auf dem Arm, und er war immer noch besoffen.

«Du musst zur Arbeit», sagte sie ihm, «steh auf. Soll ich dir einen Kaffee machen? Du siehst schlimm aus, willst du nicht zum Arzt gehen?»

«Ich brauche keinen Arzt», entgegnete er und löste eine Aspirin in Wasser auf. «Was soll ich mit einem Arzt?»

Er nahm sein altes Leben in den Bars wieder auf. Suchte Anschluss an eine SEK-Truppe, alle jünger als er, zehn oder fünfzehn Jahre. Sie hörten Musik von Bands, die er nicht kannte, und sagten ihm, er solle mit seinen alten Geschichten aufhören, die würden sie schon kennen. Frauen nahmen ihn mit zu sich. Morgens, wenn sie zur Arbeit aufbrachen, um Büros zu putzen oder im Krankenhaus Frühschicht zu schieben, schubsten sie ihn zur Tür hinaus.

Am Ende einer heillosen Woche fand er sich im Gebüsch einer Stadtbrache wieder. Der Morgen dämmerte herauf, in der Nacht hatte es geregnet, das Gras war nass. Um ihn herum lagen Plastiktüten und Tempotaschentücher, zerquetschte Bierdosen und Papierfetzen. Nasse Zeitungen mit den Neuigkeiten der vergangenen Woche: Ein Schönheitschirurg war wegen falscher Brustimplantate verhaftet worden, die nach ein paar Monaten im Körper platzten. Fernsehschauspieler ließen sich scheiden, nach zwanzig Jahren Ehe, es gab Streit um das Geld und die Kinder, heute packt die Frau aus, morgen die Geliebte. Die Leiche eines Mannes wurde in einem Park in Pankow gefunden, halb verwest und eingerollt in einen Teppich.

Er blinzelte der aufgehenden Sonne entgegen, die hinter den grauen Wolken hervorkroch, und spürte eine Müdigkeit in seinen Knochen, die er bis dahin noch nicht gekannt hatte. Roya schmiss ihn aus dem Haus. Er entschuldigte sich, sagte ihr, er würde sich bessern, aber das sagte er auch nicht zum ersten Mal. Draußen in Hellersdorf nahm er sich eine Wohnung, bei der letzten U-Bahn-Station, wo ihn Kostic besuchen kam.

Weber fängt wieder an zu quasseln. Hentschel holt seine Zigaretten aus der Jackentasche. Zündet sich eine an und schnippt Asche auf die Fußmatte. Bevor Weber protestieren kann, weil ihm schlecht wird vom Qualm, sagt Hentschel: «Du hältst jetzt ganz einfach mal die Fresse, ehrlich. Oder ich muss dich melden.»

«Melden?», fragt Weber erstaunt zurück. «Warum denn das?»

Hentschel nimmt noch einen Zug, schnippt noch mehr Asche auf den Boden des Autos und pustet Rauch gegen die Decke. «Rauchen im Auto», sagt er, «ist verboten. Solltest du eigentlich wissen.»

Weber starrt Hentschel an, will das nicht mit sich machen lassen, aber wer wird es ihm glauben auf dem Abschnitt, dass Hentschel ein Arschloch ist, ein Kollegenschwein, kein Wort kannst du mit ihm reden. Hentschel grinst, das Funkgerät knattert. Sie werden zu einem Einsatz gerufen, zwei Straßen weiter. Nachbarn haben die Schreie einer Frau gehört.

Nachdem Hentschel gegangen war, schloss Goran Kostic die Tür zu seinem Büro. Er setzte sich hinter seinen großen Schreibtisch und starrte abwechselnd auf das Telefon und auf die Blumentöpfe im Fenster. In ihnen züchtet er aus Sentimentalität Zitronen und Tomaten. Sie erinnern ihn an seine Großmutter Nada und an seine Kindheit in einem Dorf in der Nähe von Split.

Er hat die Wahl zwischen zwei Telefongesprächen, die beide unangenehm zu werden drohen. Ein Gespräch mit seiner Frau Dunja, das wahrscheinlich im Streit endet. Ein Gespräch mit seinem Mittelbewirtschafter, der ihm eine E-Mail geschickt hat. Es geht um einen VW Passat, den seine Zivilfahnder erst vor einem Jahr bekommen haben, ausgestattet mit viel PS, um bei Verfolgungsfahrten mithalten zu können. Kostic wählt die zweite Variante.

«Hast du die Fotos gesehen?», fragt der Mittelbewirtschafter.

«Ja, habe ich», entgegnet Kostic, der sich an Brandlöcher

in den Polstern erinnert, an aufgerissene Sitze, an klebrigen Schmutz in Farben, von denen er nicht wusste, dass es sie gibt.

«Ich dachte, ihr jagt Diebe», setzt der Mittelbewirtschafter nach.

«Tun wir doch auch.»

«Sieht aber nicht so aus.»

«Du kennst die Jungs doch.»

«Ja. Aber ich wusste nicht, dass sie einen Privatpuff eröffnet haben in einem Auto, das ich meinem Vorgesetzten aus den Rippen leiern musste.»

«Es wird nicht wieder vorkommen.»

«Leck mich am Arsch», hört Kostic, dann wird der Hörer auf die Gabel geknallt.

Kostic nimmt eine kleine Kanne aus Plastik, die unter seinem Schreibtisch steht, und geht zur Toilette, um Wasser für die Pflanzen zu holen. Er gießt sie andächtig und fragt sich nicht zum ersten Mal, warum er Abschnittsleiter geworden ist, der erste Migrant auf diesem Posten. Sogar die Presse war da zu seiner Amtseinführung. Es sah nach einem großen Abenteuer aus und verlor sich in den Details der Bürokratie. Seine Mitarbeiter hassen ihn, weil er es ihnen mit den Dienstplänen nie recht machen kann. Seine Vorgesetzten hassen ihn, weil er seine Mitarbeiter in Schutz nimmt. Er muss Kürzungen vertreten und Missmanagement ertragen. Er weiß, dass sie hinter seinem Rücken sagen, er sei nur Abschnittsleiter geworden, weil die Politik einen Vorzeigeausländer gebraucht habe, der unter Beweis stellt, dass auch die Polizei mit der Zeit geht. «PKB» hat ihn mal jemand genannt: politisch korrekter Bulle.

Dunja nimmt sofort ab, als hätte sie neben dem Telefon gestanden: «Wo bleibst du? Wann kommst du?», fragt sie schnell hintereinander. «Du hast doch längst Dienstschluss.»

«Was soll ich machen?», druckst Kostic herum. «Es fehlt an allen Ecken und Enden. Jankowski ist auch wieder ausgefallen. Ich habe mir die Finger wund telefoniert. Es geht einfach nicht anders.»

Die Leitung klingt, als wäre sie überlastet. Rauschen und Knistern von Informationen, die im Hintergrund ausgetauscht werden. Beschleunigte Daten, besetzt mit Partikeln von Sätzen und Bildern. Dunja schweigt.

Sie haben sich in den Ferien kennengelernt, in Kroatien, wohin ihn sein Vater im Sommer lockte, wo er am Grab seiner Großmutter stand und ihr die Partisanenlieder vorsang, die sie ihm als Kind beigebracht hatte.

Dunja träumte von einer besseren Zukunft in einem besseren Land. Er flirtete mit ihr. Sie tanzten und logen sich an. Drei Monate später meldete sich sein Vater und eröffnete ihm, dass Dunja schwanger sei und er sie zu sich holen müsse, nach Deutschland. Es wurden Zwillinge.

Er sagt: «Ich würde auch lieber zu Hause sein.»

«Nein, willst du nicht», lacht sie bitter, «ganz bestimmt nicht.»

«Fang jetzt nicht wieder an.»

«Habe ich was gesagt?»

«Nein.»

«Was soll ich auch sagen? Du kommst nicht nach Hause, kümmerst dich nicht um deine Kinder, wir interessieren dich einen Scheißdreck.»

«Das stimmt nicht.»

«Ich sage nur, wie es ist.»

Ihre Stimme wird schärfer. Gleich wird sie ihm vorwerfen, was sie ihm immer vorwirft, am Ende ihrer Auseinandersetzungen, die einen verhängnisvollen Hang zu tiefen, nicht heilenden Verletzungen haben. Sie wird ihm vorwerfen, mit Schlampen ins Bett zu gehen, sie anzulügen, Geld zum Fenster hinauszuwerfen. Sie wird ihm androhen, zurück nach Split zu gehen, für immer, und die Kinder mitzunehmen. Er wird sie eine hysterische Kuh nennen, die keine Ahnung davon hat, wie das Leben wirklich ist, hier in Deutschland, und die aufhören soll, zu träumen und sich etwas vorzumachen. Sie werden an den Punkt kommen, an dem es schmerzt. Der Sommer in Kroatien. Die Lügen, die andere Lügen nach sich zogen. Einmal, als er weder ein noch aus wusste, hat er ihr ins Gesicht gebrüllt, sie hätte besser abgetrieben. Keine Kinder, keine Hochzeit, sie hätten einander als kurzen, folgenlosen Ferienspaß in Erinnerung behalten. «Deine Kinder», hat ihn Dunja angezischt, «du willst deine Kinder nicht? Warum holst du nicht die Pistole? Du bist doch Polizist. Bring uns um. Bring uns alle um.»

Er lässt sie reden. Lässt sie klagen und wüten und klickt sich dabei durch die Fotos, die der Mittelbewirtschafter ihm geschickt hat. Kaugummi unter den Sitzen, die Klappe des Handschuhfachs ausgerissen, über dem Velours des Bodens eine pelzige Schicht aus vergossenem Kaffee, Essensresten und klebriger Cola. Als sie eine Pause einlegt, weil sie auf eine Antwort von ihm wartet, sagt er: «Ich weiß noch nicht, wann ich fertig bin.» Dann legt er auf und schüttelt sich. Nimmt seinen Mantel von der Garderobe, verlässt sein Büro, trabt den Flur hinunter. Ruft in den Bereitschaftsraum: «Bis morgen, Jungs. Falls was passiert, ruft mich an. Auf dem Handy.» Zwei Kollegen drehen sich um, einer ruft zurück: «Bis morgen. Schönen Feierabend. Wird schon nichts schiefgehen.»

Bisher haben sie sich nur im Hotel getroffen.

Alle glotzen sie an. Die Männer glotzen sie an, die Frauen glotzen sie an. Jan glotzt sie auch an, weil er sie so noch nie gesehen hat. In diesen hochhackigen Schuhen und in den durchsichtigen, glitzernden Strümpfen. Das Kleid, das sich eng an ihren hochgewachsenen Körper schmiegt, ihre langen Beine zeigt, sich um ihre Hüften legt, die Kurve ihrer Taille nachzeichnet und ihre Brüste so verbirgt, dass sie nicht zu übersehen sind. Hatte sie schon immer so hohe Wangenknochen? So schräge, grüne Augen? Standen ihre breiten Lippen schon immer im Widerspruch zu ihrem schmalen, blassen Gesicht? Ihre Lippen, noch nie waren sie so rot.

Er springt auf, sein Stuhl kippt um, und die Stille, die eingetreten war, als Nadine das Lokal betrat, diese Stille aus staunenden Männern und hassenden Frauen, füllt sich wieder mit Lärm. Brot wird aus Körben genommen, Wein nachgeschenkt. Klappern der Bestecke, Gluckern der Weinflaschen, aus der Küche die Klingel für den nächsten Gang am Nebentisch. Die Kellner huschen durch den Raum, fast geräuschlos, nur ein leises Quietschen der Sohlen. Einer von ihnen will Nadine die Jacke abnehmen, neongrünes Goretex, der einzige Hinweis auf ihre Herkunft, aber Jan ist schneller.

Auf dem Weg zum Tisch flüstert er ihr ins Ohr, wie toll sie aussieht, so schön wie noch nie. Er hätte lieber einen Platz am Fenster genommen, aber es wäre keiner mehr frei gewesen, jedenfalls nicht für sie und ihn. Wenn sie wolle, könnten sie auch woanders hingehen, in ein anderes Restaurant, ihm sei es egal, ob Imbissbude oder Pizzeria oder das hier, alles egal. Hauptsache, sie sei bei ihm.

Nadine sieht sich um und sagt nein, nein, es sei doch schön

hier, sie kichert dabei, so schön hätte sie sich das gar nicht vorgestellt, in so einem Restaurant sei sie noch nie gewesen, mit Kronleuchtern von der Decke und einer Wand aus Aquarien, die blau leuchten und Ruhe ausstrahlen, mit all den stummen Fischen hinter zerbrechlichem Glas. Sie geht neben ihm her, zu ihrem Tisch, auf eine Art, die er noch nie an ihr gesehen hat. Es ist eher ein Schreiten, wie eine Königin, die sich ihrer Ausstrahlung bewusst ist, Schritt für Schritt, und er fragt sich, ob das immer noch die Nadine ist, die am Morgen bei ihm im Bett gesessen und ein Brot gegessen hat mit fingerdick Nutella drauf. Die Nadine mit den abgelaufenen Turnschuhen und den Sweatshirts mit albernen Motiven, über die sie immer sagt, sie seien doch süß: Katzen und Vögel. Dabei fressen die einen die anderen.

Derselbe Kellner, der ihm verächtlich eine Karaffe Leitungswasser auf den Tisch knallte, als wäre er ein Penner, kommt plötzlich mit drei kleinen Schalen in der Hand angewieselt, der Sabber steht ihm in den Mundwinkeln, und nuschelt Wörter, die sich wie «amüsiert euch» anhören, aber anders, wahrscheinlich Französisch. Dabei versucht er, nicht auf Nadines Beine zu starren, was ihm aber nicht gelingt. In einer Schale liegen sechs Scheiben Brot, wobei die Bezeichnung «Scheibe» Jan übertrieben scheint für die drei Miniaturen aus verschiedenen Sorten Teig, halb so groß wie sein Handteller, eher kleiner. In den beiden anderen Schalen schwappt eine Flüssigkeit, schwerer als Wasser. Der Kellner sagt, es handele sich um Öl, das mit Brathuhn aromatisiert sei. Sie könnten stippen. Ein Gruß aus der Küche.

Nadine kichert und schlägt ein Bein über das andere, was ihr Kleid noch etwas höher rutschen und den Kellner noch mehr glotzen lässt. Er sagt, er würde ihnen die Weinkarte dalassen, die Speisekarte hätten sie ja schon, und verschwindet.

Von Wein hatte Jan noch nie Ahnung. In Heuhausen haben sie nur Bier getrunken und Korn. Wein ist etwas für Angeber gewesen oder für Mädchen, genauso wie der Eierlikör, den seine Großmutter getrunken hat, wenn ihre Freundinnen zu Besuch waren und sich zunehmend schwungvoll zuerst über Strickmuster und dann über schmutzige Witze beugten. Mit der Speisekarte geht es ihm nicht besser. Er sucht nach bekannten Gerichten, Steaks oder Gulasch oder Rippchen, wird aber nicht fündig. Auf der Karte stehen stattdessen «Schwimmender Ausweg», «Gefrorenes Paradies», «Verlorene Butter» und «Cubra» –, und er hat nicht die leiseste Idee, was sich dahinter verbirgt. Neun Gänge haben sie zur Auswahl, mindestens fünf müssen sie bestellen, und alle tragen Namen, die wie Lieder auf einer Free-Jazz-Platte klingen.

Er fragt Nadine, was sie trinken wolle, und sie antwortet, das Wasser genüge, sie trinke ja sonst auch keinen Alkohol. Aber Champagner, es sei ja ihr letzter Tag, Champagner habe sie noch nie probiert. Hummer habe sie auch noch nie gegessen, außer Hummercreme von Aldi, aber die sei ja nur Ersatz.

Als sie Hummer sagt, hat Jan die Filme über Seemänner vor Augen, die er aus dem Fernsehen kennt und die bei ntv laufen oder bei D-Max: Schiffe auf hoher See, die Maschinen stampfen gegen den Wellengang an, Eisberge am Horizont. Prall gefüllte Netze werden aus dem Wasser gehoben, dichtgedrängte Fischleiber ergießen sich über das Deck und zappeln auf den Planken, bis Männer in Öljacken ihre Messer zücken und ihnen die Eingeweide herausreißen. Er kann es riechen: das Salz, den Glibber, das Blut. Wo Hummer leben, fragt er Nadine, vielleicht in der Ostsee? Sie lacht und sagt, auf keinen Fall, die Ostsee sei viel zu kalt.

Mit ihrem Vater war sie einmal dort, erzählt sie weiter, als kleines Kind, eine ihrer wenigen Erinnerungen an ihn. Es sei mitten im Winter gewesen und das Meer gefroren. Wirklich: Die Wellen seien in der Bewegung gefroren, als wären sie von einer Sekunde auf die andere erstarrt. Sie habe geweint, weil sie Angst hatte, die Kälte würde ewig dauern, aber ihr Vater habe sie in den Arm genommen und getröstet. Bald werde das Wasser wieder warm sein, dann könne sie wieder darin baden, und die Fische würden auch nicht sterben, versprochen. Das sei ihr letztes Bild von ihm: wie er sie getröstet hat an den Ufern eines gefrorenen Meeres, wo die Wassertropfen in der Luft hingen wie verirrte Eiszapfen.

Sie verstummt und starrt die Wand aus Aquarien an, die lautlosen Fische, das leise Blubbern der Filteranlagen, das schwarze Loch ihrer Kindheit.

Jan wollte ihr sofort den Antrag stellen. Wollte nicht viel nachdenken, sich nicht in Argumenten verirren, in Optionen und Spiegelungen von Optionen. Er wollte die Ringe aus der Hosentasche holen und die entscheidenden Worte sagen. Aber bis jetzt, wo sie plötzlich lacht, weil die Erinnerung von ihr abfällt, wo er in ihrem Ausschnitt die Wölbung ihrer Brüste sieht, die nackte Haut mit den kleinen, glitzernden Härchen, bis jetzt hatte er noch keine Gelegenheit. Bis jetzt. Er holt Luft, aber sie unterbricht ihn, bevor er ein Wort sagen kann, und erklärt, sie sei noch nie in einem so schönen Restaurant gewesen. In Gühren habe sie mit Tim hin und wieder die Haffklause besucht, wenn sie auf dem Weg nach Rostock waren, und meistens hätten sie Schnitzel mit Pommes und Salat bestellt – Schniposa, ruft sie laut lachend in den Raum, wir haben immer Schniposa gesagt, woraufhin sich Köpfe zu ihnen umdrehen – und er müsse einmal mitkommen.

Sie lacht weiter und sieht ihm in die Augen, als wäre es je vorstellbar gewesen, dass er sie in Gühren besucht, um dabei zuzusehen, wie sie und Tim händchenhaltend in der beschissenen Haffklause sitzen und Schnitzel bestellen. Würde sie Tim sagen, dass er ihr Liebhaber war, dass er süß gewesen sei, aber vorbei sei vorbei? Oder würde sie ihm sagen, er sei nur ein guter Freund, was noch viel schlimmer wäre, ja, die Hölle auf Erden: Lass uns gute Freunde bleiben.

Er nimmt die Speisekarte und sagt: «Schnitzel gibt es hier wahrscheinlich nicht. Hummer auch nicht. Zander gibt es. Magst du Zander?»

«Keine Ahnung», antwortet sie, «habe ich noch nie gegessen.»

Die Informationen sind karg. Nachbarn haben lautes Brüllen gehört, Schreie aus der Wohnung, etwas Schweres sei zu Boden gefallen, es sei sogar um Hilfe gerufen worden, wahrscheinlich. Weber will sofort das Blaulicht einschalten, endlich Action, aber Hentschel winkt ab und sagt, das höre sich nicht so wild an, zügiges Fahren würde reichen. Vor Aufregung fängt Weber wieder an zu reden: über häusliche Gewalt, entschiedenes Vorgehen, aber auch sensibel, alter Schwede. Er kapiert es einfach nicht, denkt Hentschel, er kapiert es einfach nicht: wann Zeit ist zu reden und wann Zeit ist zu schweigen. Dass Schweigen die Regel ist und Reden die Ausnahme. Er kapiert es nicht. Soll Kostic sich darum kümmern. Kostic ist der Boss. Er, Hentschel, sucht die Neuen nicht aus.

Er hat nicht um die Weiterbildung gebettelt, die Kostic ihm aufs Auge gedrückt hat: die Polizei der Zukunft, der Bürger als Kunde, Sicherheit als Dienstleistung. Scheiße. Früher hatte er Gründe, Polizist zu sein. Früher, als kleiner Junge, der in den Hochhäusern des Märkischen Viertels aufwuchs, mit einer Mutter, die seinen Vater nur einmal gesehen hat, in der Nacht seiner Zeugung, wahrscheinlich ein französischer Soldat. Eine Reihe von Onkeln durchzog seine Kindheit. Die einen soffen, die anderen prügelten. Seine Mutter hörte irgendwann nicht mehr auf zu heulen. Er ist früh ausgezogen. Sie, Postbotin seit ihrem sechzehnten Lebensjahr, mittlerweile im Vorruhestand, verheiratet mit einem friedlichen und wortkargen Rentner aus Niedersachsen, bei Delmenhorst. Er sieht sie nur noch selten. Zuletzt vor einem Jahr, auf der Beerdigung eines alten Nachbarn. Sie tranken einen Schnaps in der Eckkneipe, die keine Eckkneipe mehr ist mit grauen Gardinen und Spielautomaten, die metallische Töne von sich geben, sondern eine Pizzeria, in der es Grappa und eine Fototapete gibt, Gondeln auf den Kanälen von Venedig, und «Azzurro» von Paolo Conte.

Vor einem wuchtigen Altbau hält Weber. Fünf Stockwerke hoch, der Eingang gesäumt von zwei halbnackten Frauen aus Stein, die ihre Brüste herausstrecken und deren Füße von Schlangen umrankt werden. Eine breite Haustür aus Holz und Glas. Auf der anderen Seite der Straße liegt eine Galerie, in der sehr dünne Frauen in sehr schwarzen Kostümen herumstehen und hochstielige Gläser in der Hand halten.

Weber springt aus dem Wagen, als wolle er Haus und Wohnung stürmen, aber wieder hält Hentschel ihn zurück.

«Du willst doch was lernen?», fragt er.

Weber nickt, schon halb aus dem Wagen.

«Hinter jeder Tür lauert Dreck. Meistens nur arme Säue. Aber eines Tages steht da doch keine arme Sau, sondern ein Psycho mit einem Hackebeil in der Hand. Oder eine arme Sau mit Hackebeil, die gerade zum Psycho wird. Das sind die Allerschlimmsten: arme Säue mit Waffen. Unkontrollierbar. Verstanden?»

«Ja, Chef.»

«Bei denen gehen wir in Deckung. Keine Alleingänge, keine Heldentaten.»

«Absolut.»

«Und …»

«Ja?»

«Vergiss es.»

Der Nachbar erwartet sie an der Tür. Schickt sie hoch in den dritten Stock. Sie nehmen einen alten Aufzug. Die Kabinentür ist aus geschwungenen Eisenstäben.

«Wenn Reden nicht hilft», sagt Hentschel, «holen wir Verstärkung.»

Im dritten Stock liegt eine einzige Wohnung mit einer einzigen Tür. Neben der Tür ein alter Klingelknopf. Die Klingel schrillt, als Hentschel darauf drückt. In der Wohnung hallt das Geräusch nach, sonst passiert nichts. Hentschel klingelt noch einmal, dreimal lang nacheinander. Sie hören Schritte, die näher kommen. Die Tür öffnet sich einen Spalt. Hinter ihr steht ein Mann, nicht jünger als vierzig, aber auch nicht älter als fünfzig. Er trägt einen dunkelgrauen Anzug, der gut geschnitten ist und bequem sitzt, darunter einen grauen Rollkragenpullover aus leichter Wolle. Der Haarschnitt ist akkurat, die Fingernägel gepflegt, wahrscheinlich geht er zur Maniküre. Das Aftershave weht dezent auf den Flur hinaus. Im Hintergrund läuft klassische Musik.

«Entschuldigen Sie die Störung», sagt Hentschel, «wir sind von der Polizei.»

Der Mann mustert sie von oben bis unten und fragt nach ihren Dienstausweisen. Hentschel antwortet, es sei sein gutes Recht, die Ausweise zu sehen. Weber und er greifen in ihre Innentaschen. Der Mann schaut sich die Fotos an.

«Polizeiobermeister Hentschel?», fragt er.

«Der bin ich. Das ist mein Kollege Weber. Und Sie sind …», Hentschel blickt auf das Klingelschild, «… Herr Maaßen?»

«Richtig.»

«Ihre Nachbarn haben angerufen. Es soll sehr laut gewesen sein bei Ihnen. Es war die Rede von, lassen Sie mich sehen …», Hentschel schaut auf seinen Notizblock, blättert Seiten um, auf denen nichts steht, «… richtig: laute Musik. Sehr laut. Außerdem hat es wohl gepoltert. Rums gemacht, wie ein Nachbar sagte. Gibt es Probleme?»

Der Mann antwortet nicht und verzieht keine Miene. Sieht Hentschel nur stumm an, als wäre der ein lästiges kleines Tier.

«Es soll», fährt Hentschel fort, «jemand um Hilfe geschrien haben. Da werden wir natürlich aufmerksam.»

Der Mann lacht auf. «Wir haben Beethoven gehört», sagt er, «das gefällt nicht jedem. Wer hört heute noch Beethoven? Jetzt läuft Schubert. Kennen Sie Schubert? Nein? Muss man ja auch nicht als Polizist.»

«Stimmt. Traurig, aber wahr. Den Schubert kennt bei uns so gut wie keiner mehr. Aber ich habe ihn noch erlebt. Er war ein Kollege von mir. Paul Schubert. Der konnte gut singen. Wir fahren in den Puff nach Barcelona, Wenn bei Capri die rote Sonne im Meer versinkt, Rosamunde – so was hatte der drauf. War nicht gerade mein Geschmack, ich steh mehr auf

Hard Rock und Speedmetal, Slaughter und Cannibal Corpse, wenn Ihnen das was sagt.»

Weber lacht, der Mann verschränkt die Arme vor dem Körper, Hentschel macht weiter.

«Das sind geile Bands. Nichts zum Schmusen. Mag nicht jeder. Aber wir sind ja nicht von der Geschmackspolizei, sag ich immer. Was spielt Beethoven denn so? Kuschelrock?»

Der Mann will die Tür zuschlagen. Hentschel geht mit dem Fuß dazwischen. «Ärger wollen wir auch nicht», fährt er fort, als wäre nichts geschehen, «das können Sie mir glauben. Ärger macht Arbeit. Ich muss noch mehr Protokolle schreiben, alles in doppelter Ausfertigung, dann gibt es Rückfragen, dann muss ich beim Chef antanzen, und dann gibt es wieder Rückfragen. Das hört gar nicht mehr auf. Staatsanwälte und Richter, die wollen es ganz genau wissen. Von den Anwälten ganz zu schweigen. Ein Fehler, und du bist geliefert. Aber was soll ich machen? So ist die Welt. Sagen wir also: Sie lassen uns einfach in Ihre Wohnung, wir hören ein wenig Beethoven oder Schubert, das können Sie sich aussuchen, und wir schauen uns um. Alles andere könnte hässlich werden. Sehr hässlich. Manchmal treten wir auch Türen ein.»

Der Mann weicht zögerlich zurück. Hentschel und Weber gehen an ihm vorbei. Er ruft ihnen hinterher: «Sie sollten Ihre Schuhe abputzen, wenn Sie in eine Wohnung kommen.»

«Ja», antwortet Hentschel, der schon mitten im Flur steht, «das sollten wir.»

An den Wänden hängen Graphiken in schlichten Rahmen. Weiße Blätter, auf die ein paar Striche geworfen sind. Manche Striche bilden Kreise, andere laufen gerade nebeneinanderher. Am Ende des Flurs ist eine Tür halb geöffnet, sie führt ins Wohnzimmer. Dort sind die Wände in einem dunklen Blau gestrichen, über der Couch hängt ein Ölbild in einem schweren goldenen Rahmen. Das Bild zeigt ein blaues Pferd, das auf einer roten Wiese grast. Am Horizont strahlt eine grüne Sonne. Auf der Couch sitzt eine Frau, Hentschel schätzt sie auf dreißig Jahre. Sie trägt ein hellgraues Kostüm, eine weiße Bluse, eine Perlenkette. In ihrem Mundwinkel klebt Blut. Die Haut um das linke Auge und am Jochbein hat sich verfärbt. Sie hält sich ein nasses Taschentuch ans Gesicht. Hentschel fragt, was passiert sei.

«Ich bin gestolpert», antwortet sie, «über den Teppich. Wie letzte Woche. Da bin ich auch schon gestolpert. Das habe ich Ihren Kollegen gesagt.»

Ihr Mann verschränkt die Arme vor der Brust und blickt Hentschel lächelnd und überlegen an. Als wolle er ihm nicht nur signalisieren, dass er nichts zu befürchten hat, sondern auch, dass sie beide, er und Hentschel, die Wahrheit kennen. Hentschel grinst zurück.

«Über den Teppich da?», fragt er die Frau.

«Ja.»

«Und Ihr Mann?»

«Er hat nichts damit zu tun. Er hat mir sogar geholfen.»

Hentschel sieht sich im Zimmer um. Es hat mindestens vierzig Quadratmeter. Am Ende des Raumes, in einer Nische bei den Fenstern, steht ein Klavier. Auf einem Podest daneben thront ein bronzener Stier, der die Vorderbeine in den Boden gerammt hat, die Hinterbeine scheinen zu zittern vor Kraft. Sein Kopf ist zum Angriff gesenkt, die Spitzen der Hörner gegen den Angreifer gerichtet, in seinen Augen liegt Wut. Hentschel sieht die Männer an sich vorbeiziehen, die seine Mutter angeschleppt hat, das große Onkel-Quartett als Kartenspiel mit den Parametern Bierverbrauch pro Tag, Arbeitslosigkeit in Monaten, angedrohte und erfolgte Prügel. Hand, Faust, Gürtel, einmal eine Flasche. Entweder musste er seine Mutter vor ihnen schützen, oder seine Mutter musste ihn vor den Männern schützen. Die Frau auf dem Sofa fängt an zu weinen. Angst vor Einsamkeit, Angst vor Schlägen. Tränen der Scham, Tränen des Schmerzes. Wie seine Mutter.

«Warum zeigen Sie ihn nicht an?», fragt Hentschel.

«Er wollte mich doch nicht schlagen.»

«Wohin hat er denn geschlagen, als er nicht schlagen wollte?»

«Das habe ich nicht gesagt!», erwidert die Frau schrill.

Der Mann fügt hinzu: «Wir würden gerne wieder Musik hören. Allein.»

Als Roya schwanger wurde, hatte Hentschel Angst, so zu werden wie all die Onkel seiner Kindheit: die gleichen blutunterlaufenen Augen, die gleichen Fahnen aus Pfefferminzschnaps, der gleiche Hass auf die Welt. Aber Roya sagte, er würde bestimmt ein guter Vater werden, er solle keine Angst haben, und als er seinen Sohn im Arm hielt, eingewickelt in ein blaues Tuch, zwei braune, fast schwarze Augen sahen ihn an, da ging er mit dem Kind zum Fenster, und sie blickten aus dem vierten Stock des Krankenhauses auf die Stadt. Er versprach seinem Sohn, ihn zu beschützen, ihre Familie zu beschützen, was auch immer da komme. Wie lange ist das her? Drei Jahre? Und jetzt? Was ist jetzt mit ihm? Er schubst den Mann aus dem Wohnzimmer und sagt Weber, er solle sich um die Frau kümmern. Dann schlägt er zu.

Das ist jetzt mit ihm.

Er schlägt in einer Küche zu, die so sauber ist wie ein steriler Operationssaal. Flächen aus poliertem Stein, lautlos gleitende Schubladen, eine leise surrende Dunstabzugshaube.

Ein schwarzweißer Terrazzo-Boden, auf dem sich der Mann krümmt. Hentschels Hiebe sind hart und gezielt, sie werden keine Spuren hinterlassen.

Das ist jetzt mit ihm: Sein Sohn hat keinen Vater. Seine Frau vögelt einen anderen. Fick dich. Kostic. Fick dich.

Er will wieder zuschlagen, hält aber inne, weil Weber in der Tür steht und ihn anstarrt. «Sie fängt wieder an zu flennen», sagt er.

Hentschel hält Webers Blick stand. Dann beugt er sich zu seinem Opfer hinunter. «Wenn ich noch einmal kommen muss», keucht er, «mach ich dich fertig. Dann komme ich nicht als Mensch, dann komme ich als Tier. Das steht dann in der Bild-Zeitung, in großen Buchstaben: Bulle killt Arschloch. Und wenn ich dafür in den Bau wandere. Ist mir scheißegal.»

Er tritt noch einmal zu und geht zurück ins Wohnzimmer. Weber folgt ihm. Die Frau sieht ihn ängstlich an. «Haben Sie ihm etwas getan?», fragt sie.

«Nein, habe ich nicht.»

Sie verlassen die Wohnung. Die Musik von Schubert läuft immer noch. Der Aufzug bringt sie nach unten. Hentschel setzt sich ins Auto und schlägt die Tür zu. Er wünscht sich, Jankowski wäre da. Der hätte ihn verstanden. Aber Weber hat keine Ahnung. Sein Gesicht ist noch weißer als sonst. Gleich heult er, das hat ihm noch gefehlt. Wahrscheinlich verpfeift er ihn auch bei Kostic.

Aber Weber flennt nicht. Er schlägt plötzlich aufs Lenkrad. «Ich wusste es doch», ruft er fröhlich, «das wird eine geile Nacht. Poliert ihm einfach die Fresse. Alter Schwede!»

«Hör mal, Weber ..."

«Nein, nein. Wie oft habe ich mir gedacht: Haut den Schweinen eins auf die Fresse. Nicht lange fackeln, sondern einfach zuschlagen. Ich meine: Du kommst in eine verkackte Wohnung, und ein Typ hat seine Tochter verdroschen, grün und blau hat er sie geschlagen, alter Schwede, und da stehst du und wartest auf den Krankenwagen, und der Typ flennt auch noch und wimmert und sagt, er hätte das nicht gewollt. Aber wer soll das glauben, das ist doch absolute Grütze! Der ist zwei Wochen später wieder zu Hause, und die Tochter ist auch wieder zu Hause, frisch aus dem Krankenhaus, und keine vier Wochen später kommt der nächste Anruf, weil er sie wieder grün und blau geschlagen hat. Da denkst du: Das ist doch Kacke. Der muss eins aufs Maul bekommen! Warum poliert dem keiner die Fresse? Und weißt du, warum? Weil sich keiner traut. Nur Hentschel. Der traut sich. Der schlägt zu. Geil. Absolut geil.»

Hentschel schließt die Augen. Hinter seinen Lidern sieht er einen kleinen Jungen, der weint und in der Ecke sitzt und hofft, nicht entdeckt zu werden. Er sieht seinen Sohn. Kostic fickt Roya. Er hat es versaut.

Weber redet weiter: «Weißt du, was? Der Mensch lernt nur durch Schmerz! Ist wahr. Habe ich gelesen. In einem Buch. Aus der Bücherei. Das ist wissenschaftlich erwiesen. Ohne Schmerz kein Fortschritt.»

«Bitte, Weber», flüstert Hentschel.

«Ja?»

«Sei still.»

«Was?»

«Du sollst still sein. Bitte.»

«Ist gut», entgegnet Weber und hebt die Hände, «habe ich verstanden. Ich bin ruhig. Jeder Künstler braucht eine Pause. Das wird eine geile Nacht.»

Weber lächelt. Hentschel öffnet die Augen. Gegenüber, in

der Galerie, werden Häppchen serviert. Die Besucher gehen kauend an den Bildern vorbei. Manche nehmen eine ganze Wand ein. Auf ihnen ist blutiges Fleisch zu sehen: Tierkadaver an Haken, die von der Decke hängen. Blut tropft in Rinnen. Männer mit weißen Masken vor Nase und Mund, durchsichtige Schürzen aus Plastik vor dem Leib, Messer und Sägen in ihren Händen. Ob die Bilder Fotografien sind oder Gemälde, die wie Fotografien aussehen, ist vom Auto aus nicht zu erkennen. Sie scheinen Hentschel irreal oder verschwommen, aber gleichzeitig realistisch, vielleicht sogar mehr als realistisch. Eine Wahrheit jenseits der Wirklichkeit. Als würde nicht nur Fleisch gezeigt, sondern noch etwas anderes. Ein dahinterliegendes, sich bewegendes, in den Raum tretendes Etwas, das er nicht fassen kann.

«Siehst du die Bilder?», fragt er Weber.

«Ja. Würde ich mir nicht an die Wand hängen.»

«Dafür sind sie auch nicht gemacht. So große Wände haben wir gar nicht.»

Der Abend beginnt Spaß zu machen, wenn alles an seinem Platz ist. Töpfe, Pfannen, Löffel, Saucieren, Messer. Wenn er weiß, dass die Soßen, Dips und Fonds, vakuumverpackt in dickwandigen Plastikbeuteln, in den Schubladen und Regalen bereitliegen. Ihre Zubereitung zieht sich oft über Tage hin, in denen er Fisch, Fleisch oder Gemüse stundenlang kocht oder brät, mal schnell erhitzt, mal auf niedriger Temperatur vor sich hin schmoren lässt. Manchmal nimmt er nur den Sud oder den Bratensatz, manchmal presst er den zerkochten Brei durch ein Sieb, steckt die zurückgebliebene Flüssigkeit in die Tiefkühltruhe, um die Moleküle zu knacken und dadurch neue Aromen entstehen zu lassen. Das Ergebnis zieht er mit einem Öl hoch, dem er Kräuter zugesetzt und wieder entzogen hat. Im Regal über seinem Kopf stehen die Dosen mit den Kräutern, immer am selben Platz, er kann blind zugreifen. Fast alle hat er selbst getrocknet, oft auf einer Eisenplatte auf dem Gasherd, um zusätzliche Röstaromen zu erzeugen. In der Speisekammer hängen Rettich, Selleriewurzeln und Radieschen über ein Jahr lang, bis sie so ausgetrocknet und fest sind wie Parmesan, nur wertvoller und mit einer härteren Schärfe. Manchmal ist er bei seinen Rezepten weniger einem Geschmack auf der Spur als einem Gefühl, einem Gedanken oder einer Erinnerung.

Seinen Gerichten gibt er Namen, die nichts mehr erkennen lassen von den Spuren, die zu ihnen geführt haben. Nichts von den Zutaten, nichts von der Zubereitung. Ein Gericht hat er «Schöne Tage» genannt, es hat seinen Ursprung in fünfzig Currywürsten, die er sich in einem Imbiss hat geben lassen, fertig zubereitet. In seiner Küche hat er sie mit einem Mixer zu einer breiigen Masse verarbeitet, die er in ein Tuch gestopft und aufgehängt hat. Unter dem Tuch stand eine Schale, die die Flüssigkeit auffing, aus der er einen Sud zubereitete. Den hat er mit gerösteten Kartoffelscheiben serviert, getrieben von der Idee, einen Moment seiner Kindheit einzufangen, einen Abend mit seinen Eltern in einer Pommesbude am See. Es war der einzige Urlaub mit ihnen, an den er sich erinnern kann, die glücklichste Zeit seiner Kindheit.

An guten Tagen lässt er sich Ferkelköpfe kommen, kocht sie in großen Töpfen, löst Fleisch von Wange und Kiefer und zerhäckselt es. Das Hirn lässt er so lange auf kleiner Flamme mit passierten Tomaten köcheln, bis es ein einheitlicher, dickflüssiger Brei wird. Aus dem zerhäckselten Fleisch formt er Klöße, die er auf dem Brei serviert. Das Gericht hat er «Kannibalenrüssel» genannt, weil er gehört hat, dass Schweine nicht nur intelligente Tiere sind, sondern sich auch die Gensätze von Schwein und Mensch gleichen. Es gibt Gäste, die kommen nur für diesen einen Gang.

In der Küche arbeiten sie stumm, sobald der erste Gast gekommen ist, unterbrochen von den Kellnern mit ihren Bestellungen. Die kleinen Zettel heften sie mit Nadeln an eine Korkwand: die Zahl der Gänge, wer Vegetarier ist, eine Allergie gegen Nüsse hat oder keine Milchprodukte verträgt. Es treibt ihn oft zur Verzweiflung, denn bei all dem Reduzieren, Veredeln und Übertragen der Grundstoffe von einem Zustand in den anderen weiß er nicht immer, wo sie Nüsse zugesetzt haben und ob nicht doch irgendwo Milch oder Fleisch im Spiel war. Dann muss er improvisieren, Alternativen finden, von den hochkonzentrierten Routinen abweichen, die er liebt: das fast maschinenartige Schnurren der Arbeit, die einstudierten, präzisen Schritte, mit denen er und seine Köche sich durch die Küche bewegen und ihre Instrumente bedienen.

Der Herd ist riesig, acht Gasflammen, die er ständig am Brennen hält. Kleine, blaue, fast unsichtbare Flammen und hochaufschießendes, rotgelbes Feuer, das Hitze in Wellen ausschickt. Links vom Herd quillt Dampf, wenn er die Türen der Konvektomaten aufreißt. Die Luft ist Rauch, Feuchtigkeit, Qualm, Hitze. Dreizehn, vierzehn Stunden am Tag verbringen er und seine Köche auf ein paar Quadratmetern. Sie schwitzen, haben Flecken unter den Achseln und auf dem Rücken. Die Jungs bekommen einen Hungerlohn. Sie sind die Proletarier der neuen Generation, die Stahlkocher der Dienstleistungsgesellschaft, getrieben von der Hoffnung auf Ruhm und ein eigenes Restaurant, irgendwann. Wer kein Glück hat, landet in einem Rasthof an der Autobahn und ackert dort für ein paar Euro die Stunde. Naujoks wischt sich das Gesicht mit einem Küchenhandtuch ab, das in seinem Gürtel steckt.

Die ersten Gänge lässt er die jungen Köche machen, der Hauptgang ist Chefsache. Er schneidet zwei daumendicke Filets vom Zander für Tisch 20, wo der junge Kerl mit dem lächerlichen Anzug sitzt. Einer der Kellner hat über ihn gelacht und gesagt, der Junge sei eine Witzfigur, aber seine Frau sei krass, eine Spitzentussi.

Das Zanderfilet legt er vorsichtig in die Pfanne mit der zerlassenen Butter. Wendet es und übergießt es wieder und wieder, fast zärtlich, mit dem Fett. Legt es vorsichtig auf die vorbereiteten Teller unter der Wärmelampe, träufelt ein paar Tropfen von einer Soße darüber, deren Basis aus dem Bratensaft eines Koteletts besteht. Dann kippt er eine kleine Schale mit gedämpfter Petersilie auf den Teller, eine grüne Halbkugel neben dem weißen Fisch.

Er schiebt die Praktikantin zur Seite, seine Hände eine Spur zu lange um ihre Hüften, sein Becken etwas zu nah an ihrem Becken, sein Bein zwischen ihren Beinen. Sie ist kleiner als er, windet sich lachend aus seiner Umklammerung, die immer noch als zufällige Berührung durchgehen kann, während in seinem Kopf Bilder eines Pornos aufflackern, den er nachts auf seinem Computer gesehen hat: ein Mund, halb geöffnet; weiße, makellose Zähne; schwarze Strümpfe; ein BH fällt zu Boden, geflüsterte Worte, leises Stöhnen, so fängt es an. Später, denkt er, später, und sieht zu, wie sich der Kellner auf den Weg zu Tisch 20 macht, während das Begehren wach bleibt und die Praktikantin ihn lachend über die Schulter ansieht. Später, denkt er immer noch, als er ein lautes Geräusch hört. Nein, kein Geräusch, sondern einen gefährlichen Krach.

Er weiß sofort, was es ist.

Vor dem Hauptgang wollte Jan einen zweiten Anlauf nehmen und Nadine den Antrag stellen. Seine Hand hielt schon die Schatulle in der Hosentasche fest, Nadine sah ihm in die Augen, und er glaubte, darin Liebe zu entdecken, als die Sache mit der Weinflasche dazwischenkam. Er wollte sie selbst entkorken, was schiefging, grausam schief, das weiß er jetzt, aber wie es passiert ist, ist ihm immer noch nicht klar. Ein Kellner schreit ihn an, er solle sich nicht bewegen, nicht auch noch auf einen Fisch treten, und rettet ein kleines Ding, nicht größer als sein Zeigefinger, rot und mit langem Schwanz, das vor seinem linken Fuß zappelt.

Der Champagner war gekommen, sie hatten angestoßen. Beim ersten Gang war er verwundert über die winzige Portion und dachte, es wäre immer noch ein Vorspiel: drei Fingerhut Kräuter, über die der Kellner eine cremige Soße löffelte und sagte, es handele sich um Essenzen von Sauerampfer. Aber auch beim zweiten Gang blieb der Teller – ein Ding aus Porzellan, nicht rund, sondern ein schiefes Quadrat mit einer Mulde in der Mitte – fast leer. In der Mulde lagen geröstete Zwiebelschalen, die sie in eine Paste dippen sollten, was zusammen – so der Kellner – nicht den Geschmack einer Frikadelle imitiere, sondern die Idee der Frikadelle hervorbringe, die flüchtige Existenz ihrer proletarischen Herkunft.

Nadine hielt sich die Hand vor den Mund, um nicht zu lachen, und probierte zwei Zwiebelschalen. Als der Kellner gegangen war, sagte sie, es würde sie an Chips erinnern, mit Salz und Essig. Auch der dritte, vierte und fünfte Gang wurden nicht besser: winzige Arrangements, die niemanden satt machten, vor allem Nadine nicht, die von sich sagte, sie könne essen, so viel sie wolle, sie werde einfach nicht dicker. Gegen Abend bekam sie immer einen Bärenhunger und wurde sauer – richtig sauer, fast hysterisch –, wenn sie ihren Hunger nicht stillen konnte.

So setzte er seine ganze Hoffnung in den sechsten Gang, den Zander, und als der Kellner fragte, ob sie nicht doch einen Wein zum Fisch wollten, sah er Nadine an, die schon dabei war, einen Schuldigen für ihren nicht befriedigten Hunger zu suchen. Sie sagte, jetzt sei es egal, von ihr aus, sie sei ja eh schon betrunken von dem Champagner. Also bestellte er Wein, der zusammen mit der Hauptspeise kam, zwei Kellner auf einmal: eine kleine blonde Kellnerin mit dem Wein, der Kellner mit der Locke brachte den Zander.

Jan hatte sich ein großes Filet erhofft, mit Kartoffeln und Gemüse dazu. Das Filet aber war kleiner als ein Bierdeckel und auch nicht viel dicker. Daneben lag ein grüner Klacks, von dem der Kellner sagte, es sei gedämpfte Petersilie. Nadine sah den Teller an, als würde sie einem Frosch in die Augen blicken, der gleich gehäutet werden soll. Jan wurde wütend – auf das winzige Häuflein Fisch, auf den Kellner, auf das Restaurant, auf sich und den Riesenfehler, den er gemacht hatte, als er das Paris auswählte – und sprang auf, um der blonden Kellnerin die Flasche aus der Hand zu reißen.

Er wollte zeigen, dass er das Heft ab jetzt in die Hand nimmt und für eine anständige Mahlzeit sorgt. Dass er ein Mann ist, der seine Frau nicht nur ernähren, sondern seine Flasche Wein auch allein aufmachen kann.

Da war es passiert.

Mag sein, er hatte zu viel Schwung. Mag sein, die Kellnerin hat sich erschrocken. Sie sprang zur Seite, strauchelte, hielt sich an ihm fest. Er verlor das Gleichgewicht, stolperte über seinen Stuhl, riss die Tischdecke mit und alles, was auf dem Tisch stand: die Teller, das Besteck, die Gläser, die Wasserkaraffe. Die anderen Gäste drehten sich erschrocken um, Nadine sprang hoch, um ihr Kleid zu retten. Er taumelte weiter, mit der Weinflasche in der einen und dem Korkenzieher in der anderen Hand, vor sich die Wand mit den Aquarien. Noch hätte alles gutgehen können, wäre da nicht der Zander gewesen – dieser verfluchte Zander, auf den Punkt gebraten, immer wieder mit Butter übergossen, der reine Geschmack des Fisches –, der mit den Tellern zu Boden gegangen war und dort lag und nur darauf zu warten schien, dass Jan auf ihm ausrutschte, und sei es nur aus Rache für seinen eigenen, nunmehr unnützen Tod.

Was dann passierte, erinnert Jan in Zeitlupe: Die Flasche Wein schlägt mit dem dicken Boden gegen das Glas eines Aquariums. Zuerst ist da nur ein kleiner Riss zu sehen, der sich aber schnell zu einem Netz ausbreitet. Das Wasser – zweihundert Liter, fünfhundert Liter? – drückt dagegen, das Glas wölbt sich und zerbirst mit einem lauten Knall. Wasser schießt mit Wucht heraus – und mit ihm die Fische und Pflanzen, die Algenfarne, Speerblätter und kriechenden Binsen, die Panzerwelse, Neonsalmler und Diskusfische mit ihren blau leuchtenden, von schwarzen Streifen durchzogenen Körpern, ihren gelben Köpfen und den Flossen, die an den Rändern rot schimmern.

Die Gäste springen von ihren Stühlen auf. Ein Kellner schnappt sich einen Eimer, füllt ihn mit Wasser und versucht, die Fische zu retten. Nadine schreit, und Jan weiß nicht, was er tun soll. Seine Schuhe werden nass, die Feuchtigkeit kriecht seine Hose hinauf. Auch der Rucksack steht im Wasser. Das letzte Rinnsal fließt aus dem Aquarium, und mit ihm fällt ein

Siamesischer Kampffisch auf den Holzboden. Von dort aus blickt er zu Jan hoch, als würde er sagen: Du bist schuldig.

Wenigstens schreit Nadine jetzt nicht mehr. Sie hat die Hände vor den Mund geschlagen und starrt auf die Kellner, die nun alle die Fische einsammeln und sie in den Plastikeimer werfen. Aus der Küche kommen zwei junge Köche mit Schrubbern und Feudeln, um das Wasser aufzuwischen, das sich im ganzen Restaurant ausbreitet. Die Gäste mustern sie, Missachtung und Schadenfreude im Blick.

«Sind die Fische tot?», fragt Nadine einen der Kellner.

«Nein», antwortet er, «sie leben.»

«Alle?»

«Ja.»

Der Kellner hebt das letzte Exemplar auf, den Kampffisch mit seinen roten Flossen, die sich im Wasser zu Fahnen aufblähen, und wirft ihn in den Wassereimer: «Alle.»

Nadine atmet erleichtert auf und blickt sich um. Sie sieht Jan in seinen pitschnassen Schuhen. Den Rucksack hält er in der Hand, Wasser tropft auf den Boden. Die Kellner wischen es auf. Die anderen Gäste sind verstummt, ihre Münder stehen offen. Der Chefkoch kommt aus der Küche, bleibt stehen, als wäre er gegen eine Wand gelaufen.

«Sie leben», sagt sie laut und fängt an zu lachen, «sie leben.» Sie lacht aus vollem Hals, ohne sich darum zu kümmern, ob es sich an diesem Ort, in dieser Situation, gehört. Es ist ein Lachen der Erleichterung, das zuerst die anderen Gäste, dann die Kellner und schließlich auch Jan ansteckt: Die Fische leben.

Nur einer lacht nicht.

Tisch 20. Das Arschloch im Anzug. Einen tropfenden Rucksack in der Hand. Die Fische zu seinen Füßen. Sie sind der Luft ausgesetzt, dem falschen Element. Für andere Menschen mögen es nur Fische sein, im Baumarkt gekauft, nicht einmal teuer sind sie gewesen, aber es sind seine Fische. Nächte hat er mit ihnen verbracht, wenn er nicht schlafen konnte, wenn er von der Nervosität gepackt wurde, das alte Hibbeln in den Knochen, die roten Zahlen und den Zorn im Kopf. Vor den Glasscheiben hat er gesessen und ihnen zugesehen. Alle Lichter waren ausgeschaltet, nur die indirekte Beleuchtung der Aquarien nicht, dieses grünblaue Schimmern, das vom Wasser gebrochen wird. Die Fische zogen vor seinen Augen hin und her, ohne Hast, ohne an die Zukunft zu denken, in einer Welt, die er ihnen geschaffen hatte und die er am Leben hielt. Ohne die Wasserpumpen, die Nahrung, das Säubern der Becken würden sie keinen Tag überstehen. Er ist ihr Herr. Er spricht mit ihnen. Er findet Gnade in ihren Augen. Oft schläft er ein, auf dem Boden liegend, vor den Aquarien, die Träume bewacht von seinen Freunden und Gefährten.

Die Frau an Tisch 20 nimmt er erst wahr, als sie zu lachen beginnt. Sie passt nicht zu dem Mann. Sie ist zu schön, zu gut angezogen. Sie könnte die Freundin eines alten Knackers sein, der sich die Frauen mit seinem Reichtum kauft. Oder ein Model, das noch nicht lange im Geschäft ist. Keine Geschäftsfrau, dafür ist sie zu jung. Eine reiche junge Erbin auch nicht, dafür ist sie zu unsicher. Aber sie lacht, während seine Fische um ihr Leben ringen, in einen roten Plastikeimer geworfen werden, statt weiter majestätisch durch das Aquarium zu schweben. Mit ihr lachen die anderen Gäste, die Kellner, sogar seine Köche, und er hat das Gefühl, als würden sie ihn für seine lächerliche Liebe zu den Fischen auslachen. Was wissen sie schon?

Er geht zum Computer, seinen Zorn mühsam beherrschend, und druckt die Rechnung aus. Geht zu Tisch 20, vorbei an den Gästen, die noch halb lachen und halb den Ärger ahnen, der kommt. Vorbei an einem der Köche, der auf dem Boden sitzt, einen Feudel auswringt und die Wutanfälle seines Chefs kennt. Er will ihn beschwichtigen. Den Fischen, sagt er, würde es gutgehen, alles in Ordnung, kein Problem, aber Naujoks hört ihn nicht. Er stellt die umgefallenen Stühle auf, knallt die Rechnung auf die nasse Tischplatte und sagt: «Zahltag.»

Jan hebt beschwichtigend die Hände, das habe er nicht gewollt, das sei alles aus Versehen passiert, er würde es wiedergutmachen und für den Schaden aufkommen, garantiert. Aber Naujoks will davon nichts hören. «Ich will Geld sehen», blafft er, «vierhundertfünfzig Euro in bar, sofort.»

«Natürlich», antwortet Jan, der sich nicht herumschubsen lässt, nicht vor Nadine, es tue ihm auch wirklich leid, er würde alles bezahlen, aber sie hätten ja noch drei Gänge, ob sie die wohl noch essen könnten. Sie wären noch nicht richtig satt, es seien ja auch sehr kleine Portionen gewesen. Wenn er aber zwei richtige Steaks hätte, so blutige Steaks, für ihn und seine Freundin, gern auch mit Kartoffeln oder Pommes, vielleicht auch etwas Gemüse, also leckeres Gemüse, nicht Petersilie, dann würde er auch mehr zahlen, kein Problem.

Warum kommt das Arschloch in sein Restaurant?, denkt Naujoks. Warum verwechselt er es mit einer billigen Pizzeria, in der er satt werden kann? Warum glaubt er, hier laufe irgendeine Candle-Light-Scheiße, mit der er sein Mädchen beeindrucken und ins Bett locken kann? Warum sieht er nicht, dass es im Paris um Stil geht, um eine Einstellung zum Leben, und nicht ums Sattwerden? Um ein Ereignis, für das die Sinne ausgebildet sein müssen: die Explosion am Gaumen, wenn die Aromen aufeinanderprallen und die Geschmacksrezeptoren eilige Botschaften senden, weil sie noch nicht wissen, wie sie all die neuen Informationen interpretieren sollen, die sich gerade im Speichel auflösen. Wo Erfahrung endet und sich ein unerforschtes neues Land auftut, das nur staunend betreten werden kann. Wer satt werden will, soll zu Brot für die Welt gehen.

Das sagt er ihm auch, als er Jan schon am Kragen hat, schreit es eher: Er solle zu Brot für die Welt gehen, Arschloch, und will zuschlagen.

Schon ist mehr im Spiel als das kaputte Aquarium. Klassische Reflexe greifen, wenn ein Ort zu klein ist für zwei Männer, wenn Androgene durch ihre Venen gespült werden. Sie lechzen nach Blut. Das alte Schulhofspiel, die Hahnenkämpfe zwischen Schaukel, Wippe und Klettergerüst, um Hackordnungen herzustellen und aufzufrischen. Ringkämpfe in Sandkästen, plötzliche Attacken auf dem Weg nach Hause, absichtliche Fouls beim Fußballtraining. Terrain muss gewonnen und behauptet werden. Er schlägt ihm die Fresse ein, o ja, das wird er tun.

Sein Restaurantleiter zerrt ihn zurück. Nadine beschwichtigt Jan. Er solle zahlen, bitte, es sei doch ihr letzter Abend. Jan, auch im Kampfmodus, beherrscht sich und zückt seine Brieftasche. Klappt sie auf, wirft seine Kreditkarte auf den Tisch und sagt, Naujoks solle fünfhundert Euro abrechnen. Der Rest sei für die Fische.

«Keine Karte», schnauzt Naujoks.

«Warum? Alle zahlen mit Karte.»

«Du nicht. Du zahlst cash.»

«Seit wann duzen wir uns?»

Sie stehen sich wieder gegenüber, ihre Gesichter nur ein paar Zentimeter voneinander entfernt, und spucken sich eher an, als dass sie sich beschimpfen. Der Restaurantleiter stellt sich dazwischen. «Bitte», sagt er, «es ist gut. Wir sind doch alle zivilisiert.»

Erst jetzt bemerkt Naujoks die Stille in seinem Rücken. Die Gäste sind stumm geworden. Keiner isst, keiner trinkt. In ihren Gesichtern liest Naujoks die beginnende Enttäuschung. Sie wollen einen netten Abend, ungestört von Rosenverkäufern oder Feuerzeughändlern. Keine Obdachlosen mit ihren Zeitungen, keine übelriechende Wirklichkeit, die die Welt des guten Geschmacks beeinträchtigen könnte. Störungen sollten diskret beseitigt werden, prügelnde Köche nicht toleriert. Sie sind etwas für Boulevardzeitungen und das grelle Licht der Scheinwerfer, wo sie ihre Dummheit ausstellen können. Die lachende junge Frau und das zerstörte Aquarium waren eine willkommene Abwechslung, eine Geschichte, die sie morgen ihren Freunden erzählen können. Aber jetzt soll bitte der nächste Gang serviert werden, sonst sind sie am Ende nicht in einem Spitzenrestaurant, sondern haben sich in eine Nachmittagssendung des Privatfernsehens verirrt, wo sich Familien auf Laminatböden zerreißen und übergewichtige Mütter die Nuckelflaschen ihrer Kinder mit Cola füllen. Unschön. Sehr unschön.

«Du gehst jetzt raus», sagt Naujoks leise zu Jan, «und holst das Geld. Um die Ecke steht ein Automat. Keine zweihundert Meter. Dein Mädchen bleibt solange hier. Verstanden?»

Jan zögert. Nadine nickt ihm zu. «Ich bin gleich wieder da», sagt er. Er nimmt seinen Rucksack und gibt ihr einen Kuss. Auf dem Weg zur Tür hinterlässt jeder Schritt eine kleine Wasserlache auf dem Parkett.

«Kein Trinkgeld», ruft ihm Naujoks hinterher.

Die Tür schlägt zu. Die Köche tragen Eimer hinaus. In einem sind die Fische. Naujoks hat ein altes Aquarium im Hinterzimmer, da können sie hinein. An den Tischen kommen die Gespräche langsam wieder in Gang, als wäre nichts gewesen. Aber auf dem Nachhauseweg werden sie reden: Das Paris habe schon bessere Tage gesehen, die Gerichte würden immer seltsamer, der Menschenschlag immer primitiver.

Nadine setzt sich wieder hin. Naujoks dreht sich zu ihr um: «Darf ich Ihnen etwas bringen?»

Nadine schüttelt den Kopf.

«Vielleicht einen Prosecco?», lässt Naujoks nicht locker. «Wir sind ja keine Unmenschen.»

Auf dem Alexanderplatz herrscht großes Gewusel, auch wenn der Verkehr nachgelassen hat und sich der Stau auf der Alexanderstraße allmählich auflöst. Die Straßenbahnen rumpeln am Kaufhof vorbei, der still und ruhig und mit heruntergelassenen Gittern vor sich hin döst, die Klimaanlage auf halber Kraft. Im neuen Kino bei den Passagen läuft «Dark Knight», der Joker wird von Batman gejagt, die Zeit der Superhelden ist angebrochen, jeden Tag wird die Erde gerettet.

Die Junkies sind verschwunden. Ein Tag auf der Straße macht müde. Geld beschaffen, Drogen beschaffen, einen Platz zum Drücken beschaffen, einen Platz zum Pennen beschaffen. Wer obdachlos ist, versucht es in einer Notunterkunft, vier Betten in einem kleinen Zimmer. Drogen, Tiere und Streit sind nicht erlaubt. Wer gegen die Regeln verstößt, fliegt.

Die Sonne ist längst verschwunden, aber dunkel wird es nicht in der Stadt. Laternen streuen Licht über Wege und Plätze, die Scheinwerfer der Autos huschen über Fassaden. Hinter den Fenstern der Wohnriegel gehen die Lampen an. Das blaue Licht der Fernseher flimmert, unruhig und nervös geworden von den Nachrichten. Bankanalysten starren auf Monitore, die Implosion der Finanzmärkte vor Augen, eine unvorstellbare, angsterregende Zukunft, so wenig berechenbar wie der Joker.

Jan Herzog braucht keine fünf Minuten bis zum nächsten Geldautomaten, der aufgrund einer technischen, schon lange bekannten Störung, die wegen Personalmangels noch nicht behoben werden konnte, außer Betrieb ist. Naujoks kehrt in die Küche zurück, wo er der Praktikantin sagt, sie solle das alte Aquarium mit Wasser füllen und nach den Fischen sehen. Nadine hockt an Tisch 20 und wartet auf Jan.

Hentschel sitzt mit Weber im Auto und hat das Gefühl, in eine Falle geraten zu sein. Seine Frau fickt Kostic. Wahrscheinlich in dieser Nacht, wahrscheinlich in jeder Nacht. Sie haben ihn reingelegt und an der Nase herumgeführt wie einen Tanzbären im Zirkus. Ja, das ist er: ein Tanzbär, ein lächerlicher Bulle, das Gespött des Abschnitts, dem sie Weber mitgegeben haben, um noch mehr über ihn lachen zu können. Weber, der ihn jetzt in die Pfanne hauen kann, Körperverletzung im Dienst, und den er milde stimmen muss, irgendwie. «Du willst doch Action?», fragt er.

Weber antwortet: «Absolut.»

Am Dreieck Funkturm biegt Goran Kostic auf die Avus ein. In einem Spätkauf hat er sich eine Flasche Sekt besorgt und eine Schachtel Mentholzigaretten. Sein Ziel liegt hinter der Stadtgrenze, er muss von der Autobahn abbiegen, Richtung Teltow. Dort, in neuangelegten Rechtecken, die mit Reihenhäusern gefüllt sind und deren Straßen Vogelnamen tragen – der Kiebitz, der Falke, der Fink –, wird er an einer Haustür klingeln, vor der er noch nie gestanden hat: Amselstraße 4.

Hentschel blickt durch die Windschutzscheibe. Sie fahren durch Viertel, deren Häusern der letzte Rest städtischer Romantik ausgetrieben worden ist. Vorbei die Arbeiterklasse in Mietskasernen, die Männer mit Schnapsflaschen und rheumatischen Hunden, die ketterauchenden Frauen in Kitteln. Vorbei die verirrten Studenten, die glaubten, sie würden irgendwann einen Abschluss machen, während sie in Bars herumhingen, mal als Gast, mal als Kellner. Die illegalen Clubs, deren Tresen aus Apfelsinenkisten bestanden, darauf Bier aus Flaschen, warme Wodka-Cola in Plastikbechern. Hentschel mochte die Gegend, bevor sie von der großen Umwälzung erfasst wurde, die bösartige Innenstädte in fleischlose Erlebnisräume verwandelt. «Gesundheitsspießer», sagte Jankowski bei einer Currywurst, «reich und gut gelaunt. Die überleben uns alle.»

«Die Straße», setzt Hentschel an, «gibt dir ein Gespür für Details, für Signale, die dir sagen, da stimmt etwas nicht, da will einer was verbergen, da stinkt was. Eine merkwürdige Bewegung, ein falscher Akzent, eine Farbe, die nicht zum Rest des Bildes passt. Verstehst du?»

«Klare Sache», entgegnet Weber, der sich die Nacht genau so vorgestellt hat, ein Austausch von Wahrheiten, die nur von Mann zu Mann weitergegeben werden: Signale, Details, intimes Wissen. Endlich auf der Jagd.

«Zeichen einer Veränderung», fährt Hentschel fort, «die

nicht passen. Ein fetter Geländewagen parkt vor dem Friseur, bei dem du noch nie einen Kunden gesehen hast. Die Jugendlichen auf dem Spielplatz drehen sich weg, wenn du an ihnen vorbeifährst. Der Sohn von der Alten aus dem siebten Stock, die jeden Cent versäuft, hat plötzlich ein neues Fahrrad. Das musst du sehen, diese Details, diese Abweichungen. Der Bullenblick. Der sagt dir, was du zu tun hast, bevor du in die Scheiße geritten wirst.»

Die nächste Ampel schaltet auf Rot. Aus einem Spätkauf läuft ein Mädchen, nicht älter als vierzehn Jahre, ein silberner Ring in der Nase, verfilzte Rastas, schwarze Springerstiefel, viel Kajal um die Augen, unter ihrem Arm ein Sechserpack Bier.

«Was ist mit ihr?», fragt Weber. «Zu jung für Alkohol?»

Hentschel winkt ab. In ihrem Alter lag er schon mit Alkoholvergiftung im Krankenhaus, Wetttrinken mit Freunden unter einer Autobrücke. Als er nach Hause kam, wollte ihn sein aktueller Onkel verprügeln, damit er lernt, die Finger von der Flasche zu lassen. Hentschel war schneller, er ging damals schon ins Fitnessstudio, und hat zuerst zugeschlagen.

«Gefühle», sagt er zu Weber, «verengen den Blick. Sie lassen dich Dinge sehen, die keinen Menschen interessieren, nur dich. Aber du interessierst im Einsatz nicht. Also bleibst du cool. Machst deinen Job. Spulst das Bullenprogramm ab.»

«Absolut.»

«Du beherrschst die Gefühle nicht nur, du speicherst sie auch. Egal, ob du angeschrien, angespuckt oder beschimpft wirst, du speicherst es und versteckst es im Keller. Da kannst du den ganzen Dreck zu einer schönen, gut bewachten Wut verdichten. Die holst du raus, wenn du sie brauchst. Lässt den Hund von der Kette. Schlägst zu, hart und ohne Rücksicht.»

Hund, Keller, Kette. Der Mann auf dem Boden in der Küche. Sein Stöhnen: als würde alle Luft aus dem Körper entweichen. Weber nickt. Eine Straßenbahn fährt vorbei. Betrunkene Touristen laufen zur Oranienburger Straße, wo sie auf Huren treffen und noch mehr Bier trinken. Eine Schulklasse überquert die Straße, Mädchen und Jungs untergehakt, sie singen ein französisches Lied.

«Aber auch dann», fährt Hentschel fort, «musst du cool bleiben. Die Wut ist nur nützlich, wenn du sie kontrollieren kannst. Kostic hat einen Namen dafür.»

«Ja?»

«Strategische Aggression.»

«Alter Schwede.»

«Er war schon immer ein Schlauberger», sagt Hentschel und fragt sich, ob Kostic und Roya immer noch ins Hotel gehen. Oder ist er bei ihr? In dem Haus, das sie zusammen gebaut haben? Im Schlafzimmer neben dem Kinderzimmer? Hört der Junge sie? Weiß er von ihm? Nennt er ihn Onkel Goran?

«Er liest Bücher», sagt Hentschel. «Solltest du auch tun. Wenn du Karriere machen willst, musst du Bücher lesen. Schulungen besuchen, Seminare belegen. Deinen Vorgesetzten in den Arsch kriechen. Vor allem deinen Vorgesetzten in den Arsch kriechen.»

«Ich finde Kostic ganz in Ordnung.»

«Er ist ein Arschloch.»

«Okay, okay.» Weber hebt eine Hand, um Hentschel zu zeigen, dass er ihn verstanden hat: Kostic ist ein Arschloch.

Sie fahren weiter. Vorbei an Geschäften mit heruntergezogenen Rollos, an Telefonzellen außer Betrieb, an Fahrradwegen, deren Belag von den Wurzeln der Bäume gesprengt wurde. Vorbei am Paris, vor dessen Tür schwarze Limousinen parken, im Halteverbot. Zwei Frauen mit knallbunten Kopftüchern warten an einer Haltestelle auf den Bus, der sie in den Osten der Stadt bringt, in die Viertel der Russlanddeutschen, nach Lichtenberg oder Hohenschönhausen; in die Hochhaussiedlungen, wo die gleichen Plattenbauten stehen wie in Moskau.

Weber übt den Bullenblick, der nächste Zugriff geht an ihn. Er sieht einen Mann in Trainingshose und dünner Kunstlederjacke, auf dem Kopf eine Baseballkappe von den Chicago Bulls, der eine Brieftasche mustert. Sie wirkt fremd in seinen Händen. Aber Hentschel sagt, das sei nur ein kleiner Fisch, wenn überhaupt, und der müsse ja auch leben. So geht es weiter: Was auch immer Weber sieht, für Hentschel ist es keine große Sache. Kleine Dealer hätten es auch nicht einfach, sagt er. Sollen sich die Penner auf der Bank doch streiten und die Fresse polieren. Für Webers Einsatz müsse es etwas Spezielles sein, ein Fall mit Tiefgang, der auf den ersten Blick vielleicht nicht viel hermache, aber Potenzial habe. An dem er sich beweisen könne.

«Wie der da», sagt Hentschel und zeigt auf einen Mann in einem schwarzen Anzug, ein Rucksack über der Schulter. Er blickt sich prüfend um und überquert die Straße.

Für Weber sieht er nicht gefährlich aus. Ein Typ in einem Anzug. Aber vielleicht ist das ja auch Webers Problem: Er sieht die Gefahr nicht, vielleicht kann er sie nicht sehen, weil es eine Frage der Veranlagung ist, der richtigen Gene oder der richtigen Erfahrungen, die er in seiner Kindheit und Jugend hätte machen müssen, in Heiligensee. Doch da war alles friedlich, der Vater bei der Bundesversicherungsanstalt, die Mutter Hausfrau, Weber das einzige Kind. Sonst hätte er vielleicht ein automatisch funktionierendes System, das ohne langes Nachdenken Gut und Böse, Richtig und Falsch erkennt, auch wenn das wahrscheinlich immer noch zu grobe Raster sind, um die feinen Schattierungen zwischen Verbrechen und Strafe zu erfassen. Er bewundert Hentschel für seine Sicherheit, mit der er die Opfer ausfindig macht, die notwendig sind, wenn die Stadt Gerechtigkeit fordert.

Weber bremst, bringt die Dose zum Stehen und sieht den Mann in der Bank verschwinden. Er will nicht wieder voreilig sein und fragt: «Jetzt?»

Hentschel zögert noch einen Moment. Als würde er abwägen. Als würde er das Schicksal ahnen, das sich langsam an ihn heranschleicht und es auf seinen Kopf abgesehen hat.

«Jetzt», sagt er.

3
SCHWARZER ENGEL

Die Tür gleitet automatisch zur Seite. Im Vorraum stehen vier Automaten. Zwei für Bankgeschäfte und Kontoauszüge, zwei für Bargeld. Ein Obdachloser liegt in einer Ecke und schnarcht leise, behütet von schwankenden Zinserträgen und den Wiegenliedern der Aktienkurse. Zusammengeknüllte Kontoauszüge liegen neben den Automaten, weggeworfenes Einwickelpapier für Döner, eine Currywurstschale mit eingetrockneten Ketchupresten. An der Wand hängen Immobilienangebote und Werbung für ihre Finanzierung. Auf das Display eines Automaten hat jemand mit einem schwarzen Edding «Wichser» geschrieben.

Jan gibt seine Geheimzahl ein, wählt den Betrag: Fünfhundert Euro. Es müsste mehr Geld auf seinem Konto sein, zur Not hilft der Dispo. Der Automat rechnet, ein leises Surren und Klicken in der Maschine.

«Ich bin gleich wieder da», hat er ihr gesagt. Warum braucht die Maschine so lange? Ist doch scheiße. Er tritt gegen den Automaten, wie er früher gegen Flipperautomaten getreten hat, in der Gaststätte von Heuhausen. «Arschloch», schreit er, «ich brauch das Geld», und weiß nicht genau, wen er mit «Arschloch» meint: die Maschine, den Koch, die ganze verpisste Welt, den Schlick – zähen, schwarzen Schlick. Seine

Hose ist nass, seine Schuhe sind nass, sein Rucksack ist nass, es ist zum Kotzen.

Das Surren und Klicken hört auf. Jan will wieder zutreten – das ist der Highscore, blödes Arschloch –, da öffnet sich das Ausgabefach. Fünfhundert Euro in zwei Fünfzigern, der Rest Zwanziger. Er steckt das Geld in seine Brieftasche. Das Glück liegt wieder vor ihm. Er wird es mit Händen greifen, er wird es nicht wieder loslassen, er wird es zwingen, weil das Glück gezwungen werden muss, das weiß er jetzt: Du musst es zwingen, dann bleibt es bei dir. Du musst es verteidigen, zur Not mit Faust oder Messer oder Sense.

Mit der Brieftasche in der Hand und dem Rucksack auf dem Rücken geht er aus der Bank. Wühlt nach seinem Handy, um bei Nadine anzurufen, sie wartet. Zwei Polizisten versperren ihm den Weg. Der ältere Polizist hält sich im Hintergrund, der jüngere baut sich vor ihm auf. Er fragt, ob er seinen Personalausweis sehen könne.

Jan versteht nicht, was sie wollen. Er hat sein Geld abgehoben, es gehört ihm, das hat er nicht geklaut, dafür hat er gearbeitet. Sie sollen ihn gefälligst durchlassen, er hat es eilig. «Hau ab, du Witzbold», denkt er nicht nur, als er an dem Polizisten vorbeigehen will, sondern sagt es auch: «Hau ab, du Witzbold.»

Der erste Schlag mit dem Knüppel trifft Jan am Kopf. Er lässt die Brieftasche fallen und reißt die Arme hoch. Die nächsten Schläge gehen auf den Arm, auf die Schulter, auf die Nieren. Ein Tritt gegen das Schienbein, ein Schlag auf den Nacken. Grelle Explosionen von Schmerz, dahinter nichts als Angst. Er zieht die Knie an, verbirgt seinen Kopf unter den Armen, will eine Schildkröte sein, die sich in ihren Panzer verkriecht. Aber er hat nur seine Haut, diese dünne Schicht, die ihn nicht schützt. Vor den Schlägen nicht, vor den Tritten nicht.

Weber weiß, wie sie im Abschnitt über ihn reden. Er hat das Foto der Qualle an seinem Spind gesehen. Er hat auch Hentschel lächeln sehen, als das Wort «Witzbold» fiel. Sofort wusste er, worum es ging: Bulle sein oder Memme sein, Mann oder Qualle. Die Aggression aus dem Keller holen. Kontrollierte Wut. Zuschlagen, wenn zugeschlagen werden muss. Den ersten Treffer setzen und sehen, wie der Kerl die Arme hochreißt, über den Kopf. Noch einmal zuschlagen, er hat es verdient, Witzbold sagt er nicht noch einmal. Was heult er auch rum. Schläge müssen sein, der Hund will von der Kette, der Knüppel singt ein Lied. Keine Gedanken mehr, einfach immer wieder zuschlagen.

Hentschel zerrt ihn zur Seite und windet ihm den Knüppel aus der Hand. Der Kerl auf dem Boden wimmert.

«Was habe ich dir gesagt?», brüllt Hentschel. «Cool sein. Keine Emotionen zeigen. Die Kontrolle behalten, sachlich und entschlossen. Ist das zu viel verlangt?»

«Er hat mich angegriffen.»

«Einen Scheiß hat er.»

«Natürlich hat er mich angegriffen», wiederholt Weber, immer noch außer Atem, aber zurück in der Realität, wo es Gesetze gibt und Dienstvorschriften. «Du kannst mich nicht hängenlassen.»

Hentschel winkt ab und beugt sich zu dem Jungen hinunter, der immer noch die Arme über den Kopf hält. Weber sagt leise: «Du wurdest auch angegriffen.»

Hentschel dreht sich um: «Was hast du gesagt?»

«Du wurdest auch angegriffen.»

«Sag das noch einmal.»

«Vorhin. In der Wohnung. Er hat dich angegriffen.»

Hentschel kommt drohend auf ihn zu. Die Hand erhoben. Er zeigt auf eine Stelle zwischen Webers Augen. Da, wo sie bei den Schießübungen hinzielen, Trefferzone A, volle Punktzahl. Weber hält seinem Blick stand und fragt: «Oder hat er dich nicht angegriffen?»

Hentschel lässt die Hand sinken und sagt: «Schaff ihn ins Auto.»

Seit zwanzig Minuten ist er weg. Die Zeit kriecht. Vielleicht kommt er nicht zurück, weil er sie nicht zum Bahnhof bringen will. Kein letzter Kuss, keine Tränen. Sie wird nicht mit dem Taschentuch aus dem Zugfenster winken, was aber sowieso nicht geht, weil sich die Fenster nicht mehr öffnen lassen.

Sie hätte nicht lachen sollen. Sie wollte es auch gar nicht. Es ist einfach passiert. Alles war plötzlich komisch. Sie beide in diesem Restaurant, in ihrer Verkleidung, schon das war komisch: er im Konfirmationsanzug, sie im Abendkleid. Zwei Landeier in einem Laden mit gedämpftem Licht und nicht nachvollziehbaren Tischmanieren. Wie die Leute um sie herum geguckt haben. Die Risse im Aquarium. Die blöden kleinen Fische, die auf dem Boden zappelten. Das ganze Wasser. Die Weinflasche in seiner Hand. Sie musste lachen, es ging einfach nicht anders.

Von den Nebentischen starren die Männer sie an. Die einen starren unverhohlen, die anderen werfen ihr kurze Blicke zu, von denen sie hoffen, ihre Frauen würden sie nicht bemerken. Aber die Frauen bemerken sie. Sie haben Gift in den Augen. Ihre Blicke sagen: Du kleine Schlampe, früher hätten sie dich verbrannt. Freiwild.

Ihr Kleid ist zu kurz. Der Ausschnitt zu tief. Sie war zu mutig, hat sich von der Verkäuferin überreden lassen. Im Kaufhaus sah es auch nicht so schamlos aus, wie sie sich jetzt fühlt, so nackt. Sie zieht sich den Saum über die Knie. Dabei verrutscht das Kleid, und ihr Ausschnitt wird noch tiefer. Die Männer hören nicht auf zu starren.

Sie hören nie auf.

Der Restaurantleiter streift an ihr vorbei. Sie riecht seinen Atem. Er bringt ein neues Tischtuch, streicht es langsam und zärtlich glatt. Stellt eine kleine Vase mit Blumen auf den Tisch und fragt, ob sie nicht doch etwas trinken wolle. Er könne ihr einen Champagner anbieten, einen richtigen Champagner aus Frankreich. Keinen Crémant oder Prosecco, diesen Schnickschnack, den es bei billigen Italienern gebe, die in Wirklichkeit Albaner seien, sondern richtigen Champagner aus Frankreich.

«Geht aufs Haus.»

«Danke. Mein Freund ist gleich wieder da.»

«Bestimmt», sagt er und starrt sie an.

Sie steht auf, geht zu den Toiletten und schließt sich ein. Durch das offene Fenster zieht frische Luft. Wasser rinnt durch Leitungen aus den oberen Etagen. Sie klappt den Deckel der Kloschüssel herunter und setzt sich. In der Tasche die beiden Handys. Sie ruft Jan an. Drei SMS hat sie ihm schon geschrieben, ohne eine Antwort zu bekommen. Beim sechsten Klingeln schaltet sich die Mailbox ein. Sie hört seine Stimme: Er sei zurzeit nicht zu erreichen, würde sich aber über eine Nachricht freuen und rufe so schnell wie möglich zurück.

Ohne Geld kommt sie nicht aus dem Restaurant. Sie hat nichts dabei – keine Kreditkarte, nur ein paar Münzen, ihre Monatskarte, den Personalausweis und die Schlüssel. «Ich lade dich ein», hat er gesagt. Aber wenn er nicht wiederkommt, werden sie die Polizei rufen.

Tim kann ihr nicht helfen. Sie will nur seine Stimme hören, um sich abzulenken und zu beruhigen. Nach dem ersten Klingeln nimmt er ab und sagt, das sei aber eine Überraschung, er habe gar nicht mehr mit ihr gerechnet, ob die Abschiedsfeier schon vorbei sei. Sie hört im Hintergrund einen Fernseher laufen, seine Eltern reden. Wahrscheinlich sitzen sie auf der riesigen Couch, auf dem Tisch eine Schale mit Knabberzeug: Erdnussflips, Brezeln, gesalzene Nüsse. Der Vater trinkt eine Flasche alkoholfreies Bier, die Mutter eine Schorle. Tim wird Cola trinken, wie immer: «Mein Diesel» nannte er es, als sie ihn fragte, warum neben seinem Bett immer eine Flasche stehe.

«Gibt's was Besonderes?», fragt er.

«Nein, nein. Nichts Besonderes. Ich wollte nur deine Stimme hören», antwortet sie, während im fernen Wohnzimmer geschossen und laut geschrien wird, wahrscheinlich schauen sie einen Krimi oder die Nachrichten. Nadine kennt diese langsam auslaufenden Abende bei Tims Eltern, die eher versickern als ein Ende finden. Der Vater erhebt sich irgendwann und sagt, für ihn werde es Zeit. Sie bringt mit der Mutter Gläser und Schalen in die Küche und bekommt Kindergeschichten von Tim erzählt, die sie schon oft gehört hat. Tim schaltet noch einmal den Laptop an, um etwas nachzusehen, und sagt ihr, sie solle schon einmal vorgehen. Sie liegt in T-Shirt und Slip in seinem Bett und versucht einzuschlafen, bevor er kommt.

«Ich habe einen Liebhaber», sagt sie, von sich selbst überrascht.

«Was?»

«Ich schlafe mit ihm. Nein, schlafen ist falsch. Wir schlafen nicht. Wir sind wach. Wir vögeln. Die ganze Nacht. Weil wir nicht aufhören können. Ich schreie sogar, richtig laut. Am Anfang habe ich mich geschämt, weil ich dachte, die Nachbarn hören es, aber nun ist es egal. Ich mache es einfach. Wenn er in mir drin ist und seine Hand zwischen meinen Beinen hat, dann schreie ich.»

Der Fernseher läuft immer noch. Sie erkennt die Stimme eines Schauspielers. Tim flüstert: «Das hast du nicht gesagt. Ich habe nichts gehört, du hast nichts gesagt.»

Bei ihrem letzten Besuch hat sie das Hochzeitskleid anprobiert. Es war schlicht, ohne Rüschen oder Spitze, streng. Die Schneiderin hat ein Foto von ihr gemacht. Das Kleid war leuchtend weiß, ihre Hände waren vor dem Schoß gefaltet.

«Sein Name ist Jan», sagt sie entschlossen: «Ich hatte seinen Schwanz im Mund. Er war hart. Ich habe seinen Samen geschluckt.»

Der Fernseher läuft weiter. Tim holt Luft. Bevor er etwas sagen kann, klappt Nadine das Handy zu und steht mit einem Ruck auf. Von der Toilette geht sie nicht zurück an ihren Platz, sondern nimmt ihre Jacke vom Haken der Garderobe und steuert den Ausgang an. Der Restaurantleiter stellt sich ihr in den Weg: ein kleiner Mann, dessen Weste über dem Bauch spannt und der sein Haar mit Gel so zur Seite gekämmt hat, dass es wie nasses Stroh auf dem Kopf liegt. In ihren neuen Schuhen ist sie zwei Köpfe größer als er. Sie blickt auf ihn herab und lässt ihn einfach stehen.

Niemand folgt ihr. Auf der Straße fühlt sie ihr Herz gegen

die Rippen schlagen, ihr Mund ist trocken. Eine Stretchlimousine fährt vorbei. Zwei Fenster sind heruntergekurbelt. Junge Frauen sitzen dahinter und trinken Cocktails. Die Musik im Auto ist laut. Nadine sieht ihm hinterher. Sie hat die Brücken abgebrochen.

Sie fahren zurück über die Invalidenstraße. Rechts das Museum für Naturkunde, in der Halle stehen Saurier: Giraffatitan, Archaeopteryx, Kentrosaurus. Knochen, die über hundertfünfzig Millionen Jahre alt sind, in Sand vergraben waren, sich in Stein verwandelt haben und nun in der Halle des Museums stehen, aufgezogen zu haushohen Gerippen, zu den Herrschern der Welt, die sie einmal waren.

Hentschel ist mit seinem Sohn dort gewesen, als er für ein Wochenende bei ihm war und Hentschel alles erlaubte, was seine Mutter ihm sonst verbat: Sie waren bei McDonald's, er durfte Cola trinken und abends fernsehen. Trotzdem hat der Junge geweint und wollte zu Roya, als er ihn ins Bett brachte. Trösten ließ er sich erst, als Hentschel ihm sein Lieblingsmärchen vorlas, der Teufel mit den drei goldenen Haaren. Der Junge schlief dabei mit offenem Mund ein. Hentschel wischte ihm den Speichel aus dem Gesicht.

Es ist nicht mehr viel Verkehr, sie kommen zügig voran, vorbei am Invalidenpark und an Ministerien mit Fassaden aus grauem Stein, mit schusssicheren Fenstern und Überwachungskameras. Hentschel sitzt am Steuer, er will so schnell wie möglich zurück.

Weber hält jetzt die Klappe. Der Junge auf dem Rücksitz stöhnt, sie haben ihm Handschellen angelegt und ihn ins Auto gestoßen. Zweimal hat sein Handy geklingelt, und er hat gefragt, ob er nicht telefonieren könne, es sei wichtig, seine Freundin warte auf ihn. Hentschel hat geantwortet, dass seine Freundin auch weiter warten werde, wenn sie ihn liebe. Weber hat gelacht, bis er ihm sagte, es gebe nichts zu lachen.

Es sollte nur ein kleiner Spaß unter Polizisten sein. Einführung in die Polizeipraxis, erster Teil: die Personenkontrolle. Kann jeder Anfänger. Herrgott! Die Qualle hat es vermasselt. Er selbst hat es vermasselt. Räuber und Gendarm, das Spiel hat er doch hinter sich. Jetzt wartet jede Menge Papierkram, es dauert Stunden: Name und Adresse. Grund der Verhaftung. Grund der Gewaltanwendung. Ärztliches Gutachten. Weber soll es alleine machen. Er muss pünktlich bei seinem Sohn sein. Wenn er Kostic in seinem Haus findet, tritt er ihm in die Eier. Scheiß auf Kostic, scheiß auf Roya.

Naujoks kann sich nicht von den Fischen trennen. Die Praktikantin lässt immer noch Wasser in das alte Aquarium. Es dauert, bis zweihundert Liter eingefüllt sind. Sie sagt: «Die armen Fische. Hoffentlich sind sie nicht traumatisiert.»

Er sieht den Wasserpegel steigen und blickt besorgt auf die Fische im Eimer. Als das Aquarium voll ist, stellt sie den Wasserhahn ab, und er schließt die Pumpe an. Vorsichtig hebt er unter ihren staunenden Blicken einen Fisch nach dem anderen in das Becken: zwei Panzerwelse, den Neonsalmler, die Diskusfische und den Siamesischen Kampffisch. Verwirrt schwimmen sie im Zickzack hin und her, als würden sie nach einem Platz suchen, der ihnen vertraut vorkommt.

Mit dem Finger zeigt Naujoks auf den Siamesischen

Kampffisch und sagt mit leiser Stimme, die würden zwar schön aussehen, seien aber aggressiv, nicht nur die Männchen, sondern auch die Weibchen: «Wenn die einen anderen Kampffisch sehen, der das gleiche Geschlecht hat, gehen sie sofort aufeinander los. Bis einer tot ist. Die sind so aggressiv, die hassen ihr eigenes Spiegelbild.»

«Das ist ja irre», erwidert die Praktikantin, «sie sehen so friedlich aus, so schön.»

«Ja», sagt er und rückt näher an sie heran. «Schönheit und Gewalt. Ist in der Küche nicht anders. Erst bringen wir die Tiere um, dann genießen wir sie. Freiwillig gehen die nicht zum Schlachthof.»

Beide sehen den Fischen weiter zu. Sie sehen rotbraune Körper mit grün glitzernden Schuppenreihen, mit langen Flossen, die im Wasser schweben wie Fahnen. Zwei Menschen, die in eine Sache vertieft sind und deren Körper sich berühren. Er atmet ihren Duft ein und riecht Pfirsich, Zitrone und einen Hauch Vergänglichkeit, wahrscheinlich ist es ihr Schweiß.

Sein Restaurantleiter ruft nach ihm. Er lächelt sie an, zeigt auf die Fische und sagt: «Pass gut auf sie auf.»

Amselstraße 4. Ein Reihenhaus unter Reihenhäusern. Vorne ein kleiner Garten, hinten ein nicht ganz so kleiner Garten, in den eine Schaukel passt und ein Sandkasten. Zwischen den beiden Gärten liegen Küche, zwei Bäder und vier Zimmer auf zwei Etagen, den Keller nicht eingerechnet. Das Viertel grenzt an einen Wald, hundert Prozent Kiefern und hundert Prozent Waldbrandgefahr, wenn es im Sommer nicht regnet.

Kostic drückt seine Zigarette in den Aschenbecher, schnappt sich die Sektflasche, öffnet die Tür, steigt aus dem Wagen. Auf dem Rasen des Hauses sieht er ein Kinderrad stehen, vor der Tür liegt ein Fußabtreter mit dem Schriftzug «Herzlich willkommen». Neben der Klingel hängt eine Keramikkachel, selbstgebrannt, rote Schrift auf blauem Grund: Familie Hentschel.

Er klingelt.

Es dauert eine Weile, bis Roya die Tür öffnet. Sie hat nicht mit ihm gerechnet, schickt ihn aber auch nicht weg, sondern sieht ihn auf ihre seltsame Art an, spöttisch und abwartend. Wie immer trägt sie einen schlichten Rock und eine Bluse. Ihre dunklen, glatten Haare schiebt sie sich hinter die Ohren. Eigentlich ist ihre Nase viel zu groß, auch ihre Augen sind zu groß, ihre Stirn ist zu hoch. Sie dürfte eigentlich nicht sein Fall sein. Ist weder blond, noch hat sie einen großen Busen. Seine anderen Frauen waren auch nicht so fein, nicht so grazil, nicht so eigenwillig wie Roya. Sie waren nicht die Frau eines Kollegen.

Kostic hält die Sektflasche hoch und fragt: «Kann ich reinkommen?»

«Ich weiß nicht», antwortet sie zurückhaltend, «vielleicht.»

«Ist das Kind noch nicht im Bett?»

«Doch, er schläft schon.»

«Dann komme ich rein», sagt Kostic und schlüpft an ihr vorbei in den Flur.

Sie geht nicht in die Küche, um Gläser zu holen. Sie lädt ihn nicht ein, sich zu setzen. Sie steht im Flur, die Arme verschränkt, und beobachtet ihn, wie sie damals die Menschen in seinem Garten beobachtete, auf der Grillparty für die Kollegen, die das Betriebsklima verbessern sollte. Er hatte im Wohnzimmer einen Kicker aufgestellt und eine Tischtennisplatte im Garten. Es sollte nicht gesoffen werden, aber es wurde gesoffen. Hentschel bekam den Hals nicht voll. Als die Frauen kamen, um ihre Männer abzuholen, wollte er nicht gehen. «Fängt doch gerade an, Spaß zu machen», grölte er, nahm sich die nächste Flasche Bier und ging zurück an die Tischtennisplatte.

Roya stand hinter dem Panoramafenster und sah in den Garten. Sie schaute auf ihren Mann, als würde sie einem Ertrinkenden zusehen, für den es keine Rettung gibt. Die Asche ihrer Zigarette – sie hielt sie in der erhobenen Hand, ein paar Zentimeter vom Mund entfernt, der Rauch kringelte sich hoch, und sie zog nur selten an ihr, als wolle sie eher den Tabak verglimmen sehen, als wirklich zu rauchen –, die Asche fiel zu Boden. Kostic schob ihr einen Blumentopf zu und sagte: «Hier, den kannst du nehmen.»

Draußen schrien sich Hentschel und die anderen Jungs Witze zu, Dunja sammelte Bierflaschen auf, seine Kinder polterten durchs Haus, Jankowski pinkelte auf die Rosen. Kostic hatte Roya einen Arm um die Schultern gelegt, ohne es geplant zu haben, aus einem Impuls heraus, es war als Trost gemeint, aber das hat er sich später vielleicht auch nur eingeredet.

Nur drei Zigarettenzüge lang standen sie so da. Dann machte sie sich los und sagte: «Wir führen alle kein Leben. Es passiert uns nur.»

Sie haben sich in Hotels getroffen. Sie waren zusammen an der Ostsee, für ein Wochenende, als Hentschel das Kind hatte. Sie wollte nicht, dass ihr Sohn ihn sieht. Es sei noch zu früh, hat sie ihm gesagt, sie wüssten ja auch noch gar nicht, wo das alles enden werde. Nur eine Affäre, mehr nicht. Möglicherweise sinnlos, aber möglicherweise dauert es auch schon zu lange, um noch sinnlos zu sein. Er träumt von ihr, wenn er neben seiner Frau liegt, und er denkt an sie, wenn er mit seiner Frau schläft.

«Ich habe deinen Mann gesehen», sagt Kostic, «auf dem Abschnitt. Mit einem Päckchen. Plant ihr eine Feier? Große Familienzusammenführung? Alles wieder gut?»

«Nein», antwortet sie. «Nick hat Geburtstag. Morgen. Seit wir getrennt sind, denkt er an Nicks Geburtstag. Seltsam, oder? Wie geht es deiner Frau? Hat sie immer noch Rückenschmerzen?»

Kostic lacht. «Ja, sie hat immer noch Rückenschmerzen.»

Aus dem Wohnzimmer hört er einen Fernseher. Es klingt wie Nachrichten. Sie nimmt ihm die Flasche aus der Hand, stellt sie zur Seite und sagt: «Sekt habe ich noch nie gemocht.»

Dann lacht sie, aber es ist eher ein Kichern, als fände sie die Situation absurd. Besser, sagt sich Kostic, ich rede nicht mehr. Reden macht alles nur komplizierter, als es ohnehin schon ist. Berührungen sind besser. Sie weicht nicht zurück, als er mit seiner Hand über ihren Hals streicht. Als seine Finger den obersten Knopf ihrer Bluse öffnen. Sie sieht ihm in die Augen, lauernd und gespannt, und er öffnet den nächsten Knopf. Achtet auf ihre Augen, achtet auf die Reaktionen ihres Körpers, hier ein Zurückweichen, da ein Entgegenkommen, Knopf für Knopf. Unter der Bluse ihre Haut. Die Brüste in einem weißen BH. Der Rock fällt auf den Boden. Er hakt den BH auf. Ihre Brüste sind klein. Seine Zunge gleitet über ihren Bauch. Die Haut schmeckt nach Salz. Sie sagt: «Nicht hier. Nicht im Flur.»

Von draußen sickert das Licht einer Straßenlaterne herein. Es spiegelt sich auf den spanischen Kacheln. Seine Jacke liegt auf dem Boden, daneben Spielzeugautos und ihre Kleider. Kein Geräusch aus dem Kinderzimmer.

Er trägt sie die Treppe hoch, findet das Schlafzimmer, lässt sich aufs Bett sinken. Sie hat ihre Beine um ihn geschlungen. Gleich werden sie sich vergessen. Sie werden schreien und kratzen und sich beißen. Aber sie liebt diesen Augenblick, wenn die Körper in der Schwebe sind und über dem Abgrund hängen, und sagt: «Nicht bewegen.» Dann nimmt sie seinen Kopf in ihre Hände und zwingt ihn, ihr in die Augen zu sehen. Doch in ihrem Blick multiplizieren sich nur die Fragen, die sie sich stellen müssten, zu einer unendlichen Kette von möglichen Antworten – und keine von ihnen muss stimmen. Wahrscheinlich sind sie sogar alle falsch, jede auf ihre eigene Weise.

Nicht bewegen.

«Endstation», sagt Hentschel und bugsiert Jan in das Vernehmungszimmer, wo er ihm die Handschellen abnimmt und seinen Rucksack in die Ecke wirft. Jan sieht sich um. Der Boden ist mit graublauem Linoleum ausgelegt. Darauf steht ein Resopaltisch, neben ihm drei einfache Stühle, in der Ecke ein Schreibtisch. Die Bezüge der Stühle sind abwaschbar und aus dunkelbraunem, abgewetztem Kunstleder. An der Wand hängt ein Fahndungsplakat. Gesucht wird ein Raubmörder. Die Phantomzeichnung zeigt ein rundes Gesicht; die großen Augen werden von einer schwarzen Brille mit getönten Gläsern eingerahmt; der Schnurrbart wächst wild über die Lippen und hängt an den Seiten herunter; die Belohnung beträgt fünftausend Euro. Das Zimmer strahlt eine konsequente

Neutralität und absolute Schäbigkeit aus. Auf der Fensterbank steht eine Topfpflanze, deren Blätter längst vertrocknet sind.

Seine Handgelenke und Knochen schmerzen. Die Schläge haben Spuren hinterlassen: Die Unterlippe ist aufgeplatzt, das rechte Auge verfärbt sich, Blut sickert aus seiner Nase und klebt am Hinterkopf. Den Zeigefinger der linken Hand kann er nicht bewegen, da hat ihn einer der ersten Schläge getroffen. Er zieht Rotz hoch und sagt, das sei doch alles scheiße, sie sollen ihn endlich gehen lassen. Er habe doch gar nichts gemacht und wolle nur zu seiner Freundin.

«Hast du schon gesagt», entgegnet Hentschel ungerührt, «hilft dir aber auch nicht weiter.»

«Körperverletzung, Widerstand gegen die Staatsgewalt, da kommt einiges zusammen», zählt Weber auf und wendet sich an Hentschel: «Soll ich den Bericht schreiben oder machst du das?»

«Vergiss es.»

«Kein Problem», sagt Weber, setzt sich an den Schreibtisch und schaltet den Computer ein: «Zuerst brauche ich Ihren Namen.»

Jan schweigt. Sie haben ihn geschlagen, da wird er ihnen doch nicht seinen Namen sagen. Sie sollen ihn einfach gehen lassen. Hentschel beugt sich zu ihm herunter: «Wenn du uns deinen Namen nicht sagst, dauert es nur noch länger. Da kann deine Freundin warten, bis sie schwarz wird.»

Es ist beschissen. So beschissen. «Herzog», sagt er leise.

«Was hast du gesagt?»

«Herzog. Jan Herzog.»

«Ist doch ein Anfang», sagt Weber. «Jan Herzog. Gebe ich gleich ein. Oder war es Baron? Jan Baron?» Er lacht. «Oder Jan König?»

Hentschel stöhnt und sagt, er werde mal einen Kaffee holen, und verlässt das Zimmer. Weber ruft ihm hinterher: «Ich nehme weiß mit Zucker!» Dann beugt er sich über die Tastatur des Computers. Jan fragt sich, wo Nadine jetzt ist. Immer noch im Paris? Bei diesem schmierigen Küchenchef und seinem kleinen, schleimigen Oberkellner? Es muss einen Ausweg geben.

Weber gibt den Namen in das Formular ein, Buchstabe für Buchstabe, mit seinen Zeigefingern, er ist ja keine Tippse: H-e-r-z-o-g. Drückt auf Enter. Nichts passiert. Kein neues Eingabefeld, keine neue Seite wird aufgerufen, keine Fehlermeldung, nichts. Er versucht es noch einmal, mit dem gleichen Ergebnis. Vielleicht hat er etwas übersehen, denkt er und scrollt die Seite hoch und runter, bis er ein Feld entdeckt, in das er seine persönliche Kennziffer eintragen soll, zur Identifizierung. Er stöhnt. Nicht schon wieder ein neues Programm. Nicht schon wieder ein Update, vor dem ihn keiner gewarnt hat. Er holt seinen Ausweis aus der Innentasche, legt ihn neben den Computer und schnallt auch die Pistole ab, weil sie beim Sitzen stört. Dann versucht er es noch einmal: Herzog und seine Kennziffer, Enter.

Wieder nichts. Er flucht. Scheiß Maschine. Oder hat er doch einen Fehler gemacht? Vielleicht hat er einen Zahlendreher drin. Bei der achtstelligen Kennziffer passiert das schnell. Er versucht es erneut: Herzog, seine Kennziffer, Enter – und wartet. Die Festplatte surrt. Hinter dem Computer verschwindet ein Kabel in der Wand, nimmt seinen Weg in den Keller und verbindet sich mit anderen Kabeln. Informationen laufen an Knotenpunkten zusammen und werden durch die Kabelnetze gepumpt wie Wasser durch Röhren: Name, Größe, Haarfarbe. Besondere Kennzeichen. Bewegungsprofil.

«Na, komm schon», murmelt Weber. Die Kennziffer ist richtig, der Name stimmt, Enter ist Enter, das muss doch gehen. Zu Hause spielt er am Computer «Kingdom» und «Civilization» und natürlich «Need for Speed», wo er aus tiefergelegten Ferraris die Menschheit wegballert. Überall findet er seinen Weg, nur hier nicht? Er atmet tief ein, sucht am Bildschirm nach Lösungen, vergisst das Zimmer um sich herum, vergisst seinen Fang des Abends, diesen blonden und unscheinbaren Jungen, vergisst vor allem den Blumentopf auf der Fensterbank.

Hentschel wirft Geld in den Schlitz des Kaffeeautomaten und drückt auf Mokka schwarz. Er fragt sich, woher Weber seine Witze nimmt: Geht er in die Stadtteilbibliothek? Lernt er das große Buch der Polizeiwitze auswendig? Hat er einen Volkshochschulkurs besucht? Warum ist er Bulle geworden und nicht Komiker?

Der Automat spuckt einen Plastikbecher aus. Hentschel sieht dem Kaffee dabei zu, wie er aus der Düse schießt. Denkt an den Kerl nebenan, den Typen vom Bankautomaten. Der will wahrscheinlich wirklich nur zu seiner Freundin. Der ist weder gefährlich, noch ist er ein Verbrecher; eher ein verirrtes Schaf auf dem Weg durch die Stadt. Sie sollten ihn vor die Tür setzen und ihm sagen, dass er beim nächsten Mal besser nicht «Witzbold» und «Hau ab» sagt, sondern höflich seinen Personalausweis zückt. Und dann: auf Wiedersehen, goodbye, nichts für ungut, wir sind quitt.

Die Brühe ist so heiß, dass er den Becher kaum anfassen kann. Er hält ihn oben am Rand und stellt ihn vorsichtig auf der Fensterbank ab. Schmeißt die nächsten sechzig Cent in den Automaten, Kaffee weiß mit Zucker, und wartet.

Ob Nick immer noch mit dem Teddy im Arm schläft? Wahrscheinlich ist es besser, morgen nicht bei ihnen vor der Tür zu stehen. Sie haben abgemacht, dass er am Samstag kommen und mit dem Jungen ins Kino gehen kann, obwohl er gar nicht an der Reihe ist.

Niemand im Abschnitt weiß, dass er zum Psychologen geht, seit er vor seinem Spind saß und sich die Pistole zuerst an die Schläfe und dann in den Mund gehalten hat. Er wollte auf Nummer sicher gehen, kein Krüppel werden, den sie wie Gemüse in einem ranzigen Pflegeheim halten. Seine Hand zitterte leicht, eine Nachtschicht lag hinter ihm, durch das offene Fenster hörte er den Autoverkehr. Er weiß nicht, wie lange er da saß, leben und nicht mehr leben wollte.

Der Psychologe sagte, er solle sich nicht unter Druck setzen, solle einen Schritt nach dem anderen machen, sich um seinen Sohn kümmern, die Vergangenheit ruhen lassen und langsam in sein eigenes Leben finden, Schritt für Schritt, Tag für Tag.

Seitdem geht er einmal die Woche zur Therapie. Alle zwei Wochen sieht er seinen Sohn. Eine Kollegin hat er ins Kino eingeladen und danach in ein Restaurant. Es ist noch nichts Ernsthaftes, nur ein Kuss zum Abschied. Sie heißt Yvonne und hat gesagt, sie sollten sich wiedersehen, auf jeden Fall. Statt zu Roya könnte er zu ihr fahren und mit einer Tüte Brötchen vor ihrer Tür stehen. «Guten Morgen», würde er fröhlich sagen, «hast du eine Tasse Kaffee für mich?» Sie könnten in ihrer Küche sitzen, vielleicht hat sie einen Balkon. Sie müssen nicht gleich miteinander schlafen, sie können auch reden.

Oder gar nichts machen. Einfach nur auf dem Balkon sitzen und den Tag genießen.

Hentschel nimmt den zweiten Becher aus der Halterung und flucht, weil auch der so heiß ist, dass er ihn kaum anfassen kann. Mit beiden Bechern macht er sich trotzdem auf den Weg. Er hat es im Griff.

Er muss hier raus. So kann es nicht enden. Nadine wird den Zug nehmen, wenn er sie nicht aufhält, und er wird sie nie wiedersehen. Er wird zurückfallen in sein altes Leben, aus dem er sich gerade herauszuwinden begann. Wie sie vorhin gelacht hat, im Restaurant, als er dachte, er hätte es vermasselt, so befreiend. Da wusste er, mit ihr geht alles, sogar peinlich zu sein. Die Schatulle mit den Ringen ist immer noch in seiner Hosentasche. Sein Plan war nicht falsch, es ist nur etwas dazwischengekommen, eine Störung, die er beheben muss, um wieder auf den Weg zu kommen. Er will eine Wohnung mieten, draußen in Grünau, im Hochparterre, mit einer kleinen Terrasse und Gartenmitbenutzung. Die Zimmer hat er sich schon angesehen, sie können den Vertrag unterschreiben, er liegt bei ihm zu Hause. Er wird auch wieder zur Uni gehen. Dort haben sie gesagt, seine alten Scheine seien immer noch gültig. Er wird drei Jahre brauchen, dann ist er Betriebswirt, die werden gesucht. Sie muss nicht mehr im Callcenter arbeiten, sie ist doch Goldschmiedin, und wenn er endlich Geld verdient, richtiges Geld, wird er ihr ein eigenes Geschäft kaufen, und sie wird glücklich sein, weil er glücklich ist und sie glücklich gemacht hat. Kein Schlick mehr. Nie wieder.

Es ist so einfach und gleichzeitig so schwer, weil dieser Polizist im Weg ist. Er muss ihn zur Seite räumen, irgendwie. Noch ist er versunken in einen zähen Kampf mit dem Computer, murmelt vor sich hin, stößt Flüche aus, denkt gar nicht mehr an ihn. Aber Jan sieht sich um, sieht diesen Kerl, sieht den Blumentopf aus gebranntem Ton, der auf der Fensterbank steht. Er muss ihn nur nehmen – und er nimmt ihn –, muss ihn nur mit voller Wucht gegen den Kopf des Bullen schleudern – und er schleudert ihn –, muss nur noch einmal zuschlagen – und er schlägt zu –, um den Mann zu Fall zu bringen.

Er ist nicht panisch, als sein Opfer am Boden liegt, mit einer Wunde am Kopf und bewusstlos. Nicht so kopflos wie damals in der Schule, als er einfach nur rotgesehen und um sich geschlagen hat. Im Gegenteil. Er ist ruhig und konzentriert, als hätte ein anderer Jan die Macht übernommen; ein schwarzer Schutzengel, der schon immer neben ihm hergelaufen ist und sich nun seines Körpers bemächtigt, um ihn zu beschützen und ihm zu sagen, was er zu tun hat. Nimm die Pistole, sagt er, vielleicht kannst du sie noch gebrauchen. Nimm die Autoschlüssel, die neben dem Kerl liegen, die brauchst du auch. Geh ganz ruhig aus dem Zimmer, vergiss den Rucksack nicht und lass dir nichts anmerken. Du bist Herr der Lage. Auch von dem älteren Polizisten, der jetzt in der Tür steht, mit zwei Bechern Kaffee in der Hand, und der dir sagt, du sollst keinen Scheiß bauen, auch von ihm lässt du dich nicht irritieren. Wozu hast du die Pistole? Sie löst das Problem. Hebe deine Hand, ziele auf ihn, drücke ab. Du kannst noch einmal schießen, wenn er nicht umfällt und dir weiter den Weg versperrt. Nur die beiden Kaffeebecher lässt er fallen, als hättest du ihn erschreckt. Ziele zur Sicherheit auf das Herz. Drücke ein drittes Mal ab, du weißt jetzt, wie es geht, und sieh den Mann fallen. Steige über seinen Körper. Verstecke die Pistole und die Schlüssel im Rucksack, geh ruhig – keine Panik jetzt, schwitzen kannst du später – den Flur hinunter, an anderen Polizisten vorbei, die aufgeregt herumlaufen.

Du hörst sie rufen, es hätte Schüsse gegeben, hier auf der Wache, das gibt es doch nicht, hier wurde seit dem letzten Krieg nicht mehr geschossen. Einer hält dich an, du sagst ihm, du hättest nur eine Anzeige aufgegeben, wegen Fahrerflucht, Kratzer im Lack, aber Schüsse hättest du auch gehört, von dahinten, am Ende des Flurs, vielleicht auch ein Stockwerk höher. Er lässt dich gehen, hinter der nächsten Tür ist das Treppenhaus, du musst nur einen Stock nach unten laufen, dann stehst du auf dem Parkplatz.

Hereinspaziert. Hereinspaziert. Der Herr mit der halben Lunge, der eben noch mit der Infusionsflasche über die Flure des Urban-Krankenhauses rollte, Richtung Balkon, um dort eine Zigarette zu rauchen, die seine letzte sein wird: hereinspaziert! Die Frau mit dem blauen Schal und den Einkäufen auf ihrem Gepäckträger, die geradeaus fährt, als ein Lastwagen auf der Karl-Liebknecht-Straße rechts abbiegt und sie übersieht. Der Jogger in der Hasenheide, der ein Stechen im Herzen verspürt, ein Ziehen im linken Arm, einen Schwindel, der ihn zu Boden reißt. Der alte Mann in seiner Neubauwohnung in Lichterfelde West, der vor dem Fernseher sitzt und sich nicht rührt und von Fliegen umschwirrt wird. Die Nachbarn haben die Polizei gerufen, seine letzte Flasche Bier steht halb ausgetrunken neben dem Sessel, im Fernsehen laufen die

Lokalnachrichten. Ein Notarzt beugt sich über ihn und weiß doch, dass er nichts mehr für ihn tun kann.

Hereinspaziert, Polizeiobermeister Axel Hentschel! Die Projektile der Sig Sauer sind aus Messing, es steckt Cellulosenitrat in ihnen, zur Zündung gebracht von einem Schlagbolzen. Sie verlassen den Lauf der Waffe mit einer Geschwindigkeit von vierhundert Metern pro Sekunde. Seine Haut ist für sie nicht mehr als ein Stück Papier.

Das erste Projektil trifft ihn unterhalb der rechten Schulter, durchdringt das Gewebe und tritt unter dem Schulterblatt wieder aus. Das zweite Projektil trifft ihn in den Bauch. Es durchschlägt Haut und Gewebe, zerfetzt Gedärme und bleibt im Rückgrat stecken. Das dritte Projektil trifft sein Herz und reißt ein Loch in den schlagenden Muskel. So fließt Blut in den Körper, die Pumpleistung des Herzens verringert sich und kommt zum Erliegen. Die Versorgung des Hirns mit Sauerstoff ist nicht mehr gewährleistet. Hentschel verliert das Bewusstsein. Sein Körper lebt noch etwas mehr als drei Minuten. Das Nervensystem sendet letzte Informationen aus: ein aufflackerndes Bild, eine Farbe, ein Geruch, der verweht. Während seine Nägel und Haare noch sieben Tage lang wachsen, macht er es sich schon im Ballon bequem.

Seine Frau Roya und sein Vorgesetzter Kostic genießen noch die irdischen Freuden, die nur lebendige Körper einander spenden können. Noch leben sie in der Gnade der Unwissenheit. Wissen nicht, dass sich das Schicksal mit großen Schritten auf den Weg gemacht hat, um an ihre Tür zu klopfen, und dass es nicht abgewiesen werden kann wie ein Postbote mit einer Rechnung, die keiner bezahlen will. Gnade auch für den kleinen Nick, der in seinem Bettchen schläft, nur eine Wand trennt ihn von seiner Mutter und ihrem Liebhaber.

Er hält einen Teddy im Arm, den er von seinem Vater, dem nunmehr verstorbenen Polizeiobermeister Axel Hentschel, zum dritten Geburtstag geschenkt bekommen hat. Gnade bis zum Frühstück.

Jan erreicht den Parkplatz und drückt auf den elektrischen Autoschlüssel. Die Scheinwerfer von Webers VW Golf leuchten am Ende des Parkplatzes auf. Er wirft den Rucksack auf den Beifahrersitz, setzt sich in das Auto, lässt den Motor an, fährt zur Pforte. Ein Polizist mit Maschinenpistole sichert den Ausgang. Die Nachricht vom Mord hat ihn noch nicht erreicht. Er hört nur, wie sie drinnen laut rufen und die Türen schlagen. Wahrscheinlich dreht wieder ein Irrer durch. Er kennt Webers Auto, aber nicht den Mann hinter dem Steuer. Bevor er jemanden durchlassen darf, muss er ihn kontrollieren. Er klopft an das Seitenfenster. Doch der Fahrer gibt Gas und durchbricht die Schranke. Der Polizist gibt vier Schüsse auf ihn ab, weiß aber nicht, ob er getroffen hat. Bevor er die Verfolgung aufnehmen kann, ist das Auto am Ende der Straße verschwunden.

Noch eine Stunde bis Mitternacht. Auf den Fluren der Krankenhäuser ist das fahle Nachtlicht eingeschaltet. Kühlschränke brummen in dunklen Küchen. In den Büroetagen an der Friedrichstraße glimmt nur das grüne Licht über den Notausgängen. Vor der Galerie Lafayette winkt ein Ehepaar ein Taxi heran. In der U-Bahn-Linie 8 singt ein betrunkener britischer Barde «Major Tom», während leere Bierflaschen durch den Waggon rollen. Auf der Bülowstraße kriecht ein Freier in seinem neuen, noch nach Plastik riechenden Audi A8 am Straßenrand entlang, um sich eine Frau zu kaufen. Im Delphi an der Kantstraße läuft der Abspann des «Baader-Meinhof-Komplex», die Zuschauer verlassen den Saal, zurück bleiben verstreutes Popcorn und zerschossene Utopien.

Nadine läuft die Fennstraße hinunter. Halb leere Busse fahren an ihr vorbei, auf den Sitzen sind müde Schichtarbeiter eingenickt. Sie würde am liebsten die Schuhe ausziehen, in denen sie eigentlich nur trippeln kann. Sie hatte ja noch nie so hohe Schuhe, es ist ungewohnt, es bereitet ihr Schmerzen in den Knien, und einmal ist sie auch schon umgeknickt.

Tobias Naujoks steht pfeifend hinter dem Herd. Die Fische sind gerettet, die Praktikantin ist süß. Die Verbindlichkeiten und Forderungen der Bank und die Drohungen des Finanzamts schiebt er zur Seite. Seit Wochen befindet er sich in einem seltsamen Zustand, als würde er auf einem Floß sitzen und könnte nicht den Wasserfall hören, auf den er mit immer größerer Geschwindigkeit zutreibt. Er schichtet geriebene Kartoffeln, Zitronenmayonnaise und geeistes Gurkengelee zu quadratischen Würfeln, die als Beigabe zum Dreierlei vom Ferkelkopf serviert werden.

Er hat ihren Schweiß gerochen. Die kleine Praktikantin. Bestimmt war es Schweiß.

Hereinspaziert!

4

JAGDGENOSSEN

Seine Augen. Er muss sie zusammenkneifen, um richtig sehen zu können. Die Straßen liegen verschwommen vor ihm, als würde es regnen. Er schaltet die Scheibenwischer ein, aber die machen alles nur noch schlimmer, weil sie den Dreck verschmieren: Vogelkacke, zerplatzte Insekten, Staub. Lichter tauchen auf und verschwinden wieder. Autos kreuzen seinen Weg, er weicht ihnen aus, sie hupen. Hauswände, an denen Plakate hängen. Bäume und Hecken auf dem Mittelstreifen. Altglascontainer. U-Bahn-Eingänge. Er fährt weiter, will nur weg, reine Flucht, und hat keine Ahnung, wo er ist.

Sein neuer Begleiter, der schwarze Engel, sitzt auf dem Beifahrersitz. Er bewacht den Rucksack mit der Knarre. Er sagt: Du musst durchhalten, darfst jetzt nicht schlappmachen, auch wenn dein Kopf von den Schlägen dröhnt, vom stechenden Schmerz im Arm. Auch wenn du nichts anderes siehst als ein großes Durcheinander, musst du trotzdem durchhalten.

Sie haben auf dich geschossen, nur eine Kugel hat getroffen, ein Durchschuss am rechten Oberarm, daher der Schmerz. Sie werden es wieder versuchen, darauf kannst du Gift nehmen. Also vergiss den Schmerz, vergiss die Gewissensbisse, denk nicht an die Bilder – den Bullen, das Blut –, denk einfach nicht daran, denn du brauchst einen Plan. Er muss dich ins Paris führen. Wo bist du? Orientiere dich!

Er blickt in den Rückspiegel. Keine Verfolger, keine Autos mit Blaulicht, keine Sirenen, keine schnellen Wagen, die sich an ihn hängen. Eine große Straße breitet sich vor ihm aus, gesäumt von Hochhäusern, eins wie das andere, an denen Hunderte von Balkonen hängen. Er biegt in eine Nebenstraße ab, beschleunigt, fährt mit hohem Tempo über Bremsschwellen, der Unterboden des Wagens schlägt auf. Er muss umkehren, er ist zu weit nach Süden gefahren, weg von Nadine. Wie lange ist er schon unterwegs? Sein Handy klingelt.

Die Ampel an der nächsten Kreuzung ist rot. Er hält, zum ersten Mal, und schaut sich um. Sieht die Hochhäuser an der Leipziger Straße. Sieht hinter einem Wohnriegel den Fernsehturm aufragen, ein riesiger zweiter Mond. Greift zum Rucksack, der schwarze Engel sieht ihn an und fragt: Was willst du machen? Und er antwortet: Nadine anrufen, hast du nicht das Handy gehört? Sie wartet auf mich. Die Ampel springt auf Grün. Nadine kannst du immer noch anrufen, sagt der Engel, jetzt fahr endlich los, du hast keine Zeit zu verlieren.

Jan tritt das Gaspedal durch, der Wagen macht einen Satz nach vorn, er kuppelt – zweiter Gang, dritter Gang, vierter Gang – und greift nach seinem Rucksack. Scheiß auf den Besserwisser, er kann fahren und telefonieren, konnte er schon immer. Der Schmerz kehrt in seinen Arm zurück, als er den Rucksack zu sich zieht: ein glühender Stich, der bis in den Kopf schießt. Er schließt die Augen, nur für einen Moment, nur bis der Schmerz nachlässt.

Als er sie wieder öffnet, überquert ein Mann die Straße, direkt vor ihm. Er hat einen Hund auf dem Arm und geht langsam. Jan tritt auf die Bremse, um ihm auszuweichen. Eine große Wand, beklebt mit Plakaten, taucht vor ihm auf. Rote, lachende Kaffeekannen preisen die Sonderangebote der Woche: würzige Cabanossi und Baguette-Salami mit Parmesan. Cordhosen aus Stretch in vier verschiedenen Farben. Bei uns kauft die Stadt. Die Wand wird größer, die Kaffeekanne lacht.

Wenn es schon lange dunkel ist, führt Lehmann noch einmal Wolf aus. Jeden Abend. Früher ist er mit ihm zur Jagd gegangen, als sie beide noch kräftiger waren, er und der Dackel. Jetzt sind sie alt und schwach, beide haben es in den Knien.

Bei der Jagd war er unter Genossen, sie fuhren in die Schorfheide. Alles wurde von der Partei organisiert, auch nach der Wende noch. Da hieß die Partei anders, aber sie hatten die Verbindungen nie abreißen lassen, auch der Förster war Parteimitglied gewesen. Den Tieren war es egal, ob sie im Sozialismus geschossen wurden oder im Kapitalismus. Kugel ist Kugel, Tod ist Tod.

Das Wild war gutes Fleisch, auch das von den Wildschweinen, obwohl es streng schmeckte. Seine Frau legte es in Buttermilch ein, dadurch wurde es zart und weich und war eine gute Abwechslung zum Angebot im Konsum. Die Nachbarn tuschelten hinter seinem Rücken, er habe Beziehungen und könne Westwaren kaufen. Aber das stimmte nicht, er war nicht bessergestellt als sie, bis zur Wende nicht. Danach sah er ihnen zu, wie sie in ihre Autos stiegen, über die im Westen gelacht wurde, und sich für hundert Mark Begrüßungsgeld und einen Blick in die Schaufenster kaufen ließen. Mit einer Stange «West» kamen sie zurück und mit schlechten Liedern über die Freiheit.

Zur Volkssolidarität geht er schon lange nicht mehr. Wer noch lebt, der jammert, dass die Kinder keine Arbeit haben oder weit weg leben, im Westen, wo es Arbeit gibt. Dass sie nachts nicht mehr auf die Straße gehen können, weil es zu gefährlich sei, mit dem ganzen Gesindel jetzt. Früher hätte es noch Zusammenhalt gegeben, zu DDR-Zeiten.

Was hatten sie denn gedacht, was der Westen bringen würde? Kapitalisten sind doch keine Weihnachtsmänner, die Geschenke verteilen, und der Westen ist kein Basar, auf dem niemand bezahlen muss. Hätten sie ein, zwei Jahre Kapitalismus auf Probe gehabt, wäre es vielleicht anders gekommen. Dann hätten sie gesehen, wohin es führt. Aber so ist die Geschichte nicht. In ihr wird nicht geprobt, in ihr ist immer gleich Uraufführung, und danach ist es vorbei. Sie haben es vermasselt, also ist es vorbei.

Er ist dreiundsiebzig Jahre alt. Als sein Kombinat dichtmachte, war er über fünfzig. Dann kam das Arbeitslosengeld, die ABM, die Frührente, die richtige Rente. Nichts zu tun, immer nichts zu tun. Auf dem Balkon sitzen, auf der Bank sitzen, im Sessel sitzen. Den Hund spazieren führen. Die Frau sterben sehen. Die Pacht in der Schorfheide verlieren an einen Unternehmer aus Bielefeld. Nur die Hunde sind geblieben, er hat sie immer Wolf genannt. Dieser Wolf hat eine schwache Blase, ist ja auch schon alt für einen Dackel. Der Tierarzt sagt, es sei bald Zeit, ihn einzuschläfern, aber Lehmann ist dagegen. Er hat Angst, in seiner Zweizimmerwohnung allein zu sein, umgeben von Bildern, die genauso verbleichen wie seine Erinnerungen.

Die Wohnung liegt auf der Fischerinsel, in einem Wohnhochhaus der DDR, Typ GT 18, aus Betonplatten zusammengesetzt, jede drei Meter sechzig mal drei Meter sechzig groß.

Zwanzig Stockwerke, Fernwärme, zwei Aufzüge, außenliegendes Treppenhaus und zweihundertsechsundneunzig Wohnungen. Er war dabei, als das Viertel neu entworfen wurde, damals, in seinem alten, abgestreiften Leben als Bauingenieur. Jedes Viertel, das sie neu errichteten, wurde praktisch angelegt, jedes Detail durchdacht. Helle, große, von Licht durchflutete Wohnungen. Grünanlagen zwischen den Blöcken. Für jede Einheit ein Schwimmbad und einen Konsum, eine Schule und eine Bibliothek. Die Entwürfe hatten keinen Makel, nie.

Seine alten Nachbarn sind längst fortgezogen. Sind gestorben oder haben sich in ein Altenheim verabschiedet. Die Jüngeren haben sich Häuser gebaut in flächenfressenden Eigenheimsiedlungen, ohne Anbindung an den öffentlichen Nahverkehr, ohne soziale Struktur. Dort leben sie jetzt als vereinsamte Kleinfamilien und stopfen Fertiggerichte in sich hinein oder glotzen Fernsehen. Kein Idealismus mehr, kein Traum, keine Hoffnung. Nur noch Wirklichkeit.

Er sieht seinem Dackel dabei zu, wie er das Bein hebt. Ein paar Tropfen Urin nur, eher eine Geste an alte Zeiten als eine Markierung des Reviers.

Es ist still in der Seitenstraße, eine verkehrsberuhigte Zone, die an einen Supermarkt grenzt. Früher war hier ein Konsum, in dem seine Frau Schlange stand, wenn es Paprika gab oder Räucherfisch. Der Delikat war drei Straßen weiter, manchmal haben sie dort Pfirsiche in Dosen oder Ananas für den Toast Hawaii gekauft, den seine Frau im Westfernsehen gesehen und ihm zum Geburtstag geschenkt hatte. Er denkt an das billige Brot. Er denkt an die Kaninchen, die er auf dem Balkon hielt und im Herbst schlachtete. Dann hört er das Auto.

Es ist viel zu schnell für diese Straße, das erkennt er schon am Geräusch, an diesem hochtourig drehenden Motor, und als er aufblickt, sieht er den Wagen auf sich zurasen, dann zur Seite ausbrechen und direkt auf den Supermarkt zuhalten, auf die Wand mit den Plakaten für die Sonderangebote. Es ist ein VW Golf, tiefergelegt, Rallye-Streifen an den Seiten. Der Motor röhrt, die Heckscheibe ist zersplittert. Der Fahrer versucht zu bremsen, aber es ist zu spät, er knallt mit der Seite gegen die Wand. Das Auto bleibt stehen, kleine graue Wolken über der Motorhaube steigen zu dem roten, lachenden Kännchen auf.

Schnell nimmt Lehmann Wolf auf den Arm und geht zum Auto. Er glaubt, einen Mann hinter dem Steuer gesehen zu haben und eine Gestalt neben ihm, auf dem Beifahrersitz – eigentlich weniger eine Gestalt als einen Schatten. Aber da hat er sich wahrscheinlich geirrt, denn im Auto sitzt nur ein junger Mann in einem schwarzen Anzug und starrt ihn an, mit Blut im Gesicht und am Arm. Die Windschutzscheibe ist zerbrochen, die Sitze mit kleinen Glassplittern übersät, als hätte es geschneit. Er fragt den Fahrer, ob er ihm helfen könne. Ob er einen Krankenwagen rufen solle oder die Polizei.

Der junge Mann schüttelt den Kopf, flüstert: «Keine Polizei», und versucht, die Wagentür aufzudrücken. Aber der Aufprall hat die Tür eingedrückt, das Gestell des Autos ist verzogen. Lehmann will ihm helfen, setzt Wolf ab und rüttelt an der Tür, während sein Hund bellt. Kein richtiges Bellen ist das, eher ein Krächzen. Als die Tür sich nicht öffnen will, beschließt Lehmann, doch einen Krankenwagen zu rufen.

Die Telefonzelle steht neben dem Eingang des Supermarkts, eine der letzten ihrer Art. Früher haben sie hier Jahre auf einen Telefonanschluss gewartet, jetzt steht an jeder Ecke ein Handyshop. So ist der Fortschritt.

Während er auf eine Verbindung wartet, sieht er, wie der

Fahrer sich wieder und wieder gegen die Autotür wirft, bis sie schließlich nachgibt. Er steigt aus, ist aber wackelig auf den Beinen.

Die Frau in der Notrufzentrale fragt, was sie für ihn tun könne, als der junge Mann zuerst in die Knie geht und dann zu Boden sinkt.

«Ich glaube», sagt Lehmann ins Telefon, «jetzt ist er tot.»

«Wer ist tot?»

«Der junge Mann.»

«Wo sind Sie?»

«Fast zu Hause.»

«Wo ist das genau?»

«Früher war hier ein Konsum.»

Neben ihr liegt Kostic. Er reißt eine Zigarettenschachtel auf, schiebt sich eine Zigarette zwischen die Lippen, sucht nach dem Feuerzeug. Schließlich findet er es auf dem Boden unter seinem Hemd.

«Rauchst du immer noch dieses schreckliche Zeug?»

«Mentholzigaretten», antwortet er und hält Roya die Schachtel hin. Sie schüttelt den Kopf. Er sagt: «Die sind das einzig Wahre.»

«Was soll daran gut sein?»

«Keine Ahnung.» Kostic sucht nach Worten. «Sex», sagt er dann, «wühlt mich auf. Am liebsten würde ich aus dem Bett springen, einen Handstand machen, in den Garten laufen, so was. Aber die meisten Frauen verstehen das nicht. Die wollen, dass der Mann im Bett liegen bleibt, zum Kuscheln. Deswegen rauche ich. Die Zigarette zur Entspannung, Menthol für die

Frische. Ist zwar Schwachsinn, aber lieber eine Illusion als gar nichts, oder?»

«Weiß nicht.» Roya steht auf. Sie schlingt sich eine Wolldecke um die Schultern, geht zum Fenster und sagt: «Manchmal ist die Wirklichkeit besser.»

«Scheiß auf die Wirklichkeit!»

«Weil deine Frau darin lebt?»

«Nein. Weil sie kompliziert ist.»

«Du kannst es dir auch einfacher machen.»

«Ja», sagt er zögernd, «könnte ich. Hast du einen Aschenbecher?»

Sie holt einen Aschenbecher aus der Küche und weiß nicht, ob sie ihm trauen kann. Zurück im Schlafzimmer, öffnet sie das Fenster. Kalte Luft weht hinein. Sie hört den Lärm von Motoren. Er ist das Grundrauschen ihrer schlaflosen Nächte. Tagsüber stört es sie nicht, aber nachts, wenn das Fenster offen ist, donnern die Lastwagen auf der nahen Autobahn vorbei, als wären sie nur ein paar Meter entfernt. Manchmal sind die Vögel im Garten lauter als die Autos. Den Vögeln hört sie gerne zu, vor allem morgens, wenn der Tag vor ihr liegt und alles passieren kann. Doch dann kommen die Zeitung, die Nachrichten im Radio, und alles passiert. Nie ist es das, was passieren soll. Attentate, Flugzeugabstürze, jeden Morgen. Oft denkt sie, dass die Nachrichten eine Art Rohstoff sind. Die Welt verbrennt sie, um sich drehen zu können. Immer auf der gleichen Bahn, immer weiter, immer blutiger. Sie sieht Kostic an, der einen tiefen Zug von seiner Zigarette nimmt, den Rauch inhaliert und auf ihre Reaktion wartet.

«Was ist?», fragt er. «Traust du mir nicht?»

«Doch, doch.»

Vielleicht war es ein Fehler, ihn ins Haus zu lassen. In das

Haus von ihr und Axel, auch wenn Axel nicht mehr hier lebt. Er hat in diesem Zimmer geschlafen, sie haben zusammen die Möbel ausgesucht und die Wände gestrichen. Sie haben in diesem Bett, auf diesen Matratzen, ihr Kind gezeugt. Kostic ist eine Affäre. Er hilft ihr, der Einsamkeit zu entkommen, sich nicht mehr als Betrogene zu fühlen. Sie sollte sich nicht zu viele Gedanken machen. Sie hat Spaß mit ihm im Bett. Sollte sie mehr erwarten? Erwartet sie mehr? Bevor sie sich die Frage beantworten kann, klingelt sein Telefon. Der Ton ist martialisch, eine Mischung aus Motörhead und Götterdämmerung.

«Deine Frau?»

«Die ruft mich nicht an.»

«Ja», nickt sie, «es ist viel schlimmer.»

«Nichts ist schlimmer als meine Frau.»

«Doch. Du bist wie Axel.» Sie wirft ihm seine Boxershorts zu. «Nimm ab. Ich gehe so lange in die Küche. Soll ich dir einen Kaffee kochen? Bullen trinken Kaffee, nicht wahr? Ist doch so, oder? Kaffee morgens, Bier abends.»

Sie verlässt das Zimmer und hört, wie er das Telefon abnimmt. Wehe, es gehe um irgendeinen Scheiß-Urlaubsantrag, schnauzt Kostic. Dann sagt er nichts mehr, hört nur noch zu. Die Stimme am anderen Ende klingt hektisch, doch Roya kann nicht verstehen, worum es geht.

Sie schraubt in der Küche die Espressokanne auf, füllt sie mit Wasser, löffelt den Kaffee hinein, stellt die Kanne auf den Herd. Geht zurück ins Schlafzimmer, um ihn zu fragen, ob er seinen Kaffee schwarz oder mit Milch trinkt, mit oder ohne Zucker. Aber Kostic wimmelt sie ab, die Stirn gerunzelt, als würde er eine Sache verhandeln, die über ihren Verstand geht. Als sei sie ein Mädchen.

Im Flur sammelt sie ihre Kleider auf, zieht den Bademantel

über und wartet darauf, dass der Kaffee in die Kanne sprudelt. Wenn Kostic geht, wird sie ohnehin keinen Schlaf mehr finden. Sie kann am Fenster sitzen und darauf warten, dass der Morgen graut. Hinten, im Garten, singen manchmal Nachtigallen. Doch jetzt, Ende Oktober, sind sie längst aufgebrochen, in den Süden, zum Überwintern.

Kostic kommt in die Küche, stopft sich hektisch das Hemd in die Hose. Er sagt, es habe eine Schießerei gegeben, in seinem Abschnitt, da muss etwas schiefgelaufen sein, furchtbar schief, total außer Kontrolle. Einen Toten habe es gegeben, mehr wisse er noch nicht. Danke für den Kaffee, aber er müsse los.

«Kein Problem», antwortet sie. «Lässt du mir eine Zigarette da?»

Er drückt sie an sich, gibt ihr einen Kuss und fragt, ob er wiederkommen könne. Sie zögert einen Moment. Aber was soll sie ihm schon sagen? Mit den Gedanken ist er längst nicht mehr bei ihr. Sie nickt nur.

Durch das Wohnzimmerfenster sieht sie ihn in seinen Wagen steigen. Zurück im Schlafzimmer, findet sie seine Mentholzigaretten auf dem Nachttisch und erinnert sich an den Satz einer Frau, die sie bei einer Weihnachtsfeier der Polizei kennengelernt hat: «Bullen sind eine Krankheit. Die wirst du nicht mehr los. Wie Schleppscheiße.»

Erst jetzt fragt sie sich, ob es vielleicht ihr Mann ist, den es bei der Schießerei getroffen hat. Axel hatte Dienst. Sie haben gestern telefoniert. Aber Kostic hätte es ihr gesagt. Sie hätte es auch gemerkt, wenn er es ihr verheimlicht hätte.

Sie zündet sich eine Zigarette an, nimmt einen Zug und wirft sie angewidert aus dem Fenster. Menthol mochte sie noch nie.

Er ist nicht zu Hause. Nadine weiß es, als sie den Schlüssel im Schloss umdreht. Keine Reaktion, kein Echo auf das Klirren der Schlüssel. Seine Wohnung ist klein, ein Zimmer und eine Küche mit einer Duschkabine neben der Spüle, die beim Abpumpen schlürfende Geräusche von sich gibt. In der Dusche haben sie einmal gevögelt, dabei ist eine der Hartplastikscheiben aus dem Rahmen gesprungen und zerbrochen. Jan hat die Scheibe provisorisch mit rotem Lassoband geklebt. Immer wenn sie das Band sieht, muss Nadine daran denken, wie sein Schwanz plötzlich in ihr schrumpfte, als die Scheibe zerbrach.

Im Flur sind seine Schuhe ordentlich nebeneinander aufgereiht. Am Garderobenspiegel klebt eines der Bilder, die sie zusammen im Fotoautomaten gemacht haben. In der Küche, gleich rechts vom Flur, steht ein Blumenstrauß auf dem Tisch. Obwohl sie die Antwort kennt, ruft sie laut: «Bist du hier? Jan?» Doch da sind nur die Geräusche einer leeren Wohnung: das Brummen des Kühlschranks, ein schwaches elektrisches Surren vom Stromzähler, ein tropfender Wasserhahn. Die Nachbarin hört eine Messe, die von einem polnischen Radiosender übertragen wird. Über ihr rücken sie in der Küche Stühle hin und her, Geschirr klappert. Im Hof öffnet jemand eine Mülltonne und schlägt sie wieder zu.

Die Wohnung wirkt leer und einsam. Als hätte Jan sie für immer verlassen. Er kann weggelaufen sein, er kann sich etwas angetan haben. Seine Stimmung schwankte in den letzten Tagen. Mal war er euphorisch, blickte zuversichtlich in die Zukunft, bedrängte sie nicht mit Fragen. Mal war er niedergeschlagen und deprimiert und sprach kein Wort mit ihr. Sie hatte ihn kaum aufmuntern können.

«Jan?», ruft sie noch einmal, schon verzweifelter, und reißt die Tür zu seinem Zimmer auf in der Furcht, seinen Körper am Fensterkreuz hängen oder in einer Blutlache liegen zu sehen. Aber da ist nur ein aufgeräumter Schreibtisch und ein frischbezogenes Bett, daneben eine ungeöffnete Flasche stilles Wasser auf dem Boden. Sie geht zurück in die Küche, vorbei an der kleinen Toilette, die vom Flur abgeht.

Er wird sich nicht umbringen. Was denkt sie nur? Er hat auch keinen Grund. Sie bleibt bei ihm. Auf ihr bisheriges Leben hat sie einen Torpedo abgeschossen und das Schiff, das ihr eine sichere Zukunft verhieß, zerstört. Gerade noch sind die Wrackteile zu sehen: der Ölfilm auf dem Wasser, die Koffer der Besatzung. Grellrote Rettungsringe und -westen tanzen auf den Wellen.

Ob Tim weint? Oder verzweifelt ist? Er liebt sie ja, bestimmt liebt er sie, er hat es ihr immer wieder gesagt, und sie hat ihm immer wieder geantwortet, sie würde ihn auch lieben. Aber das stimmte nie oder war nur die halbe Wahrheit, wenn es denn eine halbe Wahrheit gibt. Schon in der ersten Nacht, als er den Blinker setzte und auf dem Parkplatz neben dem Gührener See hielt, hätte sie nein sagen sollen. Schon damals hatte sie das Gefühl, neben sich zu stehen und zwei fremden Menschen beim Sex zuzusehen. Zwei Menschen, die zwar Tim und Nadine hießen, in denen sie aber nicht Tim und Nadine erkannte.

Als es vorbei war, als sie es eher ertragen als genossen hatte, lächelte Tim sie an und legte seinen Kopf auf ihren Bauch, als wolle er prüfen, ob seine Samen ihr Ziel fanden. Er sagte, sie sei schön und es sei schön gewesen und ob es auch für sie so schön gewesen sei wie für ihn. Spätestens da hätte sie ihre Kleider nehmen und weggehen sollen, aber sie hatte genickt und seinen Kopf gekrault, als wäre er ein verirrter Kater. Zuletzt gab es Momente, da hasste sie Tim, besonders wenn er sie mit seinem treuen Hundeblick ansah, und wusste zugleich um die Ungerechtigkeit ihrer Wut.

Sie hatte keine andere Möglichkeit, als seine Liebe zu zerstören. Es durfte keine Hoffnung zurückbleiben, nicht einmal ein leises Glimmen von Hoffnung, einzig Trümmer.

In der Küche setzt sie sich an den Tisch. Streicht mit den Fingern über das Lassoband, riecht an den Blumen. Weiß nicht, ob sie in der Wohnung bleiben oder gehen soll. Jan könnte längst zurück im Paris sein, er könnte sich auch auf den Weg in ihre Wohnung gemacht haben. Sie beschließt, ihm eine Notiz zu schreiben.

Stift und Papier findet sie in seinem Schreibtisch. Unter dem Papier entdeckt sie einen Mietvertrag für eine Wohnung in Grünau. Mit der S-Bahn sind es zwanzig Minuten bis zum Alexanderplatz. Drei Zimmer, Küche, Bad. Als Mieter sind die Verlobten Nadine Reschke und Jan Herzog eingetragen. Nur ihre Unterschrift fehlt noch.

Im gleichen Fach liegt auch eine Quittung über zwei Silberringe mit Gravur. Nadine beginnt zu ahnen, worauf der Abend hätte hinauslaufen sollen, wenn es nach Jan gegangen wäre. Er wusste, dass sie bleiben würde. Wo sie noch zögerte, hatte er schon keine Zweifel mehr.

Sie geht zum Spiegel im Flur und sieht sich an. Mein Name ist Nadine Reschke, sagt sie sich. Ich bin neunzehn Jahre alt, geboren in Rostock, aufgewachsen in Gühren, Vorpommern, während die Wende das Land mit Arbeitslosigkeit überzog, es in Verwirrung und Hoffnungslosigkeit stürzte. Wohnhaft bin ich in der großen, einst von einer Mauer durchzogenen Stadt, in der ich niemand anderes mehr sein werde als ich selbst.

Sie schreibt eine Notiz an Jan: Im Paris habe sie auf ihn gewartet und sei nun in ihre Wohnung gefahren, um die Koffer zu holen. Morgen werde sie nicht in den Zug steigen, sondern zu ihm kommen. Sie versucht noch einmal, ihn anzurufen, doch er geht wieder nicht ans Telefon.

Als er die Augen aufschlägt, liegt er in einem Krankenwagen. Zwischen seinen Beinen steht sein Rucksack, das Hemd ist aufgerissen, das Blaulicht wird von den Hauswänden, an denen sie vorbeirasen, reflektiert und flackert durch die Scheiben. Ein Sanitäter zieht eine Spritze auf. Den Stich spürt Jan kaum, der Schmerz wird von anderen Schmerzen überdeckt, die in Wellen durch seinen Körper rollen. Das dumpfe Pochen im Kopf von den Schlägen des Polizisten, der beißende Schmerz der Wunde an seinem Oberarm, das schwere Gewicht auf seiner Lunge nach dem Unfall. Der Fahrer hört den Funkverkehr ab und ruft nach hinten, zu seinem Kollegen, ob der die Meldung auch gehört habe, ein toter Polizist auf dem Polizeirevier, jetzt würden sich die Bullen schon gegenseitig abknallen.

Jan wird wieder schwarz vor Augen. Hinter seinen Lidern sieht er Bilder: der Polizist mit den beiden Kaffeebechern in der Hand. Er lässt sie fallen, sie schlagen auf dem Boden auf, die Brühe spritzt über das Linoleum. Er hebt seine Rechte, als könne er mit ihr die Kugeln abwehren, die aus der Pistole kommen. Sie springt bei jedem Schuss in Jans Hand wie ein lebendiges Wesen, ein Iltis oder eine kräftige Ratte, die sich befreien will.

Er öffnet die Augen, sucht nach dem schwarzen Engel. Sein Ratgeber, der ihm gesagt hat, was zu tun war, und der ihm wieder helfen muss. Der Engel sitzt auf dem Beifahrersitz und lässt die Flügel entspannt herunterhängen. Aber vielleicht irrt Jan sich auch, er spürt die Hitze aufsteigen, seine Augen flattern. Der Engel blickt ihn an und nickt aufmunternd. Alles wird gut.

Wieder klingelt sein Telefon, es muss Nadine sein. Er versucht sich aufzusetzen und seinen Rucksack zu öffnen. Der Sanitäter drückt ihn zurück auf die Trage und sagt, er brauche keine Angst zu haben, gleich seien sie im Krankenhaus. Es würde schon nicht so schlimm werden.

Noch acht Stunden, bis die Sonne aufgeht. Das Fenster in der Küche steht immer noch offen, die Vögel singen immer noch nicht. Sie deckt den Frühstückstisch für Nick und sich. Ein kleiner Kuchen, den sie letzte Nacht gebacken hat, mit einer blau-roten Glasur, die Farben des FC Barcelona, darauf die Rückennummer von Lionel Messi, den Nick vergöttert. Vor Aufregung wird er früher aufwachen als sonst.

Sie schaltet das Licht in der Küche aus und geht zurück ins Schlafzimmer. An der Wand im Flur hängen Fotos von früher, als Axel noch bei ihnen gelebt hat: der Urlaub an der Ostsee. Nick sitzt auf seinen Schultern, im Hintergrund sind die Strandkörbe zu sehen und hinter den Strandkörben das Meer, darüber der blaue Himmel, durchzogen von weißen Wolken. Axel lacht in die Kamera und ist so lebendig, dass ihm seither nichts passiert sein kann. Er wurde nicht erschossen. Nicht in dieser Nacht. Nicht, als Kostic bei ihr lag.

Auf keinen Fall.

Sie legt sich zurück ins Bett. Versucht es wieder mit einer Mentholzigarette. Vielleicht muss sie sich nur an den Geschmack gewöhnen. Axel hat aufgehört zu rauchen, als sie schwanger wurde, aber danach wieder angefangen. Sie mochte sein Lachen, weil er dabei zu einem kleinen Jungen wurde, dem niemand böse sein kann. Ein Lachen, das er auch anknipste, als sie sich kennenlernten. Mit Kollegen war er auf einem Ausflug, einer Schiffsrundfahrt auf dem Müggelsee. Sie haben gesoffen und Flaschen ins Wasser geworfen. Als der Kapitän sagte, er würde die Polizei holen, lachten sie und antworteten, die sei schon längst da. «Wir sind die Polizei, wir sind die Polizei», sangen sie und klatschten in die Hände, «wir sind die Polizei», und machten die nächsten Flaschen auf.

Sie stand allein an der Reling, sah auf das graublaue Wasser und beachtete die betrunkenen Polizisten nicht. Axel tauchte neben ihr auf und sagte: «Na, Süße?»

Normalerweise hätte sie ihn stehen gelassen, aber hinter seinem Lachen war eine Wärme aufgeblitzt und eine Verletzlichkeit, die sie überraschte – trotz seines offenstehenden Hemdes, den hochgekrempelten Ärmeln, dem Tattoo auf seinem Unterarm, ein Anker mit einem Seil. Die Kollegen feixten. Er sagte: «Kümmer dich nicht um die. Das sind alles Rüpel. Ich bin ein Gentleman. Ehrlich. Ein echter Gentleman.»

Sie schüttelte den Kopf und antwortete: «Nein, bist du nicht.»

«Na ja», lachte er verlegen, «wahrscheinlich nicht ganz. Aber ich kann einer sein. Ehrlich. Hundert Prozent. Alte englische Schule.»

Sie zögerte kurz, sah ihm wieder in die Augen, wo sie glaubte, eine Spur Ehrlichkeit zu entdecken, und gab ihm ihre Visitenkarte. «Wenn du einmal nicht besoffen bist, versuch es wieder.»

Am nächsten Tag rief er sie an und entschuldigte sich. Sie

gingen zusammen ins Kino, sie schleppte ihn ins Museum, wo sie damals als Restauratorin für vorislamische Kunst arbeitete. Er nahm sie mit auf die Grillabende seiner Kollegen, wo es immer laut wurde und wild und wo sie tanzten, als gebe es kein Morgen. Nach drei Monaten stellte sie ihn ihren Eltern beim Abendessen vor. Es war ihr ernst mit ihm, und er zog seinen einzigen Anzug an und versuchte, sich zu benehmen.

Ihre Eltern sind reiche Kaufleute aus dem Iran. Sie kaufen Schafsdärme im Nahen Osten ein und verkaufen sie an deutsche Metzgereien. Die Schafe werden halal geschlachtet, das Fleisch der Würste ist vom Schwein.

Roya ist das einzige Kind. Ihre Eltern hätten sich eine bessere Partie für sie gewünscht als einen Polizisten. In ihren Augen waren Polizisten ein notwendiges Übel, auf einer Stufe mit Müllmännern: Jemand muss den Dreck wegmachen, aber zur Familie sollte er nicht gehören.

Beim Abendessen nahm Hentschel das falsche Glas für den Rotwein und kleckerte mit der Bratensoße. Er machte Witze, die so schlecht waren, dass nur Roya über sie lachte. «Du warst großartig», flüsterte sie ihm danach ins Ohr und blieb.

Nicks Zimmertür knarrt, sie hört seine tapsenden Schritte und drückt die Zigarette im Aschenbecher aus.

«Ich bin aufgewacht», sagt er und steht in der Tür.

Sie schlägt die Bettdecke zurück und antwortet: «Dann komm.»

Er schmiegt sich an sie. «Hast du geraucht?»

«Ja, aber nur eine.»

«Das sollst du doch nicht. Davon stirbst du.»

«Nein, von einer einzigen Zigarette stirbt kein Mensch. Und nun schlaf. Morgen feiern wir Geburtstag.»

Er hat sich eine Sheriff-Ausrüstung gewünscht und das

Piratenschiff von Playmobil. Wahrscheinlich hat Axel ihm beides gekauft. Sie nimmt Nick in den Arm, streichelt seinen Kopf und krault ihm den Rücken. Während sie auf sein regelmäßiges Atmen wartet, das ihr sagt, dass er eingeschlafen ist, fragt sie sich, ob sie Axel nicht noch eine Chance geben sollte. Er hat es nicht verdient, bei Gott nicht. Sie erinnert sich daran, wie er morgens, noch halb besoffen, vor dem Kamin lag und sie von sich stieß, wenn sie ihm helfen wollte. Sie erinnert sich daran, wie er plötzlich nicht mehr nach Hause kam, da war das Kind kein halbes Jahr alt. Manchmal tauchte er mitten in der Nacht auf, mit einem Strauß Blumen in der Hand und einer Schachtel Pralinen. Er sagte, er habe in den letzten zwei Tagen so viel arbeiten müssen, da habe es sich nicht gelohnt, nach Hause zu kommen. Er habe in einer der Zellen auf der Pritsche geschlafen. Aber sie roch die anderen Frauen. Sie sah die Kratzspuren auf seinem Rücken. Sie fand die Haare auf seiner Jacke. Die Anrufe auf dem Handy, während sie zu Abend aßen. Sie hasste ihn dafür. Aber vielleicht trug sie ja auch Schuld daran? Hatte ihn überfordert, zu viel von ihm gewollt und ihm nicht genug Zeit gegeben. Sie war immer die Stärkere gewesen, von Anfang an, und sollte auch jetzt stark sein und ihm eine letzte Chance geben.

Nick atmet ruhig. Sie zieht ihren Arm, der einzuschlafen droht, langsam unter seinem Kopf weg. Er murmelt etwas, dreht sich zur Seite, schläft weiter. Sie deckt ihn zu, gibt ihm einen Kuss auf die Stirn und flüstert: «Nur eine Chance noch.»

In allen Büros brennt Licht. Die Kollegen rennen über die Flure und schreien einander an. Nachrichten widersprechen sich, Kommandos laufen fehl, dem Einsatz mangelt es noch an Struktur und Führung. Sein Stellvertreter Bruns ist erleichtert, als er Kostic sieht, und sagt, das sei eine große Scheiße hier, richtig große Scheiße. Ein Laken bedeckt die Leiche. Kreidestriche um seinen Körper. Tafeln mit Zahlen, wo sie Spuren entdeckt haben. Der Fotograf macht Aufnahmen.

Kostic kniet sich hin und zieht das Tuch zur Seite. Es ist wirklich Hentschel, kein Zweifel. Er hat auf einen Irrtum gehofft oder eine Verwechslung, als sie ihm den Namen sagten, auf dem Weg zum Abschnitt, am Telefon. Dachte, dass Hentschel zwar ein Arschloch ist, aber nicht so ein großes Arschloch, dass er sich erschießen lässt, während er, Kostic, mit seiner Frau im Bett liegt und von der Zukunft träumt. Hentschels Beine sind abgeknickt, das Becken eingedreht, der Oberkörper liegt flach auf dem Boden. Darunter eine große Lache Blut, die zu kleben beginnt. Blut auch unter dem Kopf, aber nur eine kleine Pfütze. Bruns fragt, ob er die Frau anrufen solle. «Nein, nicht anrufen», antwortet Kostic, «lasst sie schlafen. Es reicht, wenn ich morgen hinfahre. Haltet die Presse raus.»

Er fragt sich kurz, ob er ein Gebet sprechen soll, ist in seinem Leben aber noch nie in einer Kirche gewesen und weiß nicht so genau, wie. Also steht er einfach auf und sieht sich um. Bruns ist bei ihm, Kollegen drängen sich an der Tür, um einen Blick auf die Leiche zu werfen. In ihren Augen sieht er Trauer und Wut, ihre Körper wirken angespannt und bereit zur Tat. Die ersten Fahrzeuge sind schon im Einsatz, ohne eine Spur gefunden zu haben.

Bruns zeigt auf Hentschels Körper: «Hier, die Einschusslöcher. Alle in den Oberkörper. Eine Kugel direkt ins Herz. Das ist kein Zufall, da hat einer gezielt.»

«Und die Waffe?»

«Von Weber. Wahrscheinlich. Der hat keine mehr.»

«Deck ihn wieder zu», sagt Kostic, der die Leiche nicht mehr sehen kann: nicht die Wunden, nicht das Blut, nicht den Kopf mit den aufgerissenen Augen, in denen es nichts mehr zu lesen gibt. Nicht die zwei Kaffeebecher, die neben der Leiche liegen, und nicht die Brühe aus dem Automaten, die sich mit Hentschels Blut vermischt hat.

«Und wo ist Weber?», fragt er.

«Zwei Zimmer weiter», antwortet Bruns.

«Habt ihr schon den Psychologen angerufen?»

«Ist auf dem Weg.»

«Was ist mit dem Polizeidirektor? Mit dem SEK?»

«Sind informiert. Gewehr bei Fuß, sagen sie.»

«Der Präsident auch?»

«Den informiert der Direktor.»

«Ja, stimmt», nickt Kostic, «halten wir uns an den Dienstweg. Der Präsident braucht seinen Schlaf.»

Bruns lacht, hört aber sofort auf, als Kostic ihn strafend ansieht. Niemand lacht über den Präsidenten. Er hat Kostic zum Abschnittsleiter gemacht, er hat ihm aber auch Planstellen weggenommen und gesagt, die Stadt müsse sparen. Die Dienstwaffen sind veraltet, die Funkgeräte ein Witz. Alle schieben Überstunden, und wenn es zu viele Überstunden sind, müssen sie monatelang auf Kur oder gehen gleich in den Vorruhestand. Das letzte Training mit der Schusswaffe dürfte bei den meisten ein, zwei Jahre zurückliegen.

«Und der Täter?», fragt Kostic und zeigt auf den toten Körper. «Wer hat das hier getan? »

«Die Fahndung läuft.»

«Aber noch keine Spur?»

«Nein», Bruns schüttelt den Kopf. «Keine Spur.»

Kostic atmet durch und sagt, er würde das Kommando übernehmen, solange der Direktor noch nicht da ist, Bruns solle Protokoll schreiben. Er wolle alle Kollegen, die noch im Abschnitt sind, in fünf Minuten im Besprechungsraum sehen. Außerdem solle Bruns alle verfügbaren SEK-Einheiten in Bereitschaft versetzen.

Bevor er aus dem Raum geht, wo der Fotograf immer noch Aufnahmen macht, sieht er sich noch einmal um. Er würde gern an einem anderen Ort sterben. Nicht auf einem Fußboden, der mit abgetretenem Linoleum belegt ist. Nicht zwischen Wänden, an denen Fahndungsplakate hängen, die schon uralt sind und keine Relevanz mehr haben. Nicht neben Computern, deren Tasten abgerieben sind, und zwischen Aktenordnern voller vergilbtem Papier.

Als er den Abschnitt übernahm, wollte er das Revier renovieren lassen. Er stellte Anträge und machte Eingaben. Eine Kommission kam. Sie sagten, schön sei es hier nicht, aber auch nicht unzumutbar; wäre ja Arbeit und kein Vergnügen.

Auf dem Weg in sein Büro kommt er am Aufenthaltsraum vorbei. Die Kollegen sind wütend und scharren mit den Füßen. Sie wollen etwas unternehmen, nicht dumm herumsitzen, sie wollen auf die Jagd. Als er an ihnen vorbeigeht, verstummen sie. Den Raum hat er auf eigene Kosten herrichten lassen. Hat eine gute Kaffeemaschine und einen großen Kühlschrank organisiert, hat Sofas und ausgemusterte Sessel angeschleppt, um es gemütlich zu machen. Sein alter Fernseher steht in der Ecke. Meistens läuft RTL oder Sat.1, manchmal auch ntv und D-Max: Reportagen über echte Kerle hinter den Lenkrädern von Riesentrucks, manchmal auch Berichte über kaputte Familien in kaputten Wohnungen. Es geht das Gerücht, Kostic wähle die Grünen oder die Linkspartei. «Scheiße», hat er dazu gesagt, «das ist doch egal», und fing an zu lachen.

An seinem Schreibtisch angekommen, versucht er sich zu konzentrieren. Rekapituliert die nächsten Schritte, die zu machen sind. Nichts übereilen, klare Ansagen, seinen Leuten das Gefühl geben, die Sache im Griff zu haben. Die Karriere retten, sein Privatleben ist ja schon im Arsch.

Bruns klopft am Türrahmen, kommt herein, mit einem Becher Kaffee aus dem Automaten. «Hier», sagt er, «zum Aufwachen. Ist aber heiß.»

Die ersten Gäste sind schon gegangen, die Desserts werden serviert. Naujoks sieht zu, wie sie durch den Pass gereicht werden. Sein neuestes Rezept heißt Götterdämmerung und ist wie viele andere eine Erinnerung an seine Kindheit, an den Wackelpudding von Dr. Oetker. Er hat ihn sich immer zum Geburtstag gewünscht, aber nur selten bekommen. Jetzt lässt er seinen Patissier Schiffe aus Blätterteig formen, die er mit drei verschiedenen Sorten Götterspeise in drei verschiedenen Farben füllt: Bei der roten Füllung erwarten die Gäste Himbeergeschmack, stoßen aber auf konzentrierte und gesüßte Paprika; die gelbe Füllung ist reine, fast ätzende Zitrone mit einem Hauch Pfeffer; die grüne Füllung basiert zwar auf Waldmeister, wird aber mit Chili gewürzt.

Es ist eines der Rezepte, für die er berühmt geworden ist und die seinen Ruf begründet haben: Er zerlege das Essen der einfachen Leute in seine Bestandteile, das Essen der Arbeiter, der Angestellten, des Prekariats, das sich mit Tiefkühlkost und Tütensuppen über Wasser hält und zu McDonald's geht, wenn es Kindergeburtstag feiern will. Diese Elemente verwandele er in erhabene Geschmackserlebnisse, weit jenseits des Alltäglichen oder Banalen.

Der Restaurantleiter steckt seinen Kopf durch den Pass und nickt ihm zu, weil es Zeit ist, sich dem Publikum zu zeigen. Auf dem Weg in den Gastraum wirft er einen Blick ins Hinterzimmer. Er hat die Praktikantin angewiesen, auf die Fische aufzupassen, und sie hält sich daran.

Ob alles in Ordnung sei, fragt Naujoks. Sie hebt ihren Daumen. Den Fischen gehe es gut, sagt sie, macht eine kurze Pause, will noch etwas hinzufügen und tippt gegen das Glas des Aquariums, als wolle sie ihm etwas Wichtiges zeigen, aber sein Restaurantleiter treibt ihn zur Eile.

«Mach keinen Scheiß», sagt er ihr noch und geht weiter. Sie wendet sich wieder den Fischen zu, die aufgeregt scheinen. Irgendetwas ist mit den Flossen.

Die Gäste drehen sich um, als Naujoks in den Raum kommt und von Tisch zu Tisch geht. Er begrüßt Abgeordnete aus dem nahen Bundestag, die mit Lobbyisten speisen, um informelle Gespräche zu führen über Sonderregeln und Steuervergünstigungen sowie die Neufassung des Gesetzes zur Abwasserbeseitigung, das in die dritte Lesung geht. Ein Ehepaar aus Zehlendorf kommt alle drei Monate. Dann hat sich die Speisekarte so gewandelt, dass alte Gerichte die Erinnerung auffrischen und neue Gänge auf eine Expedition einladen. Der amerikanische Geschäftsmann, undurchsichtig und gut gekleidet, der ihm Fotos seiner Familie zeigt, während er mit seiner Sekretärin, die mit Sicherheit seine Geliebte ist, am Tisch sitzt. Eine Gruppe Freizeitgourmets aus der Provinz, die das Vokabular der Fachzeitschriften auswendig gelernt haben und nun von der feinen Textur des Fleisches sprechen.

Im Hinterkopf hat er einen Artikel, den ein Kritiker vor einigen Wochen über ihn geschrieben hat. Er sei, hieß es, der Dekonstruktivist des Fast-Food-Zeitalters. Ein Künstler, der die Waren der Nahrungsmittelindustrie zerschlägt und aus den Scherben neue Werke schafft. Der vielleicht erste und letzte Kubist der Küche. Zu vergleichen sei er höchstens mit bildenden Künstlern, die die Schrecken der Welt auf ihre Leinwände bannten oder in Skulpturen festhielten, um sie zu Höchstpreisen an Sammler zu verkaufen.

Naujoks kennt seine neue Klientel. Reiche Russen mit großen Scheinen in Klammern aus Gold oder verhaltene Chinesen, die höflich alle neun Gänge und den teuersten Wein bestellen. Banker und Hedgefondsmanager, die am nächsten Tag wieder in ihren Büros sitzen und von einem Meeting zum anderen rennen. Sie starren auf ihre Monitore und häufen mit ein paar Klicks riesige Geldsummen an, die sie auf Servern im Keller einer Bank speichern, die ihre Zentrale in der Karibik hat. Der ganze Reichtum, der aus nichts als Zahlen besteht, aus Einsen und Nullen, und dessen Gegenwart sie herbeisehnen. Das Kapital soll real werden, es soll ein SUV mit Vierradantrieb werden. Eine Yacht, eine Insel, ein Fußballclub. Ein Gerhard Richter oder ein Damien Hirst. Es soll sich im Fünfgängemenü eines Spitzenkochs materialisieren.

Wenn es aber heißt, Hirst sei größer als Picasso, dann müsste er, Tobias Naujoks, größer als Hirst und Picasso zusammen sein. Denn seine Kunst ist noch flüchtiger als ihre, was ihn im Zeitalter der Flüchtigkeit, des permanenten Wandels, zum Meister macht. Scheiß auf Hirst. Scheiß auf Picasso. Ich bin Naujoks. Ich biete keine Zahlen, keine Leinwände, keine leblosen Steine, ich biete das blutige, zitternde, kraftvolle Fleisch. Ich biete das Leben in seiner rohsten und zugleich artifiziellsten Form für Kapital in seiner abstraktesten Erscheinung. Ich bin der Künstler der Künstler.

Beschwingt, dem Alltag enthoben, kein Gedanke mehr an seine Schulden, macht er sich auf den Weg zurück in die Küche und fühlt sich, als hätte er all die Gewichte, die ihn immer am Boden hielten und ihm nicht erlaubten, wirklich zu fliegen, endlich über Bord geworfen. Pfeift noch vor sich hin, als er um die Ecke biegt und an dem Hinterzimmer mit dem provisorischen Aquarium vorbeikommt. Schon im Flur sieht er, dass etwas nicht stimmt, weil sich die Köche an der Tür versammelt haben und ihm ängstlich Platz machen, als er sich an ihnen vorbeischiebt. Die Praktikantin steht vor dem Becken und weint. Die Fische treiben mit dem Bauch nach oben im Wasser. Bei einigen sind die Flossen abgefallen oder ausgefranst, und Blutungen sind unter der Haut zu sehen. Nur der Siamesische Kampffisch ist noch am Leben, schnappt nach Luft, eher apathisch als kämpferisch. Sein kleiner Körper zuckt. Die trüben Augen scheinen Naujoks anzusehen und ihn um Gnade anzuflehen, aber bevor er ihn retten kann, stirbt auch der letzte Fisch im Becken vor seinen Augen.

Die Praktikantin wischt sich die Tränen aus dem Gesicht. Naujoks beachtet sie nicht und geht zum Aquarium. Nimmt vorsichtig den Kampffisch aus dem Becken und betrachtet ihn. Was hilft der Kubismus, wenn er seine Fische nicht schützen kann? Was helfen die Kritiken, wenn ihn die Schulden auffressen? Warum die ganze Anstrengung, wenn ihn jeder verarscht?

«Du solltest auf sie aufpassen», zischt er.

«Das habe ich doch.»

«Sie sind alle tot.»

«Es tut mir leid.»

«Es tut dir leid?»

«Ja.»

Es tut ihr leid! Sie hat keine Ahnung. Er muss ihr das Wissen ins Maul stopfen. «Friss den Fisch», sagt er leise.

«Was?», fragt sie, als hätte sie ihn nicht verstanden.

«Du sollst den Fisch fressen», sagt er lauter.

«Chef», interveniert einer der Köche, «sie hat es doch versucht.»

Naujoks dreht sich zu ihm um: «Halt's Maul. Oder willst du die Fische fressen?»

«Nein, aber …»

«Dann halt deine Fresse! Ja? Halt einfach die Fresse.»

«Ich wollte es Ihnen doch sagen», schnieft die Praktikantin. «Die Pumpe hat gestottert, und die Fische sind plötzlich so merkwürdig geworden. Aber Sie sind ja weggegangen.»

«Friss jetzt diesen Fisch!»

Er nimmt ihr Gesicht in seine linke Hand, drückt ihre Kiefer auseinander und will den Fisch in ihren Mund stopfen. Einer der Köche hält ihn am Arm fest. Der Patissier stellt sich vor das Mädchen. Naujoks befreit sich und wirft den Fisch zur Seite. Er greift nach einem Messer, geht auf den Patissier los. «Fresst Fische», schreit er, «ihr sollt Fische fressen!»

Die Köche weichen zurück, der Patissier flieht mit dem Mädchen durch den Gastraum nach draußen, Naujoks folgt ihnen. Die Gäste erstarren, als sie ihn mit dem Messer in der Hand sehen, das Gesicht eine wütende Fratze. Er hat die Schnauze voll. Seine Fische sterben, sein Geld verpufft, sein Stern sinkt, während sie reicher und reicher werden, mächtiger und satter. «Raus!», schreit er und fuchtelt mit dem Messer bedrohlich in der Luft herum: «Ich scheiß auf euer Geld. Scheiß Picasso, scheiß Hirst, scheiß Geld!»

Mit hängendem Kopf sitzt Weber auf einem Stuhl. Er ist allein im Zimmer. Die Tür zum Flur steht offen. Manchmal läuft jemand vorbei, sieht kurz zu ihm hinein, geht schnell weiter. Als hätte er eine ansteckende Krankheit, die durch Blickkontakt übertragen wird. Als Kostic mit Bruns im Schlepptau im Türrahmen erscheint, ist er erleichtert. Nicht noch ein Kollege, der ihn verächtlich ansieht, und auch nicht der Psychologe, den er hasst. Als das Quallenbild an seinem Spind hing, hatte er zwei Tage später einen Termin bei ihm. Der Arzt fragte nach seiner Kindheit, nach seinem Privatleben, wie er mit Druck klarkomme. Er antwortete einsilbig. Es gibt nichts zu sagen über seine Kindheit.

Kostic beginnt: «Schöne Scheiße, was?», und setzt sich auf einen Stuhl gegenüber. Bruns lehnt sich an die Wand und klappt einen Notizblock auf. Eine Weile sagt niemand etwas, dann fragt Kostic plötzlich: «Rauchst du?»

«Nein», antwortet Weber, «das vertrag ich nicht. Hab ich noch nie.»

«Kann ich verstehen. Ist ja auch dämlich. Hast du eine Zigarette, Bruns?»

Der schüttelt den Kopf. Kostic stöhnt enttäuscht. Erhebt sich, geht zur Tür, reißt sie auf, schreit den Flur hinunter, jemand solle ihm Zigaretten besorgen. Die Lagebesprechung sei verschoben, er brauche noch fünf Minuten mit Weber. Dann schlägt er die Tür wieder zu und dreht sich um.

«Ohne Zigaretten», sagt er, «komme ich nicht durch die Nacht. Das können Nichtraucher nicht verstehen, oder?»

«Nein», antwortet Weber. «Aber Hentschel hat auch geraucht.»

«Ja, das hat er», entgegnet Kostic und schweigt.

Ein Verhör zu führen sei wie Angeln, haben sie Weber auf der Polizeischule beigebracht: Du wirfst einen Köder aus, sitzt am Ufer und wartest darauf, dass der Fisch anbeißt. Alles, was du brauchst, ist Geduld. Kostic schweigt immer noch, wahrscheinlich hat er die gleiche Lektion gelernt. Geduld ist nicht Webers Stärke.

«Ich kann nichts dafür», platzt es aus ihm heraus, «absolut nichts.»

«Hat doch keiner gesagt.»

«Wir wollten nur die Personalien aufnehmen, mehr nicht. Keiner konnte ahnen, dass der Typ so durchdreht.»

«Natürlich nicht. Verstehe ich.»

«Nein, verstehst du nicht.» Weber haut auf den Tisch: «Keiner versteht das.»

Kostic schweigt wieder. Weber streift mit den Augen durch den Raum, in der Hoffnung, irgendwo Halt zu finden. Aber an den Schreibtischen, Aktenordnern, Papierkörben und Kalendern kann sich niemand festhalten. Den Blumentopf hat er nur ganz kurz gesehen. Die Schüsse hörte er durch den Nebel der Bewusstlosigkeit als in Watte gepackte, dumpfe Schläge. Erst an die weit aufgerissenen Augen von Hentschel kann er sich wieder erinnern. Wie er neben ihm auf dem Boden lag. Es muss noch ein Rest Leben in ihm gewesen sein. Seine Augenlider flatterten. Weber glaubt auch, dass Hentschel ihm noch etwas zugeflüstert hat, aber es fällt ihm nicht mehr ein. Zwei, drei Worte, mehr kann Hentschel nicht gesagt haben. Wenn er sich anstrengt, kommt die Erinnerung bestimmt zurück. Nur Kostic darf nicht mehr wie eine Drohung vor ihm sitzen, regungslos, schweigend, mit Bruns an seiner Seite, der mit dem Kugelschreiber ungeduldig auf den Notizblock klopft.

«Alle rennen hier rum, glotzen rein», braust Weber auf, «und weißt du, wie sie mich ansehen? Als hätte ich Schuld. Aber das stimmt nicht. Ich bin ein guter Polizist!»

«Beruhig dich», entgegnet Kostic, «das bezweifelt keiner.»

Weber schüttelt den Kopf: «Ich weiß doch, wie das hier läuft. Weber, die Niete, so reden sie hier. Die Qualle. Kann nicht mal auf seine Knarre aufpassen. Dem wird der Kollege erschossen, auf dem Revier. Wie dumm ist der denn? Mit dem fahre ich keine Streife mehr. Ist lebensgefährlich. Riesenqualle.»

«Scheiße, Weber», fährt Kostic ihn an, «jetzt halt mal die Klappe. Hentschel liegt zwei Räume neben uns und ist tot, und ich will das Arschloch finden, das ihn umgebracht hat. Es hilft mir nichts, überhaupt nichts, wenn du hier die beleidigte Leberwurst spielst. Klar?»

Weber atmet durch. «Entschuldigung», sagt er.

«Schon gut. Komm, hier, trink. Und dann erzähl.»

Kostic schiebt ihm ein Glas Wasser hin. Weber bedankt sich und trinkt hastig. Versucht, die Bruchstücke des Abends zusammenzutragen.

«Es war Routine», beginnt er, «nicht einmal das. Wir sind durch die Straßen gefahren, es war nichts los. Nur eine Familiengeschichte, ein Ehekrach, Mann schlägt Frau. Sie wollte ihn nicht anzeigen, absolut nicht. Da hat Hentschel ihm eine verpasst. Nicht vor der Frau, sondern in der Küche, glaube ich. Das waren vornehme Leute, die hatten Geld. Ich sollte warten. Aber mir war klar, was er da macht. Alter Schwede.»

«Ja, das ist Hentschel», sagt Bruns, «so lieben wir ihn.»

Weber sammelt weiter Bruchstücke auf. Sie müssen ein stimmiges Bild ergeben. Etwas Farbe kann er dazumischen, die Ränder des Bildes beschneiden und die Schärfe verändern für den richtigen Eindruck. Es gibt Noten, es gibt Töne, es gibt Lücken, die er nutzen kann. Das Bild muss nicht nur stimmen, es muss auch eine Erzählung sein, lebhaft, sinnvoll, für ihn und für andere.

«Er war die ganze Zeit aggressiv, kaum zu stoppen», fährt Weber fort. «Vielleicht hatte er Ärger zu Hause. Seine Ehe soll ja nicht so gut laufen. Mir wollte er zeigen, was ein richtiger Bulle ist. Einer, der nicht nur registriert, was passiert, sondern handelt, bevor es zu spät ist. Wir sind durch die Straßen gefahren, haben Ausschau gehalten. Du musst eine Antenne für die Arschlöcher entwickeln, hat er gesagt. Den Bullenblick bekommen.»

Weber stockt. «Kann ich noch Wasser haben?»

«Klar», sagt Kostic, «nur zu.»

Weber schenkt sich ein, denkt nach. Wie war das, wie erzähle ich es? Wer überlebt, formt die Wahrheit.

«Bei der Bank», murmelt Weber tonlos weiter, «wollte er mir zeigen, wie man jemanden verhaftet. Mit Ansage, hat er gesagt. Kaum stand der Typ vor uns, hat Hentschel wieder zugeschlagen, diesmal mit dem Knüppel. Er war außer sich. Ich musste eingreifen. Sonst hätte er gar nicht mehr aufgehört. Als der Typ auf dem Boden lag, hat er immer noch zugeschlagen. Dann haben wir ihn mit zur Wache genommen. Ich habe Hentschel gesagt, er solle Kaffee holen. Ich wollte ja nicht, dass er noch einmal ausrastet. In der Zwischenzeit habe ich das Protokoll aufgenommen. Der scheiß Computer ging nicht, der geht nie. Ich habe es versucht, immer wieder. Dann stand das Arschloch vor mir.»

Weber starrt vor sich hin.

«Hat er deine Waffe benutzt?», fragt Kostic.

«Ja. Ich glaube, schon.»

«Wie kam er an deine Waffe?»

«Keine Ahnung. Ich war bewusstlos. Hat er mir wahrscheinlich abgenommen. Keine Ahnung.»

«Du hast keine Ahnung, wie er an deine Waffe kam?»

«Nein.»

«Wirklich nicht?»

«Nein», fährt Weber auf.

Kostic hebt beschwichtigend die Hände. Es klopft an der Tür. Ein Mann in einem Anzug steckt seinen Kopf ins Zimmer. Er trägt eine Aktentasche und fragt, ob er reinkommen dürfe. Weber fällt in sich zusammen, schüttelt den Kopf.

«Einen Moment noch, Doktor», antwortet Kostic und wendet sich wieder an Weber: «Wie hieß der Knabe?»

«Keine Ahnung. Herzog oder so.»

«Ein Adeliger?»

«Nein. Der hieß nur so: Herzog. Josef oder Jörg. Auf jeden Fall mit J am Anfang.»

«Und wie sah er aus?»

«Normal.»

«Was soll das heißen?»

«Ich weiß es nicht mehr! Ich war bewusstlos! Hentschel hat ihn auf der Straße entdeckt, er wollte sich den Typen schnappen, ich habe nur das Auto gefahren, verdammt noch mal. Es ist nicht meine Schuld, das habe ich doch schon gesagt. Absolut nicht. Ich bin nur Auto gefahren.»

«Okay, okay. Beruhige dich.» Kostic legt ihm eine Hand auf den Arm. Dann sagt er mit ruhiger Stimme: «Du musst irgendwas gesehen haben. Das geht nicht anders.»

Die Augen von Hentschel. Daran erinnert sich Weber. An den Wechsel vom Leben zum Tod. Das plötzliche Wegbrechen des Erkennens. Was hat Hentschel nur gesagt?

«Er war blond», sagt Weber, «aber nicht so richtig blond.

Eher wie bei einem Schäferhund. Und er trug einen Anzug. Schwarz, aber nicht schick, so als würde er von einer Beerdigung kommen. Und die Schuhe waren abgelaufen. Das waren billige Schuhe, die haben nicht zum Anzug gepasst. Sie waren auch nass.»

«Nass?»

«Ja.»

«Warum das?»

«Keine Ahnung.»

«Und die Größe?», hakt Kostic nach. «Wie groß war der Mann?»

«Nicht größer als ich. 1 Meter 70 ungefähr, vielleicht auch etwas kleiner.»

«Irgendein besonderes Merkmal?»

«Er hat dauernd von seiner Freundin gelabert. Ich muss zu meiner Freundin, hat er gesagt.»

Kostic holt tief Luft und fragt Bruns: «Hast du das?»

Bruns nickt: «Dunkelblond, schwarzer Anzug, abgelaufene Schuhe, nasse Füße, 1 Meter 70, Freundin. Ist nicht gerade viel.»

«Ja», entgegnet Kostic und wendet sich wieder Weber zu: «Hat er noch irgendwas über sich erzählt? Wo er herkommt, wo er hinwill, irgendein Hinweis?»

Weber schüttelt den Kopf. «Ich war ja noch bei den Personalien. Dieser scheiß Computer …»

«Ich weiß», unterbricht ihn Kostic, «es ist nicht deine Schuld.» Er steht auf und winkt Bruns zu sich: «Abmarsch.» An der Tür kommt ihnen der Arzt entgegen. «Sie können jetzt rein», sagt Kostic im Vorbeigehen.

Der Psychologe stellt seine Aktentasche auf den Tisch. Weber sagt, mit seinem Kopf sei alles in Ordnung. Der Arzt antwortet, niemand würde das Gegenteil behaupten, und setzt sich auf den frei gewordenen Stuhl. «Brauchen Sie eine Beruhigungstablette?», fragt er.

Weber schüttelt den Kopf. Im Baum hinter den Fenstern entdeckt er zwei Vogelnester. Hentschel wollte ihm noch etwas sagen. Er hat eine Hand gehoben, als wollte er ein Wort unterstreichen. Es klang wie «du» oder «da», aber vielleicht bildet Weber sich das alles auch nur ein: die Worte, der gebrochene Blick, das weggeschossene Leben.

«Wir können über alles reden», sagt der Psychologe.

Vor seinen Augen verschwimmt die Umgebung. Flackerndes blaues Licht. Vereinzelte Bilder, sich im Kreis drehende Motive, die langsam eine Sequenz bilden. Die Tür des Rettungswagens öffnet sich. Er liegt auf einer Trage, die herausgehoben und auf ein Fahrgestell geschoben wird. Er fragt nach Wasser, weil sein Mund trocken ist. Ein Mann in einem weißen Kittel läuft neben der Trage her. Er sagt, er heiße Doktor Siebert und würde ihn in die Notaufnahme bringen, dort gebe es Wasser. Jan sieht sich um. Wo ist der Engel?

Eine automatische Eingangstür gibt den Weg frei. Der Wartesaal ist ein Raum ohne Fenster mit Sitzen aus Plastikschalen in Orange und Blau, zwölf Stück in einer Reihe, das Alter hat sie blass werden lassen. In der Luft hängt ein Geraune aus Unmut und Missgunst, weil der Arzt nicht kommt, es nicht schneller geht, man doch nur ein Rezept haben will, niemand die Not sieht oder die Schmerzen spürt. Eine alte Frau krümmt sich und wimmert. Ihr Mann streichelt ihr den Rücken.

Die nächste Tür schiebt sich auf. Neben der Tür steht ein

Korb, in den der Arzt seinen Kittel wirft. Er ruft nach einem neuen, zieht sich eine grüne Haube über den Kopf und legt den Mundschutz an. Eine Schwester richtet Lampen, er fragt nach dem Besteckkasten: Skalpell, chirurgische Pinzette, Präparierschere, große und kleine Gefäßklemme, Wundhalter und -spreizer. Jans Rucksack werfen sie in die Ecke, beim Aufprall hört er ein metallisches Geräusch. Er sieht auf, entdeckt den schwarzen Engel, der seine Hand auf den Rucksack legt, als wolle er ihn beschützen. Im Rucksack ist die Knarre.

Sie zerschneiden sein Hemd und das T-Shirt darunter. Der Arzt tupft die Wunde am Arm ab und zieht eine weitere Spritze auf. Rund um die Wunde setzt er Stiche und sagt, das sei nur zur Betäubung, die werde die nächsten fünf oder sechs Stunden halten.

«Ich habe eine Verabredung», krächzt Jan.

«Ja, Sie hatten es eilig», lacht Siebert. «Ein Autounfall, oder? Zu schnell gefahren? Wie ist es passiert?»

«Der Unfall?»

«Ja. Aber auch das hier.» Siebert zeigt auf seinen Oberarm: «Auch vom Unfall?»

«Ich denke, schon.»

«Sieht aber nicht so aus. Hatten Sie Streit? Einen Unfall bei der Arbeit? Mit einer Maschine?»

«Nein, ich habe nur gegessen. Mit meiner Freundin.»

«Haben Sie zu Hause gekocht?»

«Wir waren in einem Restaurant.»

«Gut.»

Die Narkose beginnt zu wirken. Siebert zupft mit der Pinzette Stofffetzen aus der Wunde. Er tunkt Watte in Alkohol und hält sie kurz hoch. «Das hier ist zum Desinfizieren. Kann wehtun.»

Kostic nippt am Kaffee, der gleichzeitig bitter und labbrig schmeckt. Er schüttet Zucker in den Becher, was er sonst nie macht, und wartet auf schlechte Nachrichten. Bullen trinken doch Kaffee, hat sie gesagt: die Frau eines Bullen, die nicht wie die Frau eines Bullen aussieht. Er versucht, nicht an sie zu denken, in ein paar Stunden muss er zu ihr, dann ist es vorbei.

Fast alle Wagen, fast alle seine Leute sind jetzt da draußen, auf der Suche. Nur ein kleines Team ist im Revier geblieben, zur Koordination. Die Luft auf den Fluren ist dicht, eine konzentrierte Mischung aus Wut und Jagdfieber. Kostic versucht, seinen Rachedurst zu zügeln, ihm mit Schärfe und Kälte zu begegnen; Eigenschaften, von denen er hofft, dass sie ihm die notwendige Distanz geben und ihn vor falschen Entscheidungen schützen. Außerdem ist da noch ein anderes Gefühl, von der Rachelust an die Seite gedrängt, ein kleiner Teufel in der Ecke, der sich über Hentschels Tod freut. Mehr als einmal hat Kostic sich gewünscht, nicht nur Hentschel wäre aus seinem Leben verschwunden, sondern auch Dunja, seine Frau. Ein Ende der Lügen ohne den Aufwand und die Schmerzen der Wahrheit.

Hinter sich hört er schlagende Türen und verzerrte Stimmen aus Funkgeräten. Irgendetwas fällt krachend zu Boden, zwei Kollegen schreien sich an. Krause sitzt am Telefon, Bruns protokolliert jeden ihrer Schritte für die Akten. An der Wand vor Kostic hängt riesengroß die Karte der Stadt. Ein Spinnennetz aus roten, gelben und schwarzen, dicken und dünnen Fäden: Autobahnen, Bundesstraßen, Stadtstraßen, Gassen und Fahrradwege, S-Bahn-, U-Bahn-, Tram- und Buslinien, schließlich die Grenzen der Bezirke und der Zuständigkeiten. Wo die Karte aufhört, fängt das Land an.

Er trommelt mit den Fingern auf den Tisch. Steht auf, geht zum Fenster. Unten, auf dem Parkplatz, ein Gewimmel von Fotografen, Reportern, ein Fernsehteam. Absperrgitter sichern den Eingang. Auf der anderen Straßenseite steht ein Übertragungswagen, ein kleiner Transporter mit Satellitenschüssel: vorfahren, Schüssel aufstellen, senden, alles in fünf Minuten erledigt. Sie hören den Polizeifunk ab, haben ihre Informanten, sind mit Handys und diesen neuen iPhones ausgestattet, von denen sie bei der Polizei nur träumen können, und sind seit Jahren schneller als die Befehlswege.

Die SEK-Einheiten warten auf ein Signal von ihm. Der Polizeidirektor ist auf dem Weg, aber solange er nicht eingetroffen ist, hat Kostic das Kommando. Die Oberen schlagen die Unteren, das höchste Gesetz des Staatsapparats.

Krause telefoniert immer noch. In den acht Jahren, die sie sich kennen, ist er merklich gealtert. Tiefe Falten haben sich in sein langes, dürres Gesicht gegraben, unter den Augen hängen Tränensäcke. Er ist erst dreißig, sieht aber aus wie fünfzig. Bisher ist seine Ausbeute mager, keine Spur vom Killer. In der Notrufzentrale wissen sie nur von Schlägereien, zwei Bränden, Selbstmordversuchen und einer Reihe von Autounfällen, die nicht interessant klingen. Er versucht trotzdem, die Automarken und Nummernschilder herauszufinden.

Die Presse macht Kostic Sorgen. Er wird Hentschels Namen nicht lange unter dem Deckel halten können. Ein Kollege wird reden, wenn die Gelegenheit günstig ist und das Geld stimmt. Extrahonorare für Aufnahmen von Hentschel, die aus Fotoalben geklaubt werden: von der Weihnachtsfeier der Polizei, der Belobigung durch den Präsidenten, Schnappschüsse von

Einsätzen; sein Gesicht rot umkringelt, Axel H., zweiundvierzig Jahre alt, Polizeiobermeister, hinterlässt eine Frau und ein Kind. Das meiste Geld gibt es für ein Familienfoto. Rührt die Herzen, erhöht den Druck. Wenn er den Mörder nicht in dieser Nacht findet, werden Fragen gestellt. Er sieht die Schlagzeilen schon vor sich: «Killer auf der Flucht», «Das Todesrevier». Wenn er Pech hat: «Das Geheimnis der schönen Polizistenwitwe».

Das Telefon vor Krause klingelt. Er hebt ab, hört zu, knallt den Hörer auf die Gabel – wer hat außer der Polizei noch solche Telefone mit Gabel? Das hier ist nicht die Gegenwart, das hier ist ein gottverdammtes Museum – und sagt: «Wir haben das Auto.»

Auf der Rettungsstation ist Siebert seit einem halben Jahr. Frisch von der Universität, wo sie vor allem an Leichen herumgeschnippelt haben, nie an lebendigen Körpern. Die Realität ist über ihn hereingebrochen wie eine Welle aus Verzweiflung, Angst, Schmerzen, Wut.

Es ist sein zweiter Tag im Dienst. Eigentlich darf er nicht so lange arbeiten, aber der Krankenstand ist hoch und eine Kollegin in Mutterschaft. In der Nacht hat Siebert drei Stunden geschlafen. Anfälle von Müdigkeit kommen ohne Vorwarnung. Dann werden seine Sinne zu fiebrigen Antennen. Jede Bewegung, jeden Ton nimmt er mit einer Klarheit und Schärfe wahr, die schmerzt. Bilder besitzen gezackte Kanten, Töne grelle Spitzen.

Tagsüber konnte er zweimal kurz ausruhen, es reichte sogar für ein Mittagessen in der Kantine. Es gab Rouladen, Blumenkohl und Salzkartoffeln. Beim Anblick des Essens fragte er sich nicht zum ersten Mal, warum sie ausgerechnet im Krankenhaus mit Nahrungsmitteln umgehen wie Müllmänner mit Abfall: Was kümmert's? Weg damit. Keine Vitamine, zerkochtes Gemüse, Fleisch ohne Geschmack, dicke dunkle Soße, das AOK-Kochstudio. Privatpatienten lassen sich ihr Essen aus dem Hotel zwei Straßen weiter bringen.

Den Mann auf dem Behandlungstisch schätzt er auf Mitte zwanzig. Sie hätten nicht auf die Polizei warten können, haben die Rettungssanitäter gesagt, weil die Polizei diese Nacht andere Probleme habe.

Im Gesicht und an den Händen weist der Mann leichte Schnittverletzungen auf, wahrscheinlich von Glassplittern. Der Arm ist gebrochen, das muss beim Aufprall passiert sein. Siebert entdeckt zwei Platzwunden am Hinterkopf. Mit Sicherheit eine Gehirnerschütterung, eventuell auch innere Verletzungen, das wird er beim Röntgen herausfinden. Die Wunde am Oberarm kann er nicht zuordnen. Eine Arterie scheint durchschlagen, die umliegenden Muskeln und das Gewebe sind aufgerissen. Der Zustand des Patienten ist nicht lebensgefährlich, aber er wird ihn auf die Station verlegen.

«Wir müssen röntgen», sagt er ihm und wäscht sich die Hände. «Den Arm, die inneren Organe, es hat Sie schlimm erwischt. Vor allem die Wunde an Ihrem Arm, da würde ich gerne die Kollegen fragen. Zur Sicherheit.»

«Ich muss zu meiner Freundin.»

«Ja, ja. Haben Sie schon gesagt. Können Sie gehen?»

«Ich denke, schon.»

«Gut. Dann sparen wir uns den Rollstuhl. Warten Sie einen Moment hier, ich bin gleich wieder da.»

Auf dem Weg zum Ärztezimmer muss er wieder durch

den vollen Wartesaal, vorbei an Angehörigen, die nervös auf und ab laufen. Draußen, im Flur, hocken Patienten auf dem Boden. Es werden immer mehr. Ist ein Patient abgefertigt, kommen zwei neue, als würden sie am Fließband produziert und auf die Straße geworfen, von wo aus sie in die Aufnahme kriechen, mit dem Krankenwagen gebracht werden, auf Krücken hereinhumpeln. Ein stetiger Fluss an Gebrechen, der kanalisiert werden muss.

Wegen der Wunde will Siebert nicht den Oberarzt anrufen, der zu cholerischen Anfällen neigt, wenn er spätabends geweckt wird. Die erfahreneren Kollegen sind beschäftigt: tagsüber zwei Fußballspiele, erste und zweite Liga, mit Prügeleien vor den Stadien oder auf dem Weg dorthin. Motorradfahrer haben den schönen Tag genutzt, um aufs Land zu fahren, und sind auf dem Rückweg von ungeduldigen Autofahrern an Kreuzungen übersehen worden. Spanische und französische Jugendliche stolpern aus Clubs mit Substanzen im Blut, deren Bestandteile und Wirkungen nur unzureichend bekannt sind. Schmerzen im Rücken, im Kopf, in der Blase, in den Ohren und direkt hinter der Brust. Verwirrte und alleingelassene Rentner im Dämmerlicht der Demenz.

Das Ärztezimmer ist leer. Die Stühle wurden eilig zur Seite geschoben, auf dem Stahlrohrtisch liegt eine Tischdecke aus Plastik. Halb ausgetrunkene Kaffeetassen stehen herum, ein Teller mit einem halben Brötchen, auf dem sich eine Scheibe Käse wellt. Zeitungen sind über den Raum verstreut, vier, fünf Tage alt, die Artikel mehrfach gelesen, die beiliegenden Prospekte von Medien-Discountern zerfleddert: digitale Fotoapparate mit noch mehr Speicherplatz, 3-D-Fernseher und Tiefkühlschränke, Handys mit einer Vertragslaufzeit von vierundzwanzig Monaten.

Das Fenster steht offen. Kalter Rauch hängt noch im Zimmer. Auf dem Fensterbrett liegt ein Aschenbecher mit einer ausgedrückten Zigarette. Im Bücherregal herrscht heilloses Durcheinander. Das Handbuch der Notfallmedizin ist trotzdem einfach zu finden, weil es so abgegriffen ist.

Die Verletzung am Arm könnte eine Schusswunde sein, aber sicher ist er sich nicht, er hat noch nie eine gesehen. Die Stadt ist ja nicht Los Angeles oder Baltimore, wo Schießereien an der Tagesordnung sind, weil die Armut um sich ballert. Am liebsten würde er Becker fragen, der bei Ärzte ohne Grenzen arbeitet. Becker erzählt bei Operationen gern vom Irak und von den Opfern der Attentate, die auf seinem Tisch gelandet sind. Beim Erzählen lacht er dieses grimmige Chirurgenlachen, das ehrgeizigen Handwerkern eigen ist, die vor schwer lösbaren Aufgaben stehen. Aber Becker ist in Afghanistan.

Das Foto im Handbuch zeigt einen Durchschuss. Um das Eintrittsloch herum ist ein geröteter Hof aus gequetschtem Fleisch mit nach außen gespreizten Gewebeteilen zu sehen. Weiter innen liegt ein schwarzer Ring aus Öl- und Fettrückständen, den das Projektil hinterlassen hat. Die Austrittswunde ist eine schlitzförmige Hautdurchtrennung ohne Schürfung der Wundränder. Die Wunde seines Patienten sieht nicht genauso aus, aber sehr, sehr ähnlich.

Er weiß nicht, was als Nächstes zu tun ist. Irgendwo gibt es sicher eine Vorschrift, aber er kennt sie nicht oder hat sie vergessen. Muss er die Polizei verständigen? Doch den Oberarzt benachrichtigen, obwohl er erst letzte Nacht von ihm beschimpft wurde, was Siebert nicht noch einmal über sich ergehen lassen will? Warten, bis einer der Kollegen Zeit findet?

Der Patient sieht immerhin nicht aus wie ein Verbrecher. Es wird schon eine Erklärung geben. Siebert will ihn noch einmal untersuchen, und wenn er dann wirklich zu dem Schluss kommt, dass es eine Schussverletzung ist, ruft er den Oberarzt an. Oder gleich den Chefarzt.

Die Sanitäter haben Lehmann gesagt, er solle auf die Polizei warten. Das könne dauern, die hätten viel zu tun, und er hat auch auf die Polizei gewartet. Nicht nur wegen des Unfalls, sondern auch wegen der ganzen Kriminalität. Die Schmierereien an dem Fahrstuhl im Hochhaus, die Plastiksäcke in der Papiertonne, die unverschämten Anrufer, die ihm Zeitungen verkaufen wollen. Zeugen Jehovas vor der Haustür, die sich nicht abwimmeln lassen. Was soll aus der Stadt werden, wenn sich niemand mehr an Regeln hält?

Die zwei Polizisten hatten es nicht eilig. Der Dicke stieg gemütlich aus dem Wagen, zog sich die Hosen hoch, spuckte in den Rinnstein. Der andere Polizist, der Fahrer, ein dünner Kerl mit hängenden Schultern, folgte ihm. Als sie das Auto sahen, wurden sie hektisch. Der Dünne lief zurück zum Dienstwagen und schrie etwas ins Funkgerät und telefonierte mit dem Handy. Der Dicke wälzte sich auf Lehmann zu, als wolle er ihn überrollen, und schoss noch im Gehen eine Salve von Fragen ab. Seine Stimme klang wie ein alter Dudelsack, auf dem hundertdreißig Kilo lasten. «Wie sah der Mann aus?», quäkte er Lehmann an. «Wo ist der Mann hin? Wann ist das passiert?»

Lehmann wollte antworten, aber der Dicke stellte schon die nächste Frage, bevor er überhaupt reagieren, geschweige denn einen akkuraten Satz hatte bilden können. Er hat doch nichts gegen die Polizei. Die Polizei muss sein, auch im Sozialismus musste sie sein, aber er muss doch in Ruhe antworten können. Bei der Stasi konnte er immer in Ruhe antworten, die haben sich Zeit gelassen, die waren auch nicht so schlimm, wie es später hieß, bei ihm jedenfalls nicht. Er hat niemanden verpfiffen, sondern nur dafür gesorgt, dass die Dinge sauber liefen. Sauberkeit ist wichtig. Wolf ist so stubenrein, davon sollten sich die neuen Nachbarn mal eine Scheibe abschneiden und auch der dicke Polizist, dem noch Essensreste auf der Uniform klebten.

Solange aber der Polizist ihn nicht zu Wort kommen ließ, solange er ihm nur Spucke ins Gesicht sprühte, so lange wollte er, Lehmann, kein Wort sagen. Nicht einen Ton. Da konnte der Dicke noch so schnaufen, sein Kopf noch so rot glühen, er konnte ihn noch so oft herumschubsen: Kein Wort kam über seine Lippen.

Wolf fing an zu bellen, es war wieder nur ein Krächzen, eine schwache Erinnerung an das laute, fröhliche Gekläff von früher, in den Wäldern. Aber bei ihm, Lehmann, ist es ja nicht anders. Bald werde er eine Gehhilfe brauchen, hat die Ärztin gesagt. Die würde ihm jetzt allerdings auch nichts nützen, höchstens als Waffe gegen den Dicken, der Verstärkung bekommt. Noch mehr Polizeiautos, noch mehr Polizisten. Sie knallen mit den Türen und verscheuchen Passanten.

Ein Polizist in tadelloser Uniform steigt aus seinem Wagen und kommt auf sie zu. Er ist ein dunkler Typ, südländisch, mit zurückgekämmten schwarzen Haaren. Glatt rasiert, aufrechte Haltung, die anderen Polizisten begegnen ihm mit Respekt.

«Lass mal, Erwin», sagt er und klopft dem Dicken freundschaftlich auf die Schultern, «ich mach das. Sei so lieb und hilf den Kollegen an der Absperrung. Die brauchen Verstärkung.»

Der Dicke grunzt und zieht ab.

«Sie müssen entschuldigen, er ist manchmal etwas übereifrig», sagt der Polizist und hält ihm die Hand hin. «Ich heiße Kostic. Ist das Ihr Hund?»

Lehmann schweigt weiter. Er hat auch keine Hand frei.

«Ein Rauhaardackel, oder?», fragt Kostic unverdrossen. «So einen hatte mein Vater auch. In Kroatien. Fuchsjagd.»

«Füchse habe ich nie geschossen», antwortet Lehmann spitz.

«War jedes Mal ein Schauspiel. Die Hunde waren total aufgedreht, wenn es losging. Immer rein in den Bau. Haben die Füchse fertiggemacht. Klein, aber zäh.»

«Wir haben Wildschweine gejagt.»

«Schmeckt gut, so ein Wildschwein.»

«Ja. Sie müssen es in Buttermilch einlegen.»

«Gute Idee. Werde ich mir merken: Buttermilch. Schreibe ich mir gleich auf.»

Kostic holt einen Notizblock aus der Jacke und fragt: «Aber heute Abend haben Sie keine Wildschweine gejagt, oder?»

«Wolf musste noch mal raus», sagt Lehmann zögernd.

«Und dann haben Sie den Wagen da gesehen?»

«Er kam auf uns zu. Ich dachte, er überfährt uns.»

Er sieht das Auto vor sich. Die Scheinwerfer, die immer größer wurden und ihn blendeten. Wolf jaulte. Lehmann schloss die Augen. Angst hatte er nicht. Er und Wolf sind zwei alte Tiere, zusammen zu sterben ist nicht das Schlechteste. Wenn er, Lehmann, nicht mehr ist, muss der Hund ins Tierheim. Wenn der Hund nicht mehr ist, muss er, Lehmann, ins Altenheim. Sie halten sich gegenseitig am Leben.

«Ich habe die Bremsen gehört. Einen lauten Knall. Dann stand es da, wo es jetzt auch noch steht. An der Wand da.»

Lehmann deutet zum Supermarkt. Davor durchsuchen Polizisten mit Taschenlampen den Wagen. Die Straße ist mit rot-weißem Band abgesperrt. In den Nachbarhäusern wird nach Zeugen gesucht. Der Dicke steht am Auto und kramt ein belegtes Brötchen hervor. Er beißt hinein, kaut kräftig und schnell. Lehmann glaubt, die Leberwurst riechen zu können, mit Senf und Gurke.

«Und dann?», fragt Kostic, der nervös zu werden scheint. «Was haben Sie dann gemacht?»

«Die Feuerwehr angerufen. Der Rettungswagen ist gekommen. Hat lange gedauert.»

«Der Rettungswagen?»

«Vom Arbeiter-Samariter-Bund. Die haben ihn weggebracht.»

«Warten Sie einen Augenblick», sagt Kostic, dreht sich um und ruft: «Was ist mit den Krankenhäusern, Krause? Hast du die Krankenhäuser überprüft?»

«Wollte ich ja», brüllt Krause zurück. «Aber du wolltest los.»

«Scheiße!»

Kostic kickt eine leere Bierdose quer über die Straße. Tritt gegen einen Abfalleimer. «Haben die Sanitäter gesagt, wohin es geht?», fragt er hastig. «Klinikum Mitte vielleicht?»

«Wahrscheinlich», entgegnet Lehmann. «Ist das nächste.»

«Abmarsch!», ruft Kostic. Dabei hätte Lehmann ihm noch so viel zu sagen. Wie stark der junge Mann geblutet hat, dass er keine Polizei wollte und dass sich niemand Sorgen zu machen braucht. Die Ärzte im Klinikum sind richtig gut, sie haben ihn wieder zusammengeflickt, als er den Blinddarmdurchbruch hatte und nahe daran war zu sterben. Sonst ist er nie richtig krank gewesen, nur dieses eine Mal. «Außerdem», sagt er laut, «was ich vergessen habe …»

«Ja?» Kostic fährt herum, die Hand schon an der Autotür.

«… zwei Tage! Das Wildschwein muss zwei Tage lang in Buttermilch liegen.»

Als er sich aufrichtet, wird Jan schwindlig, aber der schwarze Engel lockt ihn. Wir werden es schaffen, flüstert der Engel, hör nicht auf deinen Körper, der müde ist und sich hinlegen will und schlafen. Das geht jetzt nicht, dein Körper muss deinem Geist gehorchen, dein Wille über die Müdigkeit triumphieren. Aufstehen musst du, endlich auf die Beine kommen, wir haben keine Zeit mehr. Atme tief durch, heb die Beine von der Trage, stell dich hin. Wenn dir wieder schwindlig wird, lehn dich kurz an. Mach den ersten Schritt. Du musst ja nicht weit laufen. Nur bis zu dem blauen Rucksack in der Ecke. Dann sehen wir weiter. Noch ein Schritt. Gleich hast du es geschafft. So ist es gut. Durchwühl den Rucksack. Da ist die schwarze Anzugjacke. Ganz unten liegen die Knarre und das Handy.

Jan findet zuerst das Handy. Er schreibt eine SMS an Nadine. Sie solle auf ihn warten, im Paris. Die Pistole kommt ihm schwerer vor als vorhin. Dreimal hat er abgedrückt, Blut hat sich unter dem Polizisten ausgebreitet, als er über ihn hinweggestiegen ist. Denk nicht daran, sagt der Engel, du musst handeln, nicht denken. Jan steckt sich die Pistole in den Hosenbund, weil er es in Filmen so gesehen hat. Ein stechender Schmerz fährt ihm durch den rechten Arm, als er die Jacke überzieht.

Auf dem Weg zur Tür schwankt er schon nicht mehr so stark. Hinter der Tür hört er ein lautes Klappern, eine Trage wird vorbeigerollt, der nächste Krankenwagen schickt seine Sirenen voraus. Schritte nähern sich, die Tür geht auf.

«Sie sollten nicht aufstehen», sagt Siebert und zieht die Tür hinter sich zu.

«Ich muss weiter», antwortet Jan.

Siebert mustert ihn und fragt: «Ist auf Sie geschossen worden?»

Jan schweigt.

«Ich muss das melden», fährt Siebert fort.

«Warum?»

«Vorschrift.»

«Aber es war ein Unfall. Ich will keinen Ärger.»

«Tut mir leid.»

Siebert geht zum Telefon, hebt den Hörer ab und wählt. Der Engel nickt Jan zu. Er zieht die Pistole und richtet sie auf den Arzt. Sein Arm zittert. Er sagt: «Ich will nur zu meiner Freundin.»

Ungläubig sieht Siebert ihn an. Erst meint er, eine Erscheinung vor sich zu haben und eine Pistole, die den billigen Fernsehserien und Filmen entstammen könnte, die nachts laufen, wenn die Schlaflosen Zerstreuung suchen und die Zeit bis zum ersten Morgenlicht überbrücken müssen. Er fängt an zu schwitzen.

«Wo steht dein Wagen?», fragt Jan.

«Ich habe keinen Wagen.»

«Du bist doch Arzt», hakt Jan nach, «warum hast du keinen Wagen?»

«Ich fahre Fahrrad.»

Jan schüttelt den Kopf. Ärzte ohne Wagen gibt es nicht. Sie haben weiße Kittel, verdienen viel Geld und fahren dicke Autos. Einen Mercedes oder einen Audi A6 oder einen Volvo-

Kombi, der genug Platz bietet für das Urlaubsgepäck, für Surfbretter und Trekkingräder. Ärzte leben gesund und haben große Familien. Sie treten in amerikanischen Fernsehserien auf.

«Ich kann mir kein Auto leisten», sagt Siebert.

Jan entgegnet: «Dann raus hier.»

«Wohin?»

Für einen Moment ist Jan sprachlos. Er sieht den Engel an. Der zuckt mit den Schultern. «Einfach raus hier», wiederholt Jan.

Er schubst Siebert vor sich her. Die Waffe hat er unter der Jacke versteckt. Sie durchqueren den Wartesaal. Kaum jemand achtet auf sie. Eine Ärztin an der Patientenschleuse sieht kurz auf und ruft Siebert zu, wann er zurückkomme, sie brauche ihn, ein echter Notfall. Siebert zuckt zusammen, bleibt stehen, Jan läuft in ihn hinein. Siebert spürt die Pistole in seinem Rücken und sagt, er sei bald wieder da, sie müssten nur noch zum Röntgen. Die Ärztin ist irritiert, aber dann klingelt das Telefon. Der nächste Rettungswagen kündigt sich an.

Vor der Schleuse kommen Jan und Siebert zwei Sanitäter entgegen. Sie schieben einen alten Mann auf einer Trage vorbei. Selbstmordversuch. Er ist unrasiert, hat weiße Stoppeln im Gesicht und weiße Stoppeln auf dem Kopf. Die Sanitäter nicken Siebert zu, nuscheln: «Guten Abend, Doc», und verschwinden im Krankenhaus.

Zurück bleibt der Rettungswagen, mit dem sie gekommen sind. Die Schlüssel stecken im Schloss. Jan dirigiert Siebert auf den Fahrersitz. Das machst du gut, sagt der schwarze Engel, setz dich neben ihn, auf den Boden, keiner sieht dich. Zeig, dass du Herr der Lage bist.

Jan zieht die Tür des Rettungswagens zu. Am Ende der Straße, die vor ihnen liegt, flackert das blaue Licht eines Polizeiwagens.

«Und jetzt?», fragt Siebert. «Was soll ich jetzt machen?»

«Keine Ahnung», antwortet Jan mit Blick auf den Engel, der mit seinem Zeigefinger einen unsichtbaren Abzug betätigt: «Wenn die Bullen mich finden, drücke ich ab.»

Krause treibt den Wagen durch die Straßen. Bremst vor roten Ampeln kurz ab, tastet sich auf Kreuzungen, die Sirene heult, er gibt wieder Gas. Kostic hängt am Funkgerät und dirigiert den Einsatz. Allein will er nicht in das Krankenhaus gehen, auf den Direktor kann er auch nicht warten.

Knarren verändern das Spiel. Der Bolzen schlägt auf die Patrone und zündet einen Treibsatz. Die Verbrennung im geschlossenen Raum erzeugt großen Druck, der auf den Boden der Patrone einwirkt. Das Geschoss beschleunigt, verlässt den Lauf der Schusswaffe mit hoher Geschwindigkeit und durchschneidet die Luft, um die Wirklichkeit explodieren zu lassen.

Noch zwei Straßen. Das SEK ist unterwegs, und Streifenwagen beginnen, die Gegend um das Krankenhaus abzusichern. Kostic will keine Amateure mehr in dieser Nacht, nicht noch einen Toten, der sich schwer erklären lässt, und auch kein unschuldiges Blut: Passanten, die zufällig im Weg herumstehen, oder seine eigenen Leute, von Querschlägern erwischt. Ein sauberer, erstklassiger Einsatz muss her für saubere, erstklassige Schlagzeilen, die das Potenzial haben, einen erschossenen Polizisten in seinem Abschnitt vergessen zu machen und Schande in Erfolg zu verwandeln. Er will den Killer.

Über den Alexanderplatz torkeln Betrunkene, schreien sich an, manchmal gibt es eine Schlägerei. Alle paar Monate liegt ein Toter mit einem Messer im Bauch oder im Rücken auf dem Pflaster. Bei McDonald's hocken drei Flüchtlinge aus Tunesien, nippen an einem Kaffee und warten auf einen Kontaktmann, der ihnen einen Platz zum Schlafen beschaffen soll. Ein Schüler aus Herne hat sich allein aus dem Hostel geschlichen, in dem seine Klasse auf Abschlussfahrt untergekommen ist. Er sucht einen Schwulenclub, von dem er im Internet gelesen hat. Dort wird er seine Unschuld verlieren. Die Straßenbahnlinie M4 zuckelt über die Gleise, überquert die Alexanderstraße und macht sich auf den Weg nach Falkenberg, vom Herz der Stadt an den Rand, wo sich Plattenbau an Plattenbau reiht und Fremde sich nur an den Hausnummern orientieren können.

Im Bahnhofskiosk liegen die Zeitungen für den nächsten Tag aus. Die Verbraucherpreise steigen, Nordkorea baut Atommeiler wieder auf, den nächsten Banken droht die Pleite. Der amerikanische Präsident pumpt Geld in die Finanzmärkte, um sie zu stützen, eine Summe mit zu vielen Nullen, unbegreiflich; eine phantastische Zahl, die keiner glaubt und die gerade darum, weil sie so irre ist, niemand in Zweifel zieht. In London versteigert Damien Hirst seine Kunstwerke für siebzig Millionen Pfund, darunter ein toter, in Formaldehyd eingelegter Hai, der sein Maul aufreißt, und eine Vitrine aus Edelstahl mit aufgeschlitzten Industriediamanten. Neue Käufer stehen Schlange, aus Russland und den Vereinigten Arabischen Emiraten.

In der Gondel des Ballons drängen sich die Kunden. Zuerst wird ihr Name von der Liste gestrichen, dann wird ihnen ein Platz zugewiesen. Früher wurden sie «Seelen» genannt, aber das klang der Geschäftsführung zu poetisch, zu sehr nach Kirche, nach Auferstehung und ewigem Leben, nach der Abrechnung im Jenseits, an die schon seit Jahrzehnten keiner mehr glaubt. Das Leben da unten, sagten sie auf den Fortbildungen, sei nur noch das Leben. Ist es vorbei, ist es vorbei. Also sind die, die hier warten, jetzt Kunden. Bis zum Schluss hoffen sie, ihr Leben würde doch noch weitergehen.

Nadine saß schon in der S-Bahn, die sie nach Lichtenberg bringen sollte, als die SMS von Jan kam. Sie steigt am Hackeschen Markt aus. Ihre hochhackigen Schuhe nimmt sie in die Hand, um besser laufen zu können. Auf Strümpfen eilt sich nach Norden, die Rosenthaler Straße entlang, Richtung Wedding, Richtung Paris. Dort sitzt Tobias Naujoks und betrachtet die Fische, die ihm noch geblieben sind. Er wartet auf den Frieden, der ihn erfüllt, wenn er seinen treuen Untertanen beim Schwimmen zusieht und über ihre Existenz wacht.

Goran Kostic sieht die SEK-Busse kommen. Die Fenster sind vergittert, an den Seiten hängen Scheinwerfer, unter den Türen sind Trittbretter angebracht. Vor der Klinik springen die Polizisten in ihrer fünfundzwanzig Kilo schweren Ausrüstung auf die Straße: der Helm mit Freisprecheinrichtung, das Visier, die Gesichtsmaske. Eine schusssichere Weste, schwere Stiefel. Schutzschild und Lampen. Sie laufen auf die Klinik zu. Der Zugführer sagt: «Wie im Training, Jungs.»

Die Polizisten kommen auf Siebert zu, moderne Ritter, bedrohlich in ihrer Rüstung aus Kevlar und Titan. Der Angstschweiß breitet sich aus. Die Flecken unter Sieberts Achseln werden immer größer, das Hemd klebt an seinem Rücken, zwischen seinen Beinen sammelt sich Feuchtigkeit. Ein Polizist sieht kurz zu ihm hinüber – prüfender Blick durch das heruntergeklappte Visier – und geht dann weiter, auf den Eingang der Notaufnahme zu.

Jan hat sich auf den Boden des Rettungswagens gedrückt, die Waffe in der Hand. Er hört die schweren Schritte der Polizisten an ihnen vorübergehen. Der schwarze Engel blickt aus dem Fenster und lächelt selbstbewusst.

Der Aufzug bringt Lehmann in den zehnten Stock. Wolf knurrt in seinen Armen. Lehmann sagt: «Ruhig, Alter. Ganz ruhig. Gleich gibt es Futter.»

Kostic hat sich Feuer geben lassen, zieht an seiner Zigarette und wartet auf ein Zeichen des Zugführers. Vor der Notaufnahme steht ein Rettungswagen, der da nicht stehen sollte. Vom SEK hört er, ein Arzt oder ein Sanitäter würde im Wagen hinter dem Steuer sitzen. Keine Gefahr.

Er wirft die Zigarette zur Seite und geht zum nächsten Einsatzfahrzeug. Ein junger Polizist mit kurzen, blond gefärbten Haaren und hochgekrempelten Ärmeln versteckt sein Handy vor ihm, wahrscheinlich hat er gerade eine SMS an seine Freundin verschickt.

«Siehst du den Rettungswagen?», fragt Kostic.

«Der stand da schon», antwortet der Blonde gelangweilt.

«Der soll da abhauen», herrscht ihn Kostic an, «das ist doch gefährlich für den. Da darf kein scheiß Krankenwagen vor der Tür stehen.»

«Ja», sagt der Blonde und kratzt sich am Kopf, «der steht da nicht gut.»

«Und? Bin ich zuständig oder bist du zuständig?»

«Nee, ich geh schon.»

Der Polizist steigt aus, schiebt sich ein Kaugummi in den Mund und geht langsam auf den Krankenwagen zu. Lässig und entspannt, als würde er am Strand von Malibu auf die nächste Welle warten, winkt er dem Krankenwagen zu, aus der Einfahrt zu fahren. Kostic hat ihn noch nie gesehen, wahrscheinlich ist er von einem anderen Revier. Den wird er sich merken.

Unter der Angst, die ihn wach hält, spürt Jan die Schmerzen und den Schwindel. Im Rettungswagen müssten Tabletten liegen mit Wirkstoffen, die den Bausteinen seines Körpers eine neue Struktur geben. Übermenschliche Kräfte würden entstehen, die es ihm erlauben, durch Wände zu gehen oder über die Stadt zu fliegen oder sich mit einem Fingerschnipp unsichtbar zu machen. Er wäre ein Hulk, ein Captain America, der Spiderman. Einen schwarzen Engel bräuchte er dann nicht mehr, sondern würde von sich aus alles verbrennen und zerstören, was sich ihm in den Weg stellt. Aber jetzt, in diesem Augenblick, in dieser flirrenden Realität, droht ihm die Knarre aus der Hand zu fallen, so sehr zittert seine Hand.

Vor ihm sitzt Siebert und flüstert: «Wir sollen fahren.»

Jan antwortet nicht. Er starrt auf seine Hand und versucht, das Zittern unter Kontrolle zu bringen. Der schwarze Engel berührt seinen Arm und sieht ihm tief in die Augen. Beruhige dich.

«Ich fahre jetzt», flüstert Siebert wieder und bewegt seine Lippen kaum, weil er nicht will, dass ein Polizist auf ihn aufmerksam und er als Kollateralschaden aus dem Leben gefegt wird. Die Straße ist gepflastert, der Wagen holpert über die Steine. Wenn er aufsetzt, stöhnt Jan. «Hast du Tabletten?», fragt er, als sie die Polizeiabsperrungen schon hinter sich gelassen haben.

«Ja», antwortet Siebert, «in der Tasche müssten welche sein. Aber da komme ich jetzt nicht ran.»

Umgestürzte Stühle, eine eingetretene Tür. Direkt hinter dem Eingang zum Wartezimmer ein umgekippter Wasserspender, daneben eine große Lache. Über den Boden rollen Plastikbecher. Eine Reisetasche ist aufgerissen, ihr Inhalt verstreut: Unterwäsche, Badelatschen, ein Schlafanzug. Seife, Waschlappen, Zahnbürste, Zahnpasta, ein Einwegrasierer und Rasierschaum. Unter einem der Plastiksitze liegt ein Teddybär. In der Ecke hockt eine Frau und wimmert. Vier Patienten liegen auf dem Boden, sie halten ihre Arme schützend über den Kopf. Hinter einer Glasscheibe, die das Wartezimmer vom Flur trennt, steht eine Ärztin in einem blauen Kittel. Mit weit aufgerissenen Augen sieht sie Kostic an, als wäre er die Fortsetzung eines ungerecht über sie gekommenen Unglücks. Aus seinem Funkgerät hört er die Meldungen der SEK-Einheiten. «Zimmer 1», sagen sie, «nichts.» Auch in Zimmer 2 ist nichts, auch im Schockraum ist nichts, auch in den Räumen für HNO-Patienten und im Ultraschallraum ist nichts. Vorhänge werden zur Seite gerissen, Türen ohne Vorwarnung aufgestoßen, überall erschreckte Gesichter, Tumult, Verwirrung.

«Scheiße», flucht Kostic und sieht die Ärztin an, «wo ist das Arschloch?»

Die Ärztin schluckt. Eben noch hatte sie das Sagen, jetzt sieht die Notaufnahme aus wie ein Kriegsgebiet, das gerade von Rebellen erobert wurde.

«Hier ist ein Unfall reingekommen», fährt Kostic sie an, «das kann keine Viertelstunde her sein. Der wurde hier eingeliefert. Ein Mann. Dunkelblond. Mitte oder Ende zwanzig.»

Die Ärztin schüttelt den Kopf: «Wir hatten nur einen Unfall.»

«Und?»

«Der war nicht so schlimm.»

«Und?»

«Er ist mit Siebert zum Röntgen.»

«Wer ist Siebert?»

«Doktor Siebert. Assistenzarzt.»

«Und wo ist der jetzt?»

«Na, zum Röntgen.» Sie zeigt auf den Ausgang: «Da sind sie lang. Ist aber eigentlich der falsche Weg. Röntgen liegt auf der anderen Seite.»

Der SEK-Zugleiter geht an ihr vorbei und schiebt sein Visier zurück. Seine Kollegen haben ihre Maschinenpistolen lässig umgehängt, die Läufe zeigen auf den Boden. Er schlägt Kostic auf die Schulter und sagt: «Hier ist er nicht.»

Kostic schließt die Augen. Er sieht den Rettungswagen, direkt vor dem Eingang. Der Polizist mit den kurzen blonden Haaren, der sich gemächlich ein Kaugummi in den Mund schiebt. Der Wagen rollt langsam auf die Straße. Gerade eben. Als das SEK die Rettungsstation stürmte. Sein Fehler. Ab jetzt wird es persönlich.

Es ist anders. Die Ruhe stellt sich nicht ein. Er fühlt sich nicht mehr als Herr der Fische. Sein Reich ist zerstört. Nicht von einer höheren Macht, die Naujoks akzeptieren könnte, sondern von einem Trottel und Hanswurst. Er hat nicht nur das Aquarium zerstört, er hat auch seinem Leben den Rest gegeben. Natürlich war seine Karriere schon am Zerbrechen, aber die Risse waren noch nicht allzu sichtbar. Doch als das Glas zersprang, als das Wasser herausschoss und die Fische mit sich riss, war alles vorbei. Das Gleichgewicht war gekippt. Auch da hatte er es noch nicht wahrhaben wollen, schäkerte weiter mit der dummen Praktikantin, hing aber schon über dem Abgrund wie der Road Runner im Fernsehen, der noch fröhlich vor sich hin pfeift, obwohl er längst keinen Boden mehr unter den Füßen hat.

Die Laufbahn, die aus einem Versager einen Sternekoch gemacht hat, einen erfolgreichen Restaurantbesitzer, einen in der Stadt geachteten Mann, dem der Bürgermeister die Hand schüttelte, hatte immer nach einem Plan ausgesehen, nach einem roten Faden, einer echten Biographie. Aber jetzt, wo das Licht nur noch hinter fünf von sechs Aquarien schimmert, er allein in seinem Restaurant sitzt, die Essensreste und halb ausgetrunkenen Weinflaschen der geflohenen Gäste noch auf den Tischen, sieht er ein, dass er einer Lüge aufgesessen ist. Es hat nie einen Plan gegeben. Es gab nur Chancen und Risiken; Zufälle, Missgeschicke und günstige Gelegenheiten, die sich nun gegen ihn wenden.

Er hat sogar schon einmal nach einem Imbiss Ausschau gehalten, um sich aus dem Spiel zu nehmen. Im Wedding zum Beispiel, gleich am U-Bahnhof Pankstraße, für Ein-Euro-

Jobber und Paketzusteller, die vom Mindestlohn träumen. Auf den Mittelstreifen der Kreuzung könnte er einen Container stellen, davor ein, zwei Stehtische. Die Speisekarte wäre übersichtlich: Currywurst, Pommes frites, Kartoffelsalat, Thüringer Rostbratwurst. An guten Tagen scharfe Zwiebeln, an sehr guten Tagen Schaschlik. «Imbiss Tobias» könnte er den Laden nennen und auf das I keinen Punkt setzen, sondern einen Stern, als Erinnerung an alte Tage.

Bisher ist er nicht bereit gewesen für diesen Schritt, und auch jetzt spürt er die Fäden, die ihn eingesponnen haben und zurückhalten. Um sich endgültig zu lösen, braucht er ein Fanal. Ein Zeichen seiner neugewonnenen Radikalität, das alle Brücken endgültig hinter ihm abbricht.

Sein Blick fällt auf die verbliebenen fünf Aquarien. Er weiß, was zu tun ist.

Entschlossen geht er in das Hinterzimmer, wo ein großer Sack Meersalz lagert. Er schultert ihn und schnappt sich auf dem Rückweg in den Gastraum einen Stieltopf zum Schöpfen. Bei den Aquarien angekommen, öffnet er die Klappen und füllt das Meersalz Kilo für Kilo in die Becken mit den Süßwasserfischen. Die Pumpen stellt er auf maximale Stärke, sodass sich das Salz gut im Wasser löst. Als der Sack leer ist, setzt er sich wieder vor die Aquarien und sieht sich den Todeskampf an. Irgendetwas stimmt noch nicht.

Aus der Küche holt er den Kassettenrekorder und schaltet ihn ein. DJ Ötzi singt: «Ein Stern, der deinen Namen trägt …» Die Fische beginnen zu begreifen, dass sich ihre friedliche Umwelt in Gift verwandelt hat. Nervös schwimmen sie im Kreis. Ihre Leiber werden von Krämpfen geschüttelt. Der Kassettenrekorder leiert, die erste Fischleiche steigt an die Wasseroberfläche. Beim Anblick des Todes überkommt Naujoks eine so heftige Lust zu leben, wie er sie lange nicht gespürt hat. Er wird nicht nur ein neues Leben beginnen, er ist auch dazu berufen, neues Leben zu zeugen. Er muss den Akt nur vollziehen.

Auf der Personaltoilette hat er sein eigenes Schließfach. Hinter einer großen Schachtel Kopfschmerztabletten, einer ausgequetschten Tube Handcreme, hinter Mundwasser und Haaröl findet er, was er sucht: die fast volle Packung Viagra. Er wirft sich eine Tablette in den Mund, geht zurück in die Küche, spült mit einem guten Cognac nach. Eine halbe Stunde dauert es, bis die Wirkung einsetzt. Zehn Minuten wird er bis zum Strich in der Oranienburger Straße brauchen. Fünf Minuten für die Brautschau. Bleibt eine Viertelstunde, um das Ende der Fische zu beobachten. Die nächsten zwei Fische finden den Tod. DJ Ötzi singt immer noch: «Ein Stern, der deinen Namen trägt, hoch am Himmelszelt, den schenk ich dir.»

Er richtet die Waffe auf den Hinterkopf von Siebert. Das Zittern hat nicht nachgelassen. Der schwarze Engel flüstert, er solle sich zusammenreißen, was aber nicht so einfach ist. Die Schmerzen reißen Löcher in seine Wahrnehmung. Mal sieht Jan seine Umgebung klar umrissen, dann haken sich die Bilder fest, als wären sie auf eine Filmrolle gebannt, die im Projektor hängengeblieben ist. Er sieht nur noch schwarze Flächen mit einem hellen Flackern am Rand, durch die sich rote Streifen ziehen. Dann ist das Bild wieder da, die Umgebung springt ihm in die Augen: der Rettungswagen, Siebert, die Fassaden der Häuser, an denen sie vorbeifahren. Alles wirkt plötzlich furchtbar real, mit scharf gezogenen Kanten und mit Farben, die so intensiv leuchten, dass er die Augen schließen muss.

Als er sie wieder öffnet, sieht er am rechten Straßenrand ein Haus auftauchen. Es ist aus Betonplatten, leicht von der Straße zurückgesetzt, mit einem verwilderten Vorgarten und einer Durchfahrt zum Hof, die von Sträuchern und Büschen so überwuchert ist, dass er sie fast übersehen hätte. Der Engel zeigt mit dem Finger auf die Durchfahrt. Jan herrscht Siebert an: «Los. Da rein.»

Am Ende der Toreinfahrt ist der Weg mit Sperrmüll zugestellt. Eine Couch mit herausquellendem Schaumstoff, eine in ihre Einzelteile zerlegte Schrankwand, das Furnier löst sich von den Spanplatten wie die Haut nach einem Sonnenbrand. Dahinter, auf dem Hof, steht ein ausgeweideter Lkw, gebaut in Ludwigsfelde, zwei Jahre vor dem Fall der Mauer. Die Sitze aufgerissen, die Scheiben zersprungen, die Scherben über das Führerhaus verstreut, Reifen und Kabel angefressen von Mardern.

«Mach den Motor aus», befiehlt Jan. «Das Licht auch.»

Siebert gehorcht. Er schwitzt und stinkt, Jan kann seine Angst riechen, sauer und muffig. Er hört eine Sirene, die näher kommt. Das Zittern hat sich von der Hand über den ganzen Körper ausgebreitet. Auch Siebert zittert und fängt an zu beten. Jan glaubt, seinen Herzschlag zu hören, die schnellen und harten Schläge gegen die Rippen. Er sucht nach einem Satz, den er Siebert sagen kann. Sieht längst verstorbene Schauspieler vor sich, die immer noch durch die Fernsehkanäle geistern und auf Filmrollen, Videobändern und Festplatten zu ewigem Leben verdammt sind. Er sieht Männer, die Fernsehsätze sprechen, und hört sich sagen: «Eine Bewegung, und ich knall dich ab.» Der schwarze Engel lacht.

Die Sirene wird lauter, ein Streifenwagen schickt sein Blaulicht voraus. Jagt mit hohem Tempo an ihnen vorbei. Die Sirene wird leiser, Siebert hört auf zu beten.

Jan zieht die Wagentür auf und steigt aus. Sagt Siebert, er solle sich hinten auf die Trage legen. Dort fesselt er ihn mit Binden. In den Notfallkoffern findet er Tabletten. Er hält Siebert eine Schachtel nach der anderen vors Gesicht und fragt, welche er nehmen soll.

Siebert antwortet nicht. Er scheint in eine andere Wirklichkeit abgetaucht. Eine Wirklichkeit ohne Pistole, deren Lauf auf ihn gerichtet ist, und ohne Angst.

«Sind die gut?», schreit Jan ihn an und wedelt mit einer blauen Packung vor seinen Augen herum. Gibt ihm eine Ohrfeige, weil Siebert ihn nur anstarrt, und sagt: «Ich knall dich ab. Verstehst du? Ich knall dich wirklich ab!» Die Fernsehsätze kommen ihm schon leichter über die Lippen.

«Das sind Amphetamine», flüstert Siebert.

«Ist mir scheißegal», antwortet Jan, «ich will nur wissen, ob sie gegen die Schmerzen helfen.»

Siebert nickt. «Aber nicht auf leeren Magen nehmen.»

«Scheiß auf den Magen», brüllt Jan, drückt zwei Tabletten aus der Folie und schluckt sie herunter. «Ich habe schon gegessen. Heute Abend. Neun Gänge, einer kleiner als der andere. Piekfeines Restaurant. Riesige Aquarien. Warst du schon mal da?»

Siebert schüttelt den Kopf.

«Ist nichts Besonderes», sagt Jan und wartet auf die Wirkung der Tabletten. Die nächsten Sirenen nähern sich. «Komisch», fährt er mehr zu sich als zu Siebert fort, «eigentlich bin ich ganz friedlich. Verstehst du?» Dann springt er aus dem Krankenwagen und sagt: «Ich versteh es nicht.»

Er läuft auf die andere Straßenseite und sieht sich um. Der schwarze Engel folgt ihm nicht. Er sitzt neben Siebert und winkt zum Abschied. Als wolle er zeigen, dass Jan ihn nicht mehr braucht, weil er seine Lektion gelernt hat. Keine Panik, sagt sich Jan und grinst, einfach keine Panik haben.

Auf der anderen Straßenseite beißt der Schmerz wieder zu. Er torkelt in eine Hausecke und will sich nur kurz ausruhen. Die Tabletten hat er dabei. Nicht nur die blaue Packung, sondern auch eine rote von der gleichen Sorte und zwei Schachteln, auf denen «schmerzstillend» steht. Über ihm, im zweiten Stock des Hauses, wird ein Fenster aufgerissen. Eine alte Frau schaut zu ihm herunter. In ihren Augen ist er ein junger Penner in einem zerrissenen schwarzen Anzug. Das ehemals weiße Hemd ist verdreckt und hängt nur noch in Fetzen an ihm. Sein Gesicht ist geschwollen. Sie schreit ihn an, für ein Arschloch wie ihn sei hier kein Platz, sie werde die Polizei rufen, wenn er vor die Tür kotzt. Dann knallt sie das Fenster wieder zu.

Eine Hitzewelle überrollt ihn, die seinen Körper mit einem klebrigen Film überzieht und den Schmerz dämpft. Er drückt die nächsten zwei Tabletten aus der Folie. Blaulicht am Ende der Straße.

«Scheiße, der ist weg», sagt Kostic und sieht auf eine leere Straße. An einem Verteilerkasten hängen Werbeplakate für die Erotica 3000, Sex in fünf Hallen, vier Tage lang. Frauen in Reizwäsche, Männer fotografieren umsonst. Daneben eine Zigarettenschachtel, achtlos in den Rinnstein geworfen. Vom Rettungswagen keine Spur.

«Der verschwindet doch nicht einfach so», fährt Kostic fort, der sich mit Krause auf die Jagd gemacht hat, weil er nicht warten wollte und nicht warten konnte. Der Killer muss gestellt werden, bevor Fragen auftauchen.

«Der hat sich versteckt, lass uns umdrehen. Weit kann er nicht sein. Oder?»

«Keine Ahnung», antwortet Krause und bremst, «du bist der Boss.»

Sie setzen zurück und fahren langsam die Route ab, die sie gekommen sind. Die Scheinwerfer reißen räudige Vorgärten aus der Dunkelheit, halb totes Gebüsch geistert am Straßenrand herum. Ein Karnickel schreckt auf und hoppelt in die Toreinfahrt eines heruntergekommenen Plattenbaus. Aus den Fugen seines Betons wuchern kleine Bäume, Blumen und Unkraut. Hinter einer Hecke, in der Einfahrt des Hauses, schimmert die rote Farbe des Rettungswagens durch.

«Du hast doch keinen Schiss?», fragt Kostic.

«Quatsch», antwortet Krause, «ich doch nicht.»

Sie halten zwei Ecken weiter. Krause zieht die Waffe aus dem Holster. Zu Hause wartet ein Garten mit Terrasse auf ihn. Wenn er von der Arbeit kommt, kocht seine Frau Kaffee. Bevor die Kinder zur Schule gehen, gibt er ihnen einen Abschiedskuss. Er hat Hentschel in seinem Blut liegen sehen. Am Tatort war er einer der Ersten. Sein Bauch krampft sich zusammen. Schützenkönig haben sie ihn auf dem Schießstand genannt, ein Schützenkönig wird er sein.

Schweiß läuft ihm in die Augen. Er blinzelt. Neben dem Rettungswagen taucht ein Mann auf. Eher ein Schemen als eine wirkliche Gestalt. Er schreit und fuchtelt mit den Armen. In seiner Hand hält er einen Gegenstand. Das muss die Knarre sein.

Krause schreit, er solle die Waffe wegwerfen und sich auf den Boden legen, aber der Mann hört nicht. Fuchtelt weiter herum und kommt drohend auf ihn zu. «Leg dich hin, du Idiot», schreit er noch einmal, seine letzte Warnung. Dann schießt er, fünfmal schnell hintereinander, mit beiden Füßen fest auf dem Boden stehend, bis er sicher ist, das Schwein erwischt zu haben.

Die Wirklichkeit war in kleinen Schritten zurückgekehrt. Teilchen für Teilchen hat sich Sieberts Leben wieder zusammengesetzt. Vor achtundzwanzig Jahren ist er auf die Welt gekommen. Seine Kindheit hat er in einem Vorort von Stuttgart verbracht. Sein Bruder ist drei Jahre älter als er. Die einzige Schwester war zwei Jahre jünger, sie ist bei einem Autounfall ums Leben gekommen, noch als Teenager. Der Vater ist an einem Herzinfarkt gestorben, kurz nach Renteneintritt, er war Manager bei Bosch. Die Mutter lebt auf Mallorca. Sie hat das alte Haus und die Eigentumswohnung in der Stadt verkauft. Mit dem Geld hat sie eine kleine Finca erworben im Hinterland der Insel. Siebert sieht sie nicht mehr oft, alle zwei Jahre zu Weihnachten. Manchmal telefonieren sie. Es gibt nichts zu sagen. Seine Frau ist schwanger, im fünften Monat. Sie macht Pläne, die er nicht versteht. Arzt ist er gerne, aber er verdient in der Klinik nicht genug, um eine Familie ernähren zu können. Er hätte Elektriker werden sollen wie ein Schulfreund, der einen neuen Benz fährt.

Die elastischen Binden waren kein Problem. Er hat an ihnen geruckelt und war frei. Sein Peiniger war verschwunden. Er atmete durch. Noch nie schien ihm die Nacht so schön. Ein Rest von Sommer, aber ohne die Schwüle und die Pollen in der Luft. Der leichte Wind brachte die Bäume zum Schaukeln, oben in den Wipfeln, wo die Stämme schmal werden und die Spatzen dösen und sich wiegen lassen. Der Tod wollte nach ihm greifen, aber er war dem Tod entwischt und spürte die Unsterblichkeit. Seine Freude schrie er heraus, so laut er konnte. Dann fielen die Schüsse.

Er spürte sie, bevor er sie hörte. Ein Schuss traf ihn in die Schulter, zwei in den Oberschenkel, zwei verfehlten ihr Ziel. Um Siebert herum verwischten die Konturen der Welt. Es wurde dunkel und trübe, er hat keinen Schmerz verspürt, eher einen Schrecken, aber jetzt, wo die Helligkeit mit einem Schlag zurückkehrt, jetzt trifft ihn der Schmerz mit voller Wucht, ohne dass er ihn richtig lokalisieren kann. Er hat sich über den ganzen Körper ausgebreitet, als würden gesunde Zellen schwerverletzten Zellen dabei helfen, das Unheil auszuhalten. Siebert versucht, die Grenzen seines Körpers zu erspüren, doch auch das gelingt ihm nicht. Als würde sich der Schmerz mit der Außenwelt verbinden und in sie hineinragen oder, umgekehrt, als würde der Schmerz von außen kommen und seinen Körper durchdringen. Wie ein Lichtbündel, das durch das Gewebe schießt und durch Fleisch, Muskeln und Knochen fährt. Schrei, raunt der Schmerz ihm immer wieder zu, schrei, so laut du kannst.

Und Siebert schreit. Er schreit, als Krause seine Waffe vor Schreck zu Boden wirft und Kostic erkennt, dass sie den Falschen erwischt haben. Er schreit, als der Krankenwagen zehn Minuten später kommt und er auf die Trage gelegt wird. Über ihm baumelt eine Infusionsflasche mit Blutkonserven. Neben ihm her läuft Kostic, der Fragen stellt, aber nicht durchkommt, weil Siebert immer noch schreit. Die Sanitäter blocken ab.

Kostic lässt sich nicht abschütteln. «Da draußen», brüllt er die Sanitäter an, «läuft ein Mörder durch die Nacht. Ich brauche Antworten.»

Die Sanitäter schieben Siebert in den Krankenwagen. Er bekommt eine Spritze mit Schmerzmitteln, wahrscheinlich Morphium. Seine Schreie werden leiser. Bevor er wegdämmert, flüstert er, der Mann wolle doch nur zu seiner Freundin. Kostic sagt verärgert, an den Sanitätern vorbei: «Ja, das weiß ich schon. Hat er noch was anderes gesagt? Einen Namen? Was er macht? Wo er herkommt?»

Das Morphium breitet sich in Sieberts Körper aus. Es wird vom Herzen durch die Blutbahnen gepumpt. Strömt in den Bauch, in die Beine, in die Zehen, in den Kopf, erobert seine Erinnerungen. Wie Skelette in einer Geisterbahn tauchen sie auf: Der Streit mit seinem Kinderfreund, sie bewerfen sich mit Sand, er ist zwei Jahre alt. Er läuft über eine Wiese, das Gras reicht über seinen Kopf hinaus, und er hat Angst zu fallen. Sein Vater steht weit weg, die Arme ausgebreitet, und winkt ihm zu. Er stolpert voran, stolpert und stolpert durch sein Leben. Der Körper der Englischlehrerin, da war er sechzehn, und sie hatte Sehnsucht. Eine Nacht später steht er vor ihrer Tür, sie macht nicht auf. Der Gynäkologe, der seiner Frau Gel auf den Bauch schmiert, damit sie das Kind sehen können. Die Knarre an seinem Kopf und der Schweiß, der ihm den Nacken hinabläuft. Die schrille Stimme des Mannes, der ihn umbringen will. «Ich knall dich ab», hat er gesagt.

«Ein Restaurant», flüstert Siebert. «Neun Gänge. Mit einem Aquarium. Er war essen.»

Der Psychologe stellt die gleichen Fragen, wieder und wieder. Weber hat sie um die Ecke kommen sehen, bevor sie ausgesprochen wurden: Wie er sich fühle? Welche Gedanken in ihm vorgingen? Ob er das Gefühl habe, schuldig zu sein? Mit jeder Frage tastet sich der Psychologe weiter an den Augenblick des Todes heran, an die Vorgeschichte und die Frage, wie es passieren konnte. Seine Geschichte hat Weber nach und nach aufgebaut, hier ergänzt und dort poliert. Schon entfernt sich die Erinnerung vom Ereignis.

Es klopft, Bruns steckt den Kopf zur Tür herein und sagt, Weber solle mitkommen, es sei dringend. Weber folgt ihm durch den Flur, der gestern noch ein Laufsteg war, den er breitbeinig und mit durchgedrücktem Kreuz abgeschritten ist. Die Kollegen sehen ihn kurz an und blicken gleich wieder weg, wie vorhin. Keine Spur von Verständnis oder Solidarität. Nicht ein Satz, um zu sagen oder wenigstens anzudeuten, es hätte jedem passieren können.

Bruns zeigt auf das Funkgerät und sagt: «Da musst du reinsprechen. Vorher musst du den Knopf drücken. Du weißt doch noch, wie es geht? Ist ja kein Computer.» Die Kollegen im Hintergrund kichern.

Die Stimme von Kostic plärrt durch die Lautsprecher. Er fragt, wo sie den Killer festgenommen haben.

«In der Brunnenstraße», murmelt Weber, «Nähe Rosenthaler Platz. In einer Bank.»

«Gibt es da irgendwo ein Restaurant? Mit einem großen Aquarium?», fragt Kostic.

«Keine Ahnung.»

«Wieso hast du keine Ahnung?», fragt Kostic gereizt. «Ist doch dein Revier. Du musst doch wissen, wo es Aquarien gibt. Neun Gänge. Mit Fischen.»

Imbissbuden fallen Weber ein. Restaurants mit Gerichten ab zehn Euro für die Touristen. Hipster-Gaststätten mit abgehangenem Rindfleisch, kurz vor dem Verfallsdatum. Düstere Bierkaschemmen, die sich in lichtdurchflutete vegetarische Restaurants verwandelt haben, mit dürren Bedienungen, die von Mordanschlägen auf Metzgermeister träumen. Pizzerien natürlich, aber die haben keine Aquarien. Chinesische Restaurants haben Aquarien, aber keine neun Gänge. Außerdem das Paris. Klar, das Paris.

«Wo ist das?», fragt Kostic.

«Auch in der Brunnenstraße. Aber fast im Wedding.»

«Gut», sagt Kostic, «du hast mir sehr geholfen. Außerdem …»

«Ja?», fragt Weber.

«Geh nach Hause. Mach dir keine Gedanken. Es hätte jedem von uns passieren können. Schlaf dich aus, und morgen reden wir weiter. Okay?»

«Absolut», sagt Weber. Er ist den Tränen nah, kämpft gegen sie an. Nicht hier, nicht jetzt.

«Guter Junge», sagt Kostic. «Ich muss noch mal Bruns sprechen.»

Weber geht langsam aus dem Raum. In der Tür bleibt er stehen und blickt zurück. Keiner achtet mehr auf ihn. Die Kollegen sind versunken in die Jagd. Kostics Stimme scheppert aus dem Funkgerät. Er fordert Verstärkung an, dirigiert die SEK-Einheiten zum Paris. Er fragt, ob Weber immer noch im Raum sei.

«Nein», antwortet Bruns, der Weber in seinem Rücken nicht sieht, «der Idiot ist weg. Nach Hause gegangen. Zu Mama.»

Kostic lacht bitter. Der Lautsprecher dröhnt. Er sagt: «Ja, ist besser so. Da soll er auch bleiben. Bei Mama.»

Weber erstarrt. Bruns, der seine Anwesenheit zu ahnen beginnt, dreht sich um. Auch die anderen Polizisten drehen sich um. Sie starren ihn an. Keiner sagt ein Wort.

Weber geht zu den Umkleideräumen. Er schließt seinen Spind auf und hängt seine Uniformjacke auf einen Bügel. Unten, auf dem Boden des Spinds, unter seinen Schuhen, liegt noch das Quallen-Foto. Er hat es zerknüllt, aber nicht vergessen. Es erinnert ihn daran, dass er etwas Besseres verdient hat, als in zerbeulten Dosen durch die Stadt zu fahren und kleine Fische zu jagen. Er muss es nur beweisen.

Er geht hoch in den ersten Stock, wo Hentschels Leiche liegt. Ein weißes Tuch bedeckt seinen Körper. Weber ist alleine, die Kollegen sind auf der Jagd. Er hebt das weiße Tuch an. Hentschel wirkt friedlich. Bevor er gestorben ist, hat er ihm Worte zugeflüstert.

Hentschels Pistole steckt noch im Halfter, der Tatort darf nicht verändert werden. Alle haben Angst, etwas falsch zu machen. Er, Weber, nicht mehr. Er nimmt die Pistole an sich und durchsucht Hentschels Hose nach einem Autoschlüssel. Hentschel fährt einen Honda Civic, er müsste noch unten auf dem Parkplatz stehen. Mit Schlüssel und Pistole macht Weber sich auf den Weg. Er weiß, was Hentschel ihm sagen wollte.

5

SCHLICK

Die Pumpen im Aquarium arbeiten. Auf der Oberfläche des Wassers treiben die toten Fische. Naujoks wartet auf die Wirkung des Viagras und streicht sich die Haare aus dem Gesicht, dieses Bündel grauer Strähnen, das geschnitten werden müsste und gefärbt, um es wieder so schwarz zu machen wie früher, als Sex noch kein Problem war. Die Röcke der Frauen hat er hochgeschoben, Blusen mit der einen Hand aufgerissen und mit der anderen Hand die Hose aufgeknöpft. Titten hielt er in den Händen und Arschbacken. Manchmal haben sie es in der Küche getrieben, auf der Anrichte; manchmal im Büro, auf dem Schreibtisch.

Wenn er an damals denkt, an die Frauen und ihre Körper, ihre Haut und ihre Stimmen, kehrt die Gier zurück. Er sollte nicht mehr lange warten, die Pille hält vier Stunden, und er braucht die richtige Frau, sonst hilft auch das Viagra nicht. Wenn er in der Oranienburger Straße nicht fündig wird, fährt er weiter nach Charlottenburg, ins Artemis, direkt an der Autobahn, der Parkplatz abgeschirmt von neugierigen Blicken und Fotografen.

Er steht auf, um die Pumpen abzuschalten, und hört die Tür aufgehen und wieder zufallen. Er dreht sich um und sieht das Mädchen. Die Stöckelschuhe hält sie in den Händen, die

Strümpfe sind an den Sohlen aufgerissen. Die neongrüne Funktionsjacke hat sie sich um die Schultern gelegt. Schüchtern fragt sie, ob ihr Freund zurückgekommen sei.

«Ich habe ihn nicht gesehen», antwortet Naujoks, «seit er das Restaurant verlassen hat. Vor ungefähr drei Stunden. Willst du etwas trinken?»

«Danke. Nein. Er kommt gleich. Bestimmt bringt er das Geld mit. Er hat mir eine SMS geschrieben.»

«Sicher», antwortet Naujoks, «eine SMS. Er kommt bestimmt. Setz dich so lange. Warten wir auf ihn. Vierhundert Euro, richtig? Doch einen Champagner?»

«Wirklich nicht. Was ist mit den Fischen?»

«Die sind tot. Macht aber nichts. Sie hatten eine gute Zeit, jetzt ist sie vorbei.»

Sein Kellner hatte recht. Sie ist eine Spitzentussi. Wie ist sie nur an den Versager geraten? Eine Niete, die dazu verdammt ist, sein Leben lang zu verlieren. Zwei oder drei Kinder wird er ihr in kurzer Zeit machen, damit sie nicht auf die Idee kommt wegzulaufen. Schon nach dem ersten Kind werden sie nicht mehr ins Kino oder ins Restaurant gehen. Urlaub machen sie in Bulgarien, wo braun werden billig ist. Kein Italien, kein Paris, dafür eine Haushaltskasse, die nicht reicht. Essen von Lidl, Kleider von Primark. Ihre Haut wird teigig werden, ihre Brüste herabhängen. Sie hat ein besseres Schicksal verdient. Einen Kerl, der seine eigene Niederlage akzeptieren und in einen Sieg verwandeln kann. Einer, der nicht zuckt, wenn der letzte Fisch stirbt und die Tabletten ihre Wirkung entfalten.

«Ich kann dir auch einen Portwein anbieten», sagt er. «Den trinke ich jeden Abend. Er ist über vierzig Jahre alt. Zeigt gerade sein volles Aroma.»

Sie schüttelt den Kopf.

«Schade», erwidert Naujoks und schenkt sich ein Glas ein. Hebt es vor die Augen und betrachtet die rotbräunliche Färbung. Fühlt das Blut in seinen Schwanz fließen und ihn steif werden. Er sagt: «Du nimmst ihn in den Mund und spürst ihn überall. Immer schmeckt er anders: auf der Zunge, am Gaumen, im Rachen.»

Naujoks schmeckt dem Portwein nach, den Geschmacksstoffen in der öligen Konsistenz. Nur Sex ist besser. Er geht zur Eingangstür.

«Wenn mein Freund nicht kommt», sagt das Mädchen, das ihm verwirrt mit den Augen folgt, «kann ich abwaschen.»

«Abwaschen?» Naujoks lacht. «Das ist doch kein billiger Film hier.»

Das Mädchen zieht ihre Jacke enger um den Oberkörper. Er spürt eine Mauer zwischen ihnen. Er muss sie durchbrechen, um zu ihr zu kommen und um ihr zeigen zu können, wer er ist und was es ist, der reine Sex, das Vögeln und Ficken. Früher hat er den Escort-Service angerufen und Koks verteilt. Aber es fehlte die elementare Prise Abenteuer, der Reiz der Übertretung, der Kitzel des Verbotenen.

«Oder ich lasse ein Pfand hier und komme morgen wieder», redet sie hastig weiter, «mit dem Geld. Meinen Personalausweis kann ich hierlassen. Oder den Führerschein. Und morgen bringe ich das Geld.»

«Tut mir leid», sagt Naujoks und schließt die Vordertür ab, «bezahlt wird jetzt.»

Sie weicht seinem Blick aus und sucht nach einer Fluchtmöglichkeit. Vielleicht die Tür zur Küche.

Naujoks sagt: «Hinten ist auch abgeschlossen.»

Das Amphetamin schlägt durch. Über Jans Gehirn wird Adrenalin, Noradrenalin und Dopamin ausgeschüttet. Hunger und Durst, Schmerzen und Müdigkeit sind kaum mehr zu spüren. Kraft und Schnelligkeit nehmen zu, Kreislauf und Körper bereiten sich auf große Belastungen vor. Der Blutdruck steigt, die Bronchien weiten sich, Euphorie hält Einzug. Alles ist möglich, auch in dieser Nacht, in der sich die Gefahren versteckt haben, die schon immer in der Dunkelheit lauerten; die Spuren in den Wäldern, das Fauchen aus den Höhlen, Knochenreste verteilt über eine Lichtung.

Auf der anderen Straßenseite, im Paris, sind die Rollos heruntergezogen. Das Leuchtschild ist ausgeschaltet, die Blumenkübel links und rechts vom Eingang zur Seite geschoben, der rote Teppich verschwunden. Nadine ist längst weg, natürlich ist sie weg, was hat er denn erwartet? Die beschissenen Ringe, die kann er wegwerfen, oder er schickt sie ihr, als Erinnerung an das Leben, das sie hätte haben können, mit ihm. Nein, er sollte sie wegwerfen. Auf ihn warten zwanzig oder dreißig Jahre Knast. Wenn er freikommt, wird er alt und dick sein. Seine Haut wird fettig werden, sein Hirn zerfressen von der Langeweile im Knast und dem Heroin, um sie zu vertreiben. Kein Engel, und sei er noch so schwarz und düster, wird ihn mehr retten.

Er hört einen Schrei. Von einer Frau. Aus dem Restaurant, da ist er sich sicher. Durch die Ritzen der Rollos scheint auch Licht zu schimmern. Vielleicht ist sie noch da. Ihm wird übel, er will nicht daran denken, tut es aber doch: Nadine allein mit dem feisten Kellner und dem schmierigen Chef.

Er geht über die Straße und bleibt vor der Tür stehen. Dahinter hört er hastige Schritte, ein Tisch oder ein Stuhl fällt zu Boden. Wieder ein Schrei, wieder eine Frau. Nadine, mit Sicherheit Nadine. Und die Stimme eines Mannes, herrisch und ungeduldig. Beide Stimmen entfernen sich, sind kaum noch zu hören, wahrscheinlich in einem anderen Raum oder hinten in der Küche. Er rüttelt an der Tür, sie ist verschlossen.

Vor dem Nachbarhaus steht das Gerippe eines Fahrrads. Reifen, Sattel, Gepäckträger und Lampen sind abgebaut, selbst das Schutzblech fehlt. Die Fahrradgabel könnte helfen. Er zerrt das Gestell vor den Eingang des Restaurants. Der Atem geht schwer, trotz der Amphetamine. Noch mehr Pillen will er sich nicht einwerfen, vielleicht braucht er sie noch, später, wenn er auf der anderen Seite der Tür ist.

Die beiden Enden der Gabel schiebt er zwischen Tür und Rahmen. Im rechten Arm, den die Kugel getroffen hat, flackert der Schmerz wieder auf. Jan hält inne und wartet, dass er nachlässt. Lehnt sich an den Türrahmen, atmet mehrmals tief durch. Er friert. Kalter Schweiß auf dem Rücken, das unterdrückte Fieber. Keine Zeit, um sich auszuruhen. Es ist viel zu still hinter der Tür.

Mit seinem Gewicht stemmt er sich gegen die Gabel. Er glaubt, Holz splittern zu hören, dann verlässt ihn die Kraft. Ich brauche nur eine Pause, sagt er sich und spürt, wie das Blut aus der Wunde durch den Verband suppt und den Arm hinabläuft.

Beim zweiten Versuch lehnt Jan sich mit dem Rücken gegen eine Seite des Türrahmens und drückt mit den Füßen gegen die Gabel. Wieder hört er Holz splittern, aber die Tür bleibt zu. Hinter ihr werden die Stimmen wieder lauter. Er hört Nadine, sie schreit und weint zugleich. Gier und Wut in der Stimme des Mannes.

Der dritte Versuch. Er stemmt sich erneut gegen den Rahmen. Fühlt, wie die Wirkung der Amphetamine langsam nachlässt. Der Schweiß bricht wieder aus, die Schmerzen nehmen zu, der Schwindel droht ihn einzuholen. Er sammelt die letzten Reserven aus entlegenen Winkeln seines Körpers zusammen und presst die Beine gegen die Gabel.

Er fällt mit der Tür in das Restaurant. Am Ende des Raumes, bei den Aquarien, steht Naujoks. Die Hose hängt ihm zwischen den Beinen. Er drückt Nadine auf den Tisch. Ihre Beine hat er auseinandergezwängt. Sie schlägt um sich und kratzt ihn. Er stößt ihr eine Faust ins Gesicht. Jan zieht die Knarre, aber der Schweiß läuft ihm jetzt über den Rücken und perlt auf seiner Stirn. Seine Hände sind feucht, sie sollten trocken sein.

Nadine hört auf zu schreien. Naujoks dreht sich um und blickt in den Lauf der Waffe. Zieht die Hose hoch und grinst. «Ist das eine Knarre oder ein Spielzeug?», fragt er.

Wo ist der schwarze Engel? Was soll er tun? Jan wird schwarz vor Augen. Mühsam reißt er die Lider auf. Nadine schreit ihm etwas zu, er versteht es nicht. Die Fernsehsätze fallen ihm wieder ein. Er sagt: «Ich knall dich ab.»

Naujoks schüttelt den Kopf. «Du knallst mich nicht ab», sagt er und streckt seine Hand nach der Waffe aus, «das willst du gar nicht. Mach keinen Scheiß. Nimm deine Tussi und verpiss dich.»

Jan geht einen Schritt zurück, zielt weiter auf Naujoks. Seine Hände zittern immer stärker.

Naujoks lacht: «Komm, gib mir die Knarre.»

Warum schießt Jan nicht? Warum zittert er so? Warum befreit er sie nicht? Das Schwein lag über ihr. Hat sie auf den Tisch gestoßen. Sie bohrte ihm die Fingernägel ins Gesicht. Konnte in die Küche entwischen. Rüttelte an der Hintertür, auch sie verschlossen. Kein Ausweg.

Das Messer lag auf dem Tisch. Er wollte es ihr aus der Hand schlagen. Sie floh zurück in den Gastraum. Er knöpfte sich die Hose auf. Sie holte aus und verfehlte ihn. Er hielt ihre Hand fest und entriss ihr das Messer. Sie strampelte, kratzte ihn, spuckte ihn an. Seine Faust traf ihr Gesicht. Die Tür flog auf. Das Schwein drehte sich um. «Drück ab», schrie sie Jan zu, «der bringt uns um», aber Jan schien sie nicht zu hören.

Nadine hebt das Messer auf. Ihr Vater war Metzger, die Bauern haben ihn gerufen, zur Hausschlachtung im späten Herbst. Er fuhr einen alten Barkas, seit zwanzig Jahren, mit genug Platz für die Wannen aus Zink, die Messer und Sägen. Das Tier hat schrill gequiekt, als es aus dem Stall gezerrt wurde, wie Kreide auf einer Tafel. Der Bolzen durchschlug den Kopf, das Messer zerschnitt die Kehle, das Blut wurde in Töpfen aufgefangen. Der Körper hing an einem Haken. Die Innereien fielen in eine Plastikwanne. Ende November war es, die Bäume schon kahl und der Himmel grau. Das Land hatte alle Farbe verloren und jede Lieblichkeit. Nur das Blut im Topf war rot und dampfte in der kalten Luft.

Sie sticht zu, das Messer trifft den Hals, die Schlagader wird durchtrennt. Naujoks hat nicht einmal Zeit, den Schmerz zu spüren. Blut ergießt sich auf den Boden, sechs Liter sind in einem Mann. Das Herz pumpt und pumpt und pumpt. Der Körper schreit nach Sauerstoff. Das Gehirn wird nicht mehr versorgt. Lebenswichtige Funktionen versagen. Er stirbt mit aufgerissenen Augen.

Sie sieht ihn fallen. Sieht Jan wanken. Sieht sich, gespiegelt in einer Fensterscheibe: das Kleid zerrissen, Kratz- und Bissspuren am Hals und im Gesicht, der Mundwinkel ist eingerissen. Vor ihr liegt Naujoks wie ein gestrandeter Wal.

«Das wollte ich nicht», stammelt Jan. «Ich wollte das alles nicht.»

Kurz bevor Lehmann ins Bett geht, gibt er Wolf zu fressen, meistens Rind in Gelee mit Fischöl, von Aldi. Der Hund frisst langsam, Bissen für Bissen, methodisch und unersättlich. Würde Lehmann das Futter nicht gut einteilen, wäre der Hund längst von seinem eigenen Gewicht erdrückt worden. Er selbst hat nur noch wenig Appetit. Isst morgens einen Joghurt, mittags ein Paar kalte Wiener mit einer Scheibe Toastbrot, abends einen halben Teller Suppe aus der Dose.

Von seinem Balkon sieht er auf die Stadt hinunter. Auf der großen achtspurigen Straße unter ihm fahren nur noch wenig Autos so tief in der Nacht, aber ruhig wird es nie. Am Horizont, im Westen, entdeckt er ein neues Hochhaus in der Skyline. Es muss in der Nähe des Tiergartens stehen, ist vielleicht aber auch schon länger da, in seinen Erinnerungen verschwimmen die Jahre. Er hat jeden Tag gelebt, ist jeden Tag aufgestanden, hat jeden Tag geatmet und gegessen und ist auf Toilette gewesen. Jeder Tag war einmal wichtig, aber nun fällt es ihm schwer, sich an Jahre zu erinnern. An Ereignisse. An Menschen.

Manchmal, unvermutet, mitten am Tag, tauchen Bilder aus der Vergangenheit auf, so plötzlich und heftig, dass er in einer Bewegung erstarrt. Da ist sein Vater, da ist seine Mutter. Sie fahren in einem Wagen über das Land, an einen See, um zu baden und zu zelten. Wahrscheinlich ist es die Uckermark. Er sitzt mit dem Vater in einem Boot, sie angeln. Sie braten Zander über dem offenen Feuer. Nachts kann er nicht schlafen. Seine Eltern flüstern und lachen und atmen laut. Die Mutter schreit, der Vater hält ihr die Hand vor den Mund, sie lachen wieder. Der Vater verlässt das Zelt und springt in den See. Ein heller Himmel, Vollmond, Glanz auf dem Wasser. Seine Mutter nimmt ihn in den Arm und summt.

Er sieht ihr Haus, im Oderbruch, vor den Seelower Höhen. Die Granaten während der letzten großen Schlacht des Krieges. Die Nachricht vom Tod seines Vaters, gefallen auf dem Balkan, Ehre dem Vaterland, Ehre dem Führer. Der Sommer danach. Lehmann ist zehn Jahre alt. Er fährt auf einem Leiterwagen über die Schlachtfelder und hilft, die Leichen einzusammeln. Manchmal finden sie nur noch Teile: einen Arm, einen Fuß, einen Beinstumpf in einem Stiefel, einen Torso, der im Morast versunken war. Er hat Angst vor den Minen, den Nachzüglern des Krieges, die noch Beute machen nach seinem Ende. Die Extrarationen Brot für das Einsammeln der Toten. Dunkle Laibe holt er von der russischen Kommandantur, mit Sägespänen gestreckt. Die Russen sind nicht schuld am Hunger, aber sie haben Schuld an der Mutter. Sie sitzt am Fenster und stiert nach draußen. Sie hängt in der Scheune am Seil. Es fällt ihm schwer, sich an ihr Gesicht zu erinnern.

Das Wohnzimmer hat Lehmann seit der Wende nicht verändert. Er hält es penibel rein. Staubt jeden Tag die Stühle ab, die Schrankwand und die Sessel aus den Werkstätten in Hellerau, Meisterleistungen des Designs der Deutschen Demokratischen Republik. Die Inneneinrichtung für das System:

funktional, ordentlich, auf den Zweck reduziert, sauber. Seine Frau ist an Krebs gestorben, schon vor Jahren.

Er zündet sich eine Zigarette an, nur eine einzige gönnt er sich jeden Tag. In der Wohnung nebenan wird die Stereoanlage aufgedreht. Junge Leute sind eingezogen mit gefärbten Haaren, die ihn an Wackelpudding erinnern. Sie hören laut eine Musik, die sich aus dumpfen und schnellen Schlägen zusammensetzt, deren Rhythmus sich nicht verändert. Es klingt wie eine Industriemaschine. Er hämmert gegen die Wand, wenn er es nicht mehr aushält.

Er hat immer Karo geraucht, schon zu DDR-Zeiten, und ist dabei geblieben, obwohl die Schachtel auch nicht billiger ist als eine Schachtel Marlboro und die Marke jetzt einem West-Konzern gehört. Bei der Parteischulung haben sie von Lenin gelernt, dass die Kapitalisten ihnen noch den Strick verkaufen würden, an denen sie aufgeknüpft werden. Aber es ist anders gekommen. Flotten von Trabis fahren durch die Stadt, Touristen wollen sich die Reste des Sozialismus ansehen und kaufen Anstecker mit Hammer und Sichel. Sie freuen sich über Russenmützen und reißen Witze über den putzigen Arbeiter-und-Bauern-Staat, der in der Geschichte verpufft ist, als hätte es ihn nie gegeben. Als hätte er, Lehmann, nicht sein Leben in ihm verbracht. Jahre, die einfach verschwunden sind und wertlos, von denen keiner mehr etwas hören will.

Er zieht an der Zigarette. Unter ihm liegt die Stadt, die nicht mehr seine Stadt ist, die eine andere Gestalt angenommen hat, andere Geräusche, andere Gerüche. Eine Stadt, die er nicht will und die mit ihm nichts mehr anfangen kann.

Die Kippe wirft er vom Balkon, sie fällt zwölf Stockwerke in die Tiefe, vorbei an Balkonen und Baumwipfeln. Dann zieht er die Vorhänge zu und geht ins Bett. Durch die offene

Schlafzimmertür ruft er seinem Hund gute Nacht zu, aber Wolf schnarcht schon. Es werden andere Zeiten kommen, aber nicht für ihn.

Sei gegrüßt, Tobias Naujoks, es ist vorbei. Was immer du warst, was immer du getan hast, ob du ein Schuft gewesen bist oder ein Held, ein Held, der auch ein Schuft war, oder ein Schuft, der auch ein Held war: Es ist vorbei. Du bist befreit von der Last der Vergangenheit, von den Erinnerungen und ihrem Gewicht, von deinen guten und deinen schlechten Taten. Dein Name wird aus der Liste gestrichen, setz dich zu den anderen Kunden. Es ist eine Freude, dich an Bord zu haben. Eine fröhliche Runde ist hier oben zusammengekommen, Hentschel hast du noch nicht kennengelernt, aber ohne ihn wäre dein Schicksal womöglich ein anderes gewesen. Setz dich zu ihm, genieß die letzten Augenblicke der Geschichte, in die auch du dich verirrt hast, ein Dominostein unter Dominosteinen. Es dauert noch ein paar Stunden bis zum Abflug, die Schicht endet um sechs Uhr, bis dahin können noch viele Lieder gesungen werden von Abschied und von großer Fahrt.

Es ist natürlich kein Vergleich zu jenen längst vergangenen Zeiten, als die Seelen noch frisch gebadet in ihren besten Anzügen, mit weißen Hemden und polierten schwarzen Schuhen hier oben auftauchten. Ernst saßen sie zusammen und fürchteten das Jüngste Gericht. Die Geschäftsführung konnte sich mit dieser Ernsthaftigkeit nie anfreunden, aber Zeitgeist ist Zeitgeist, auch jetzt, wo das irdische Leben dem Prinzip von Angebot und Nachfrage folgt und die Menschen so inbrünstig an die unsichtbare Hand des Marktes glauben wie einst an den Heiligen Geist und die jungfräuliche Empfängnis. Auch hier oben wurde rationalisiert, die Personalplanung und die Einsätze mit Hilfe aufwendiger Datenverarbeitung auf den neuesten Stand gebracht. Wurden Hierarchien abgeflacht, Flexibilität gefordert, Mobilität vorausgesetzt, die Strukturen verschlankt, die Effektivität erhöht. Notwendige Maßnahmen, um der immer größer werdenden Menge an Kunden Herr zu werden. Es wurden auch Kräfte freigesetzt, überflüssige Ressourcen abgebaut, nicht immer mit den besten Ergebnissen. Schließlich gilt das Gesetz der Energieerhaltung, nach dem keine Kraft je verlorengeht, sondern die Energie immer konstant bleibt. Sie wird höchstens verdrängt, von einem Ort an einen anderen, und lässt ein Kraftfeld entstehen, das Schicksale schmiedet.

Es soll jedoch nicht vergessen werden, dass sich die Dominosteine selbst aufgestellt haben. Kein Gott und keine höhere Macht hat sie an ihren Ort befohlen. Niemand hat Goran Kostic zu der Frau seines Kollegen geschickt. Niemand hat ihm geraten, sich Hals über Kopf in die Jagd nach einem Mörder zu stürzen, und sicher wäre es besser gewesen, mit kühlem Verstand den Einsatz zu leiten oder – noch besser – auf seine Vorgesetzten zu warten und die Verantwortung abzugeben. Teils wird er aus Sorge um seine Karriere gehandelt haben, teils wird es das schlechte Gewissen gewesen sein, das ihn nun an das Ende der Brunnenstraße getragen hat, vor die Tür des Paris. Er weiß, dass er am Ziel der Jagd ist, aber nicht am Ziel der Nacht. Die Tür des Restaurants steht offen, das Skelett eines Fahrrads liegt davor, und er meint, ein leises Wimmern zu hören.

Kurz überlegt er, allein in das Gebäude zu gehen und den Mörder zu stellen, aber er bräuchte Deckung, und auf Krause kann er nicht mehr bauen, der murmelt nur noch vor sich hin. Die SEK-Einheiten hat er gerufen, Illusionen macht er sich keine. Zu viel Blut ist geflossen, zu viel ist schiefgegangen, und er weiß noch nicht einmal von dem toten Koch hinter der Tür.

Bald wird nach Schuldigen gesucht werden, zuerst in den Zeitungen, dann im Präsidium, am Ende unter den Kollegen. Es wird Jahre dauern, bis Gras über die Sache gewachsen ist. Für Afghanistan werden Ausbilder gesucht, vielleicht kann er da überwintern. Vorher muss er zu Roya und ihr die Nachricht überbringen.

«Scheiße», murmelt Kostic und wirft die halb gerauchte Zigarette in den Rinnstein: «Ist doch scheiße.» Über Funk kommt die Anweisung, er solle auf Kröger warten, den Chef der Polizeidirektion. Die erste SEK-Einheit springt aus ihrem Bus.

Nur zwanzig Meter weiter, hinter einer Hauswand, sitzen Jan und Nadine auf kalten Fliesen. Vor ihnen liegt Naujoks. Sein Herz hat längst aufgehört zu schlagen, das Blut sickert immer noch auf den Boden.

«Was machen wir?», stammelt Nadine. «Wir müssen die Polizei holen.»

Jan schüttelt den Kopf. «Wir holen niemanden. Es ist zu spät.»

Drei weitere Tabletten hat Jan geschluckt, gegen die Erschöpfung. Vor der Tür hört er Autos bremsen, Befehle werden geflüstert, schwere Stiefel auf dem Pflaster. Auch er macht sich keine Illusionen. Eine Tat erzeugt die nächste, Kraft und Widerstand, die Energie sucht die Balance und tritt ihm als Schicksal entgegen.

Weber sitzt in Hentschels Wagen, die Waffe liegt auf dem Beifahrersitz, die Straße ist frei. Bevor Maßnahmen ergriffen werden können, das SEK aufgestellt ist und Kröger den Befehl zum Zugriff gibt, will er die Sache beendet haben. Er kennt die Lage, er kontrolliert seine Wut und richtet sie auf das Ziel.

Nadine versucht die Bilder vor ihren Augen zu verscheuchen. Sie wedelt mit der Hand, als wären der Tod und das Blut kleine Hunde, die ins Körbchen gehen, sobald es ihnen befohlen wird. Aber es sind keine Hunde, es sind Resultate des Dominospiels, an dem auch sie beteiligt war, weil sie sich zu spät entschieden hat. Eine kleine Zeitverzögerung nur, doch sie verschob die Energien, ließ neue Kraftfelder entstehen, in denen sich Ereignisse verketten konnten, die besser voneinander getrennt geblieben wären.

Das Messer steckt immer noch in der Leiche. Jan zieht es heraus und wischt den Griff sorgfältig ab. Er kann Nadine retten, sonst hat er nichts mehr zu verlieren. Ihre Hände sind kalt, ihr Blick abwesend. Er flüstert ihr zu, dass sie gehen müsse. Nach draußen laufen und um Hilfe rufen. Sie hätten sich verabredet, es hätte Streit gegeben, er habe Naujoks umgebracht. Mit dem Messer. Er, Jan, und nicht sie. Ob sie ihn verstanden habe?

Nadine schüttelt den Kopf. Ihr ist kalt, dabei ist noch gar nicht Winter. Sie fragt, ob sie eine Decke haben könne, aber Jan scheint sie gar nicht zu hören. Er brüllt sie an, sie solle endlich verschwinden, sich retten, es genüge doch, wenn er bleibt, sie habe keine Schuld und solle endlich, endlich abhauen. Aber wohin denn, um Gottes willen, wohin soll sie? Da ist kein Zuhause mehr. Da ist kein Ort, an den sie gehen kann. Überall werden die Bilder sein. Das Schwein über ihr. Das Messer. Der tote Mann. Das Geräusch, als der Körper fiel. Die starren Augen. Der offene Mund. Der Geruch.

Kröger kommt. Er bringt das ganze Arsenal mit: die Scheinwerfer, den Bus für die Verhandlungsgruppe, die Lautsprecher, noch mehr SEK. Er bringt eine Strategie mit, gut ausformulierte Einsatzpläne. Für alles gibt es Regeln, auch für Notfälle.

Er klopft Kostic auf die Schulter und sagt, es wird schon werden. Er solle vom Präsidenten grüßen, der leider nicht kommen könne, morgen sei eine wichtige Senatssitzung. Aber die Polizei stehe hinter ihm, hinter Kostic, lässt der Präsident ausrichten, keine Frage.

Krögers Uniform ist zerknittert, er hatte sie schon gestern an, Spuren des Kantinenessens finden sich auf der Jacke, Spaghetti bolognese. Sein Assistent kommt später, mit einer Ersatzuniform, falls er vor die Presse treten muss. Im Weggehen sagt Kröger, Kostic könne gerne mit in den Bus kommen und zusehen, wie Profis die Sache schaukeln. Kostic winkt ab. Für Afghanistan muss er sich zwei Jahre verpflichten, die Familie bleibt in Deutschland.

In den Nachbarhäusern laufen SEK-Einheiten die Treppen hoch. Erschrockene Hausbewohner stehen in Schlafanzügen an den Wohnungstüren und werden zurückgestoßen. Kopf runter, auf den Boden legen, von den Fenstern fernbleiben. Auf Anordnungen warten.

Drei Einheiten liegen auf den Dächern. Die Scharfschützen haben freie Sicht auf das Haus gegenüber. Sie warten auf Befehle, sind Instrumente in der Hand von Kröger, der es sich im Bus bequem macht und die Lage sondiert wie ein Kapitän sein Schiff. Er lässt die Scheinwerfer anschalten.

Weber parkt das Auto. An der Absperrung warten Journalisten auf Informationen und Touristen auf ein Spektakel. Weber zeigt seine Dienstmarke. «Kostic hat mich gerufen», sagt er, «ich bin der Einzige, der das Schwein schon einmal gesehen hat.» Die Polizisten zögern. «Geh durch», antwortet schließlich einer, «aber pass auf dich auf. Da wird scharf geschossen, ist nichts für kleine Kinder.»

Das grelle Licht der Scheinwerfer lässt Stühle und Tische Schatten werfen. Auch die Leiche wirft Schatten. Jedes Detail ist zu sehen. Das zerbrochene Aquarium, die toten Fische, Nadines Schuhe auf dem Boden. Die blecherne Stimme eines Mannes. Er sagt, Jan solle vernünftig sein und herauskommen, mit erhobenen Händen, ohne Waffe.

Nadine wollte nicht gehen. Er hat sie angeschrien, hochgezerrt, wollte sie nach draußen schubsen, aber sie ließ sich fallen und klammerte sich an ihn. Wieder die blecherne Stimme. Jan geht zur Tür. Die Scheinwerfer blenden ihn. «Verschwindet», schreit er und hebt die Waffe.

Der Schuss trifft eine Scheibe. Das Glas zerbricht und fällt klirrend zu Boden. Polizisten flüchten sich hinter Autos, über Funk brüllen sie sich an. Kröger steckt seinen Kopf aus dem Bus. «Dreckseinsatz», flucht er und sieht Kostic an.

Weber ist in Krögers Plänen nicht vorgesehen. Im Durcheinander hat er sich bis zur Toreinfahrt geschlichen, neben das Paris. Wenn das Schwein aus der Tür kommt, wird er ihn treffen.

Die blecherne Stimme sagt, dies sei die letzte Aufforderung. Jan zieht Nadine hoch. «Komm», sagt er, «wir müssen gehen.» Er legt ihr die neongrüne Funktionsjacke um die Schultern. Er küsst sie. Er sagt: «Du bist unschuldig. Vergiss das nie. Es ist alles meine Schuld.» Die kleine Schatulle mit den Ringen steckt er in ihre Jackentasche. Sie fragt, ob er jetzt eine Decke für sie habe. «Ja», antwortet er, «gleich habe ich eine Decke für dich.» Dann setzt er ihr die Pistole an den Kopf.

Keiner hat den Scharfschützen etwas von einer Geisel gesagt. Sie sind irritiert. Die Frau steht im Schussfeld. «Ein echter

Killer», flüstern sie in ihre Funkgeräte. Kröger schnauzt sie an. Sie sollen die Klappe halten, er hat das Kommando.

Doch die Kräfte des Schicksals haben aufgehört, auf ein Kommando zu hören oder sich nach Plänen zu richten. Schon lange ist nicht mehr zu sagen, wer Herr der Lage ist und wen es zu seinem Knecht macht. Das Schicksal mag blind sein, aber es kennt die Richtung.

Es schickt Nadine in das gleißende Licht. Es lässt Jan aussehen wie einen Mörder. Es lässt die Scharfschützen verzweifeln, Nadine steht ihnen im Weg. Es lässt Weber aus der Hauseinfahrt treten und Jan sich umdrehen, weil er eine Bewegung spürt. Es lässt Kröger «Zugriff» brüllen und Kostic über die Straße rennen, um zu retten, was er nicht mehr retten kann. Es lässt Weber die Waffe heben. Er war eine Qualle, er wird ein Rächer, er drückt ab.

Jan taumelt. Reißt Nadine mit zu Boden. Sein Blut auf ihrem Gesicht und auf ihrem Kleid. Sie kriecht auf allen vieren über das Pflaster. Die Scharfschützen haben freies Schussfeld. Jan rappelt sich auf. Sieht seine Eltern und seine Lehrer. Sieht seine Mitschüler und sieht seinen Bruder. Sieht Heuhausen. Sieht seine verzweifelte Suche nach Leben. Sieht Nadine, die nicht bei ihm bleiben wollte. Sieht Hentschel und sieht Naujoks. Er sieht den Schlick, der ihn zu Boden zieht und verschlingen will. Er schreit: «Verschwindet endlich!», und hebt die Waffe.

Geboren wurde Jan Herzog vor einundzwanzig Jahren. Er liebte die Musik von Burt Bacharach und alte Filme im Nachtprogramm des Fernsehens. Die Kugeln der Scharfschützen treffen ihn in die Schulter, ins Knie, in den Kopf und ins Herz. Er war kein schlechter Mensch. Sei gegrüßt!

6
TREIBGUT

Sie haben ihr eine Spritze zum Einschlafen gegeben. Sie haben ihr Gesicht gewaschen, Salbe auf die Haut geschmiert, die Wunden verbunden. Die Augen sind zugeschwollen. Ihr Kleid und ihre Schuhe stecken in einem blauen Sack. Die neongrüne Funktionsjacke hängt an einem Haken an der Tür. Sie liegt in einem Einzelzimmer, obwohl sie Kassenpatientin ist. Das Nachthemd riecht nach Waschmittel und Stärke.

Eine Frau war da. Sie wollte wissen, ob sie reden wolle. Nadine schüttelte den Kopf, die Frau strich über ihren Arm und sagte, wenn sie jemanden zum Reden brauche, dann solle sie klingeln. Nadine solle keine Polizistin in ihr sehen, sondern eine Freundin. Sie könne auch Angehörige anrufen, ihre Familie oder ihren Freund. «Du hast doch einen Freund?», fragte sie. Nadine schüttelte wieder den Kopf. Die Frau schaltete das Licht aus.

Über ihrem Bett glimmt ein schwaches Nachtlicht. Genug, um Umrisse zu erkennen, zu wenig, um klare Konturen auszumachen. Eine Flasche Wasser steht auf dem Tisch, ohne Kohlensäure. Sie glaubt, eine Gestalt auf dem Stuhl am Fenster zu sehen, aber vielleicht täuscht sie sich auch. Die Spritze beginnt zu wirken.

Vorsichtig fragt sie: «Jan?», aber die Gestalt antwortet nicht. Sitzt nur still da und schaut sie an. «Jan?», ruft sie lauter. Die Gestalt scheint sich nicht zu rühren. Nadine hebt ihre Beine aus dem Bett und stellt ihre Füße auf den Boden, um ihr entgegenzugehen. Der Fußboden ist kalt, sie legt sich die Jacke über die Schultern. Vom Schlafmittel wird ihr schwindelig.

Es sind nur drei Schritte bis zum Stuhl. Als sie ihn erreicht, ist er leer. Enttäuscht setzt sie sich, um Kraft zu sammeln. In ihrer Jacke spürt sie einen kantigen Gegenstand. Sie sieht nach, was es ist, und findet die Schatulle und die zwei Ringe. Sie schimmern matt. Auf der Innenseite entdeckt sie die Gravur: «Nadine und Jan, für immer.»

Sie schließt die Augen. Da ist sein Körper und ihr Körper. Seine Augen, seine Hand, seine Haut, seine Beine, sein Nacken, sein Ohr, seine Zunge, sein Schwanz. Er in ihr, sie über ihm. Die Pistole an ihrem Kopf. Überall Blut. Sie schreit und schreit und wird fortgezogen, immer weiter fort, bis sie sich in einem weißen Raum verliert, durch den unschuldige Erinnerungen treiben. Träume, nichts als Träume.

Kostic geht durch die Flure seines Abschnitts, als würde er Abschied nehmen. Sein Reich aus langen Gängen, ausgetretenem Linoleum, alten Bänken, Standardstühlen mit Stahlrohrbeinen und abgewetzten Polstern. Durch die Tür zum Vernehmungsraum sieht er Weber, kann dessen Gesichtsausdruck aber nicht lesen. Er scheint zu lächeln, schüttelt aber zugleich den Kopf, als wüsste er nicht, was er getan hat.

Am Tatort saß Kostic noch eine Weile im Auto und rauchte. Er sah dem Aufräumkommando bei der Arbeit zu: Blut wegwischen, Scherben von der Straße kehren, die Tür des Restaurants versiegeln. Ein feiner Regen fiel vom Himmel. Als er die Scheibenwischer anstellte, zog das Wasser Schlieren. Seine Kollegen klopften ihm auf die Schulter. «Ist nicht deine Schuld, Alter», sagten sie, «mach dir keine Gedanken, du hast alles richtig gemacht.»

Niemand wird ihn an den Pranger stellen, aber am Rande der Pressekonferenzen werden sie tuscheln: Ein Mord in einem Abschnitt sei ungewöhnlich, nicht vorstellbar. Es soll schon vorher Probleme gegeben haben. Vielleicht sei es doch zu früh gewesen, einen Migranten mit einem so hohen Posten zu betrauen. Sie werden ihm sagen, er solle Urlaub nehmen.

Im Umkleideraum öffnet Kostic den Spind von Hentschel. Auf der Innenseite der Tür hängt ein Familienfoto: Hentschel vor dem Reihenhaus, Roya im Arm, der Junge sitzt auf seinen Schultern. Die Kleider sind ordentlich auf einen Bügel gehängt. Darunter steht ein Paket, eingepackt in Geschenkpapier.

Auf dem Weg zum Parkplatz läuft er Kröger über den Weg. «Musst du nicht machen, zur Witwe fahren», sagt Kröger.

«Ja», erwidert Kostic, «weiß ich.»

Vor der Amselstraße 4, in dem Viertel mit den Straßen, die alle Vogelnamen tragen, wartet er eine halbe Stunde. Erst hört er Musik, dann schaltet er das Radio aus und wartet darauf, dass im Haus das Licht angeht. Roya wird ihren roten Bademantel tragen mit den blauen Quadraten und das Haar zusammengebunden haben. Sie wird Wasser für Tee aufsetzen, ins Wohnzimmer gehen, die Kerzen auf dem Kuchen anzünden. Im Kinderzimmer wird sie sich zu ihrem Sohn legen, ihn mit Küssen wecken und flüstern: «Herzlichen Glückwunsch, Süßer.»

Er klemmt sich das Päckchen unter den Arm. Im Vorgarten stolpert er fast über einen Fußball, der auf den Gehwegplatten liegt. Er klingelt und wartet auf ein Zeichen aus dem Haus, auf Schritte oder Rufe.

Roya reißt die Tür auf, sie lacht noch und stutzt, als sie ihn sieht. Er hält ihrem Blick stand. Sie schüttelt den Kopf. Er nickt. Aus dem Haus ruft Nick, ob Papa gekommen sei. Sie antwortet nicht. Der Junge ruft noch einmal: «Ist Papa da?» Eher verärgert und wütend als bestürzt schreit sie zurück: «Nein, Papa ist nicht da.» Dann sieht sie wieder Kostic an. Für einen Augenblick glaubt er, hinter dem Schrecken in ihren Augen einen winzigen Schimmer Zukunft zu sehen. Eine Verbindung zwischen ihnen, die über alle Abgründe reicht.

Aber ihr Blick wird dunkler, der Schimmer verliert sich. Sie sieht durch ihn hindurch, als wäre er ein Stück Treibgut, das sich vom Schiff entfernt und hinaustreibt aufs Meer. «Hier», sagt Kostic und reicht ihr das Paket, «das haben wir in seinem Spind gefunden.» Sie nimmt das Paket und schließt die Tür, ohne ein Wort zu sagen.

7
ABFLUG

Kurz vor sechs Uhr. Die Sonne geht zwar erst in zwei Stunden auf, aber die Ablösung ist schon unterwegs und der Weg noch weit. Die Anker werden gelichtet, der Brenner angeworfen. Nur mühsam erhebt sich der Ballon in die Höhe. Es liegt nicht am Gewicht der Kunden, die kein Gramm mehr auf die Waage bringen, sondern an der Anziehungskraft der Erde, die gefüllt ist mit Leichen: Jeden Tag werden es mehr.

Unzählige Rituale wurden erfunden, um ihrer Zahl Herr zu werden. Sie wurden auf brennenden Flößen den Flüssen übergeben, Aasfressern zur Mahlzeit vorgeworfen, unter Bergen von Steinen begraben und einbalsamiert in Grabkammern niedergelegt. Neuerdings warten Leichen in Kühlhäusern darauf, dass sich die Familienangehörigen auf einen Termin für die Bestattung einigen. Verbrannt werden sie bei über tausend Grad, die gefüllten Urnen mit Kurierdiensten verschickt und in Friedwäldern der Ewigkeit übergeben, in anonymen Gräbern verscharrt oder auf endlos sich hinziehenden Gottesäckern neben längst verstorbenen Familienangehörigen zur letzten Ruhe gebettet.

Der Wind treibt den Ballon über den Alexanderplatz hinweg auf die Friedrichstraße zu. Jenseits der Museumsinsel beginnen die Kunden ein altes Kreuzfahrerlied anzustimmen.

Ganz kann auf Tradition nicht verzichtet werden, und sei es nur als Dekor und ohne den dazugehörigen Glauben: «Ins Paradies wollen wir dich begleiten, Märtyrer sollen dich empfangen, nach Jerusalem soll es gehen.»

Der Turm der Charité erhebt sich zur Linken. Im dritten Stock schläft Nadine. An ihr vorbei ziehen Träume, die sie vergessen haben wird, wenn sie aufwacht. Im Keller lagern die Leichen von Axel Hentschel, Tobias Naujoks und Jan Herzog. Blankpolierte Tische aus Stahl warten auf ihre Leiber, kalt und mit Rinnen zum Abfließen der Körperflüssigkeiten. Messer und Sägen, Schaber und Skalpelle, Gefäße zum Aufbewahren der Beweismittel. Inhalt des Magens, Zahl der Wunden, Ursache des Todes. Der Abschlussbericht für die Staatsanwaltschaft.

Das Brandenburger Tor wird noch angestrahlt. Im Tiergarten huschen Karnickel über die Rasenflächen, Stricher warten auf Freier. An der Siegessäule muss vorsichtig navigiert werden, der Ballon hat noch nicht die richtige Höhe, aber es geht aufwärts, Meter für Meter, und der Wind frischt auf. Schon ist der Ernst-Reuter-Platz überflogen, die Bismarckstraße entlang, immer weiter nach Westen, immer höher, immer schneller.

Bäckereien öffnen ihre Geschäfte in den Straßen von Charlottenburg, sie verkaufen Sesam- und Mohnbrötchen, Schusterjungen und Schrippen. Filterkaffee aus großen Kannen, Zeitungen werden unter den Arm geklemmt. Die Schlagzeilen: Toter im Polizeirevier, das spanische Kronprinzenpaar besucht die Stadt. Wirtschaftsexperten beschwören die Märkte, die größte künstliche Goldgrube aller Zeiten, erschaffen von modernen Alchemisten, die Schulden in Reichtum verwandeln und eine Kuppel aus Angst und Gier über der Welt errichtet haben. Eine Kuppel, so hoch wie der Himmel und so unzerstörbar wie ein Fels, bis der erste Putz von den Wänden bröckelte, sich die Fliesen lösten und die Zukunft der Völker sich in Pech zu verwandeln begann.

Der Teufelsberg ist schon von weitem zu sehen. Auf seiner Spitze stehen wie Gespenster die alten amerikanischen Radarstationen, weiß und nutzlos. Davor liegt der flache Drachenberg. An den Flanken der Berge wachsen Bäume, in ihrem Inneren liegt der Schutt des Krieges. Überreste von ausgebombten Häusern, von zerstörten Wohnungen und verbrannten Möbeln. Zerbröselte Steine, verkohltes Holz. Die Asche von Stoffen, von Kleidern, von Büchern und Bildern. Von Menschen.

Auf dem Drachenberg steht Goran Kostic, will nicht zurück zu seiner Frau und seiner Familie, weiß aber auch noch nicht, wohin. Er wartet auf den Sonnenaufgang. Sieht auf die Stadt, auf die fließenden Lichter, auf die ersten Sonnenstrahlen, die sich im Osten über den Horizont trauen, weit hinter dem Fernsehturm. Er hört das ferne Hupen der Autos und Busse, die ratternden Züge auf den Gleisen, das elektrische Sirren und Fiepen und Brummen von Kühlschränken, Computern, Klimaanlagen, Lampen und Scheinwerfern, Elektromotoren und Relaisstationen, versammelt zum an- und abschwellenden Gesang der Stadt. Von hier oben scheint sie ihm wie ein riesiger Organismus, für den die Menschen nur ein Rohstoff sind. Es geht weiter, immer weiter, Generation für Generation.

Der Wind bläst mit voller Kraft, die Flamme des Brenners lodert, höher und höher geht die Fahrt. Nicht in die Zukunft, nicht in die Vergangenheit, nicht in die Gegenwart.

Fliegen ist gut.

NACHWORT

Alle Personen in diesem Buch sind erfunden. Die Stadt, deren Namen nie genannt wird, ist dagegen nicht erfunden und leicht zu erkennen. Dennoch habe ich einige Orte verfremdet: So versammelt der Polizeiabschnitt 36 zwar die Ergebnisse meiner Recherchen, sollte aber jemand auf die Idee kommen, ihn dort zu suchen, wo ich ihn verortet habe, so wird höchstens eine Tankstelle zu finden sein oder bald, in zehn Jahren, ein neues Viertel. Auch die Klinik Mitte in der Scharnhorststraße ist ein Produkt meiner Phantasie. Dort liegt zwar das Bundeswehrkrankenhaus, das aber hat keine Ähnlichkeit mit dem von mir beschriebenen Ort. Ähnlich verhält es sich mit dem «Paris»: Weder gibt es ein Restaurant dieses Namens am nördlichen Ende der Brunnenstraße, noch würde ich empfehlen, eines der genannten Gerichte nachzukochen. Sie wären höchstwahrscheinlich nicht genießbar.

Bei aller Erfindung beruht ein Großteil der Beschreibungen von Innenräumen, Abläufen und Stimmungen auf Recherchen, die ich während des Schreibens unternommen habe. Zum Teil waren diese Recherchen eingebunden in die Vorbereitung von Filmprojekten, und ich danke allen Kolleginnen und Kollegen, die mit mir zusammen an diesen Projekten gearbeitet haben und von deren Wissen ich profitiert habe.

Darüber hinaus bin ich Mitarbeitern der Polizei dankbar, die mir einen Einblick in ihre Arbeit gewährt haben. Sie nahmen mich mit auf Streifenfahrten und in ihre Reviere, wo ich mich umhören und Fragen stellen durfte. Namen sollen hier nicht genannt werden.

Mein Dank gilt außerdem zwei Küchenchefs, in deren Restaurants ich hospitieren durfte und die mir mit Rat und Tat zur Seite gestanden haben. Sie haben mich vor vielen Fehlern und Klischees bewahrt. Auch sie wollen ungenannt bleiben.

Für die Informationen zu den Abläufen und Funktionsweisen einer modernen Notfallaufnahme danke ich den Ärztinnen und Ärzten der Unfallklinik in Biersdorf. Viele meiner ursprünglichen Ideen gingen auf Erfahrungen zurück, die ich vor über dreißig Jahren gemacht habe, als ich in einem Krankenhaus Zivildienst leistete. Es hat sich weit mehr verändert, als ich geglaubt hatte, und ohne zahlreiche Korrekturen wären die Passagen des Romans, die in einem Krankenhaus spielen, in den achtziger Jahren steckengeblieben.

Mein Dank geht an Gunnar Schmidt, den Verleger des Rowohlt · Berlin Verlags, dem ich das Manuskript eines Tages übergeben habe, ohne zu wissen, ob es etwas taugt. Er hat mich nicht nur ermuntert weiterzuschreiben, sondern mir auch den Weg von einer roh behauenen Geschichte zu einem Roman gewiesen. Gleicher Dank gilt Frank Pöhlmann und Franziska Zintzsch, ohne deren Lektorat ich verloren gewesen wäre.

Der erste Mensch, der das Buch gelesen hat, war meine Frau Annette. Sie wusste lange nicht, was ich da eigentlich mache, spätnachts am Schreibtisch, und dachte, ich würde mir neue Filmprojekte ausdenken. Als ich an einem toten Punkt angelangt war, fasste ich mir ein Herz und gab ihr einen ersten Entwurf zu lesen, von dem ich heute sagen würde, er wäre besser im Giftschrank geblieben. Aber ich wollte wissen, ob es sinnvoll wäre, daran festzuhalten, oder ob ich nicht doch länger schlafen und mehr Zeit mit den Kindern verbringen sollte. Während sie las, tigerte ich mal in der Wohnung herum, mal auf der Straße, nervös und reizbar. Als es Abend wurde, legte sie das Manuskript zur Seite und sagte, ich solle nicht an mir zweifeln und nicht aufgeben. Ohne ihr Zureden und ohne ihren Optimismus wäre das Manuskript in der Schublade liegen geblieben. Ich schulde ihr mehr als ein Buch.

Eldenburg, August 2017

MIX
Papier aus verantwortungsvollen Quellen
FSC® C083411
FSC
www.fsc.org

Das für dieses Buch verwendete Papier ist FSC®-zertifiziert.